NF文庫
ノンフィクション

新装解説版

戦艦大和の最後

一高角砲員の苛酷なる原体験

坪井平次

潮書房光人新社

本書は、日本海軍が建造した史上最大の戦艦「大和」乗組員の従軍記です。国民学校で教鞭を執っていた筆者は、海軍短期現役兵として大竹海兵団に入団、厳しい教育訓練後に「大和」五番高角砲に配属されます。マリアナ沖で初の実戦を、レイテ沖海戦では上空に味方掩護機のない敵制空権下で熾烈な対空戦闘を経験します。そして「大和」が終焉を迎えた沖縄特攻作戦に参加、同艦の沈没後に生還を果たした模様も克明に記されています。

はじめに

昭和十七年十二月一日、当時、三重県南牟婁郡飛鳥村（現、三重県熊野市飛鳥町）の日進国民学校において、同校五年生四十名の担任として教職についていた私は、戦勢逼迫した情況下に短期現役兵として海軍・大竹海兵団に入団が決定した。

十八年四月、故郷の人びとや教え子たちの激励と声援を背にうけて広島にゆき、「呉徴師五三〇」の兵籍番号をもらって、三ヵ月のあいだ厳しい訓練を受けた。そして同年六月三十日付をもって、弱冠二十歳の身で、当時、海軍軍人憧れの戦艦「大和」に乗り組み、戦闘要員の一人となった。世界に誇る最新最強といわれた巨大戦艦七万二千トンの「大和」において、私は高角砲分隊に配置され、五番高角砲塔内で信管手としての任務をあたえられた。

以後、敗戦までの約二年間のあいだに、私は「大和」と共に、「マリアナ沖海戦」

「比島沖海戦」等の作戦に参加、二十年四月、帝国海軍の矜持を賭けた沖縄戦に、〃特攻艦隊〃として従軍、武運つたなく九州南方洋上において敵艦載機の猛攻撃を受けた。「大和」は沈没し、私自身は漂流二時間余ののち、駆逐艦「雪風」に救助されて生還した。

　復員後、復職し、ふたたび教壇に立たせてもらった私は、その後、郷里を中心とした近在の小、中学校を転々とし、一昨年、五郷(いさと)中学校をさいごに停年退職した。閑(ひま)ができたからというわけではけっしてないが、このごろ想うことがある。故意にうしろをふりむかないようにし、がむしゃらに勤めさせてもらったつもりではあるが、私にとって、やはり「大和」艦上の二年間の生活は重く、原体験といってよさそうである。沈没時の「大和」の乗員総数は三千三百三十二名であり、うち生存者はわずか二百六十九名であった。戦死者、じつに三千六十三名という人的被害の大きさである。くわえて、戦後三十数年を経(へ)て、当時の生存者中、いまに生きている方々はいかほどであろうか。

　あのとき、南の海は私の生命を奪うことなく、この世に返してくれた。なにゆえにか。また、私は何をもってこの天の配剤に報いるべきか。そう自問自答せざるを得ない。海行かば水漬く屍となって、現在の平和と繁栄の礎となられた三千余名の英霊の勲功を、もっとはやく顕彰し、人びとに知らせるべきではなかったか。

戦後三十数年を経過したいまになって、あらためて戦争の悲惨さと虚しさ、そして平和の尊さ有難さを人びとと共に再認識する意味から、わが貧しき体験を書き残そうと決意し、はじめてペンをとった次第である。

とはいっても、二年余という短い在籍期間でもあるし、階級も一兵卒、くわえて艦内における配置が配置であっただけに、全体の戦況等の把握が十分できず、自分を中心とした狭い範囲の描写しかできなかった。さらに、共に生活し闘ってきた戦友たちのお名前も、ほとんど失念してしまっているような有様で、まことに申しわけなく思う次第である。紙面を借りて、せめて最後の〝沖縄特攻〟において戦死せられた戦友のなかで、三重県師範学校で共に学んだ同窓生と同郷の出身者の方々のお名前を左に記させて頂きたいと思う。敬称は略させていただく。

三重県師範学校卒業者――伊藤博（当時、一等兵曹、三重県北牟婁郡相賀町出身）、大橋一次（同上、三重県菰野町）、永井泰真（同、鈴鹿郡十宮）、星野義明（同、四日市市釆女町）、中井利次（同、度会郡中川）、佐々木正夫（当時、二等兵曹、尾鷲市三木里町）。熊野市出身者――谷口亀三（当時、二等兵曹、三重県有井村井戸瀬戸出身）、坂本定春（当時、水兵長、同新鹿町）、大矢伸七（当時、水兵長、飛鳥町神山）、梅屋栄（当時、二等機関兵曹、育生町大井）。

祖国の安泰と繁栄を固く信じつつ、莞爾（かんじ）として死についたこれらの在天の霊よ安かれと、あらためて心からご冥福をお祈りしたい。

末筆ではあるが、本文を綴るにあたり適切なご助言をいただき、出版にあたって一方ならぬお世話をいただいた光人社の関係者各位に心からお礼を申しあげます。なお、主な参考文献としては、能村次郎氏著「慟哭の海」（読売新聞社）、児島襄氏著「戦艦大和（上・下）」（文藝春秋社）、伊藤正徳・富岡定俊・稲田正純氏共著「実録太平洋戦争」（読売新聞社）を使わせていただきましたので、記してお礼申し上げます。

昭和五十七年四月七日　「大和」沈没の日記す

坪井平次

戦艦大和の最後——目次

第六章　沖縄特攻

第七章　戦艦「大和」死す

写真提供／坪井平次・雑誌「丸」編集部

戦艦大和の最後

―高角砲員の苛酷なる原体験

第一章　教師として

教師の特典

三重県の南端部に位置する、海岸から二十キロちかく離れた静かな山間(やまあい)の村――ここが私の故郷五郷(いさと)村である。最近では、家も増え、道路などが整備されて、いくらか発展しているが、当時は、文字どおりの寒村であった。

実家は、約一町歩の水田耕作と山林経営をいとなんでいた。父親三十九歳、母親三十八歳の子として生をうけた私は、姉三人、兄一人、弟妹それぞれ一人ずつの、七人兄弟姉妹であった。

私が教職の道に入ったのは、つぎのような経緯があってのことだった。高等科に進んだとき、当時の担任教師であった桑原宣夫先生が、ある日、家庭訪問にこられて、私の進路問題につき、父母といろいろと話し合いをしたすえに、

「教師という職業は、次代を背負っていく大切な子どもたちを育成していく仕事で、まことに意義ふかく、やりがいのある仕事である。それに、兵役も短期間で務めを終えて、しかも下士官になって予備役編入という特典もある」ということで、ついに意見の一致をみた。かくして農家の二男坊である私は、家業を継がずに専門学校に進学して、公務員へのコースをえらぶことに決定したのであった。

両親にとっては、とくに、「教師になれば、兵役は短期間で終了する」ということが、気にいったようだった。

いうまでもなく、当時、兵役は国民の義務であって、逃れたり、隠れたりはできないが、正当な理由があって短縮される道があれば、これをえらぶ権利はあたえられていた。

私が津市の三重県師範学校を受験し、入学を許可されたのは、昭和十二年四月のことで、おりしも、日支事変勃発の三ヵ月前で、国の内外ともにきびしい情勢下にあった。

本科一部は五生制、それに、本科二部生二年、大陸科生二年のコースがあり、全員が寮生活であった。この寮生活なるものが、なかなか厳しく大変だった。親許をはなれた若者の大集団生活なので、それまでのぬくぬくとした生活環境と百八十度転換し

入学の三ヵ月後に日文事変、卒業の三ヵ月前には太平洋戦争と、師範学校在学中は、たえず軍靴の響きを耳にした。写真は五年生ごろの分列行進。

た規律絶対遵守の環境におかれたのであるから、馴れるまでには、ずいぶんと苦労した。

いってみれば、なにか「ミニ軍隊」という感じで、街なかを歩いていて、うっかり上級生に気づかないで過ぎようものなら大変だった。

「欠礼した」といって、シゴキの格好の口実にされた。いまの若い人がきいたら嘘だと思うかも知れないが、映画も自由にはみられなかった。映画館の前に立って宣伝ポスターを見ていただけで、「怪しからん奴」といってドヤされたりもした。そのほか、上衣のボタンが一つはずれている、帽子の形がくずれている等々、シゴキの材料はいくらでもあった。

「今晩は、制裁をうけないで寝られるかな」と下級生のころは、夜などとくに、戦々競々として過ごさなければならなかった。

外食はいっさい禁止されていたが、そのかわりに寮内に、『ウッサン』という軍隊の酒保に似た売店があった。『ウッサン』とは、鬱を散じるという語彙からきていた。

一つの型にはまった人間を育成するためには、あるいは、一定期間、こうした生活環境に放り込んでおくのが一番よい手段だったのかもしれないが、放り込まれた者は、馴れるまでの間は大変であった。いまでも疑問に感じる教育法である。

昭和十七年三月、私は、ぶじに、三重県師範学校を卒業した。その三ヵ月前には、太平洋戦争が勃発していた。早期終結のはずであった日支事変は、しだいに拡大し長期化して、ついには第二次大戦にまで発展してしまったのであった。結局、私の師範学校在学中の五年間は、戦争で明け暮れるという毎日であった。いまにして思えば、そのため、楽しさも、心の自由も、すべてを奪われたままであったようで、たえず軍靴の響きを耳にしながら過ごした青春時代であった。

卒業を前にした冬の夜、寮の火鉢をかこみ、ごく親しい同級生同士で論じあったことがあった。

「聖戦であるといっているが、果たしてそうか。大義名分はあるのか」

「大東亜共栄、アジア解放のためには、やむを得ない戦争じゃないのか」

「東亜の解放というが、どこから解放するのか？　世界地図に赤色の地を増やすためだろ」

「やはり、アジアや南方を取りまいている列強の強迫と脅威からの解放だと思うよ」

「ぼくは、どんな理由づけをしてみても、戦争といった行為に訴えるのは、考えものだと思うな」

「しかし、論じ合っているだけでは駄目で、自分の行動をどう規定するかだ。われわれと同年輩の者がすでに大陸において命をすてて戦っているんだよ。対岸の火災じゃないと思う」

「それは知っている。だけど、戦争行為はよくないといっているんだ」

「しかし、だれだって好きこのんで戦争に参加しているわけではない。〝軍人となる〟ために、軍隊という特殊環境の中で特殊な鍛錬をされて、〝軍人のように〟つくりかえられて戦争に参加しているだけじゃないのか」

「そうだな。死を恐ろしいと思うのは、みんな同じで、恐ろしさが消えたときは、同時になにものにも反応できない心の状態になっていると思うんだ。〝軍人になる〟というのは、そうした心になることではないのか」

厳寒の冬の一夜、若気のいたりというか、以上のような議論がおこなわれたのであった。

そのころ、一世を風靡した、恋愛映画『愛染かつら』なども、やがて、中国を舞台とする『支那の夜』におきかえられ、戦時色の濃いものにきりかえられていった。

新前教師

二十歳の私は、昭和十七年四月、国民学校の教師を志して、人生のスタートをしたのである。南牟婁郡飛鳥村立日進国民学校がそれで、私が生まれてはじめて自分で働き、十二級四十八円也の給料袋を手にすることができたのである。

師範学校同級生の他の三名も、それぞれ近くの国民学校に、ともに赴任した。三木里（みきさと）出身の佐々木正夫君は、飛鳥国民学校へ、井戸出身の橋本正明君は、小阪国民学校へ、同郷の宮本正一君は五郷国民学校へと、同じブロック内の学校で、おたがい入隊するまでの一ヵ年間勤務した。

私の勤務地である飛鳥村は、私の生まれた五郷の隣村で、母の生地でもあった。それだけに、親しみのある勤務地であり、勤務校であった。

学校長は南木辰次郎先生という温厚な方で、実弟が戦死されてもおり、そのためか、私の入隊にも自分のことのように深い関心を寄せてくれていたように思う。教頭は校区内出身の陰地恒治先生といい、平素は口数が少なく、〝ムッツリ右門〟などというニックネームをたてまつられていたが、要所要所については、ツボを押さえて発言されるという頭脳明晰な方で、私は、よい上司にめぐまれたことを感謝した。

一般教員は戦時下であるため、女子教員が多くて、校長、教頭をのぞくと、男子教員は私一人であった。したがって、一年生担任は飛鳥出身の森岡千恵子先生、二年生担任は新宮市出身の二河年子先生、三年生担任は五郷出身の福田栄子先生で、福田先生は、私と同郷であり、小学校時代二級下の学年であったため、以前から面識があった。

四年生は木本（現熊野市）出身の山本稔（とし）先生が担任した。山本先生も女性であったが、稔という一字の名前なので、よく男性の名前とまちがえられることがあった。五年生担任は私で、六年生担任を陰地教頭が担当した。

全校児童数は、二百二十七名、六学年六学級の学校で、私の担任した五年生は、四十名の級（クラス）であった。

「おれの命も、この一ヵ年かぎりになるかもわからないのだ。やがて入隊して、第一線に立てば、いつ、どこで戦死するかもわからないのだ。せめてこの四十名の子どもたちとの生活において、悔いを残さないよう、いい想い出を一つでも残せるように、全力を尽くしてがんばってやろう」

ひとりひとりの子どもたちの真剣なまなざしを一身に受けながら、私は心の中にそう誓った。

教師として教壇に立つことのできた生きがいを噛みしめながら、教師としての私の生活がはじまったのであった。

当時、小学校は、国民学校とあらためられ、その目的も、「皇国ノ道ニ則リテ国民ノ基礎的錬成ヲ目的トス」とうたわれており、皇国主義がはっきりと打ち出されて、目的も普通の教育でなく、心身の鍛錬に重点がおかれるようになっていた。明治の学制領布以来、七十年間つづいてきた小学校制度があらためられて、昭和十六年に国民学校となり、いわゆる八紘一宇（はっこういちう）の思想がいよいよ表面に出てきた感が強くなっていたのであった。

したがって、くりかえすように教科だけによる知識習得の学習よりも、実戦的人物の養成ということで、心身の錬磨育成を根本の目的にして、毎日の計画をたて、積極的に実践していかなければならなかったのである。

新前教師である私は、明日の教授案をつくったら、かならず前日に、学校長に提出し、検閲を受けることになっていた。字句のまちがいや、指導上のポイントがはずれていたりすると、校長は朱筆で、丁寧に訂正してくれた。

校内の相互研究授業も、毎月、定期的に各学年交代で輪番に実施され、その日の放課後、職員相互にきびしい批評の研究会をひらき、おそくまで研修しあった。いまにして思えば、若いむこうみずの私は、遠慮なく意見を出して、先輩たちを困らせたように思う。

このように、新前教師である私は、毎日が多忙であった。放課後はガリ版を切って、宿題の作成をしたり、テストや作文の採点、資料の印刷などに追われた。作文などは、ひとりひとりの作品を読み検べるのには、夜おそくまで、たいへんな時間を要した。

ときには、校庭に出て子どもたちと高飛び競技とかテニスをやって、夕方おそくまで、スポーツを楽しむこともあった。

三重県師範学校時代の著者。卒業後、日進国民学校で教師としての道を歩みはじめた。

夜は教員住宅の裸電球の下で、明日の教材研究に時をついやしたものである。

戦争の急テンポな進展に歩調をあわせるかのように、学校教育は修練につぐ修練の道場教育と変わり、教科書の改訂もおこなわれていった。

「神州日本」「尽忠報国」「滅私奉公」の色彩をいっそう濃く強くして、修身の「ヨイ子（下）」には、

日本ノ国

日本ヨイ国　キヨイ国　世界ニ一ツノ神ノ国

と表現されていったのである。

体育も体錬科と呼称されるようになり、武道と体操が一体となって実施され、武道の時間には、竹刀（しない）を持ち、剣道の基本動作を行なって、心身の鍛錬をねらったものである。私は五年生と六年生の男子の武道を担当して、剣道の基本動作を指導することをまかされていた。

夏の日曜日になると、きまって四人から五人のグループで、子どもたちが私のいる教員住宅へやってきた。教員住宅は校舎の端にあり、校庭の一隅にある小さな用務員室をかねていた。ちょうど、子どもたちが集まるのには都合のいい場所であった。

「せんせェ。ウナギ獲（と）んにいこらェ」

私も川遊びは大好きだから、子どもたちのこんな誘いには弱かった。さっそくウナギとりの用意にかかる。

ウナギ漁そのものより、私には陽光の下で、子どもたちと川遊びをしていることにより、すべてを忘れて、少しでも楽しい時をすごすことが出来るというのが、目的になっていたように思う。

静かに流れている大又川(おおまたがわ)の美しい水面(みなも)を見ながら、

「徴兵検査を受けて合格となれば、当然のことながら、死と隣り合わせの環境におかれることになる。身命をすてて、国土防衛の楯とならなければならないのだ。ひょっとしたら、この子どもたちとも、こうして語り合いながら川遊びを楽しむことも出来なくなるんだなあ」

ふっと、そんな思いが脳裡をかすめるのであった。

一年間のあいだには、学校行事のほかに、村の行事にも参加しなければならないことが多かった。

とくに出征兵士を見送ることが、たび重なるようになった。出征兵士は神社の境内に集まってから神主のお祓(はら)いを受けたあと、村長から、村民を代表して激励の言葉をうけ、「万歳」の声と日の丸の旗に送られていくのであった。

校区内の人が出征するときの見送りには、われわれ教職員も生徒を引率して、学校から二キロほど離れた氏神である飛鳥神社までゆくのであった。

〽勝ってくるぞと勇ましく

ちかって国を出たからにゃ

手柄立てずにゃ死なれよか

低学年の子どもも、こうした軍歌をすっかり覚えこんでいて、一所懸命、黄色い声を張りあげて歌っていた。

子どもたちの父や、兄が、毎日のように出征していくのであった。見送る子どもたちの心の奥底にも、いつか自分も靖国の遺児になるのではないかという不安と、おそれがあったのではなかろうか。

「祝 出征兵士」「祈 武運長久」

墨くろぐろと書かれた幅広いタスキを、肩から胸にかけ、軍服に身をかためた人びとが、一人そしてまたひとりと、村を離れてゆくのであった。やがて自分も、こうして見送られるのかと思いながら、征かれる人たちの武運長久を祈ったのであった。

すでに私は、前年の十二月に徴兵検査を受け、海兵団に入ることになっていたが、その四月一日の入団日まで、あとわずかの日数となっていた。のこる時間を有意義に過ごそうと、自分にきびしくすることが、そのままピリピリと子どもたちにも伝わるようであった。五年生の子どもたちには、少し苛酷な要求をしいたのではないかと思ったが、教え子たちは戦時下の子どもらしく、強く、たくましく、よく耐えて、私の要求に応え、ついてきてくれたように思う。

毎日毎日を新しい経験を積み重ねながら、私の教師一年生の生活も終わりに近づいて、やがて三月二十三日の卒業式を迎えることになった。

緊張した面持の卒業生。眼をうるませて見守る母親たち。六ヵ年の螢雪の功なって、いまここに、しっかりと卒業証書を手にして巣立ちゆく卒業生のひとりひとりであった。この子らには、戦争のない幸福を、祈らずにはいられなかった。

式後、私のために壮行会を行なってくれた。挨拶に立った私は、子どもたちに向かって、「一ヵ年間、君たちと楽しい毎日を、勉強に運動に過ごさせてもらいました。四月からは海軍軍人として戦争に出ていきます。そのつとめはきっと大変であろうと思います。しかし、一所懸命、日本の軍人として戦ってきます。みなさんも、留守をしっかり守って、お家の人を助けてください……」といって壇を降りた。

南木校長が、ふたたび登壇し、私にもう一度、壇上にあがるように指示した。

いわれたとおり、私が校長と肩をならべて立つと、校長は、「坪井先生の活躍を祈って、万歳をとなえましょう」といったあと、大声で、「万歳」を唱された。つづいて、全児童の「万歳」の声が講堂内にひびいて、「グワーン」となった。感激で、私は若い血が湧き立つのをおぼえた。

先輩、同僚や児童、それに近所の人びとにバス停まで見送られて、私はその日の午後、入隊準備のために、いったん実家へ帰った。教え子たちのさみしげな顔とともに、若く美しい女教師たちの顔が、いつまでも心の隅に焼きついてはなれなかったのをおぼえている。

入団心得

呉海軍人事部より、入団にさいし、どのような心掛けで心身の調整をしておいたらよいか等について、細部にわたる注意事項が届けられた。

さっそく、目を通すと、君国のためには、いつでも身命をすてて奉公できる心を育てておくこと。そのため、軍人勅諭を日々味読して修練につとめることが、まず大切である。

つぎに、健康であってはじめて、みなに伍して奉公できるのだから、不摂生のないよう、とくに性病等で不名誉なあつかいをうけないよう心がけること。

知識学習も必要である。基礎教科については、とくに入念に補習し、みなに伍して海軍軍人としての教育をうけることができるようにしておくこと。規則正しい生活に馴れておき、自己本位にならないよう、つねづね自己鍛錬につとめること。入団までに、家事身辺等についても充分に整理をしておいて、後顧のうれいのないようにしておくこと。

さらに、金銭の所持につき、金額の点など、どのような心くばりをしたらよいか。軍人の給料は、どのようになっているのか等々、こと細かい諸注意が、十二項にわたって述べられてあった。

さらに父兄にたいしても、当日のつき添いについては必要のないこと、万一同行して来てもいっさい対応することができない。

出発までに本人に関係ある重大事故が発生した場合は、どのような手続きをもって海兵団へ知らせたらよいか。艦船にあるときはどうしたらよいか等についても、六項にわたって記されていた。

以上の細かい内容については、別記の通りであるが、おおづかみにいって、この五尺の体は、わが身であって、わが身でない、すべからく、君国のためには、いつでも不惜身命の覚悟を決めなさい、という内容であったように思う。まだ、あどけなさの残る年ごろの、無心な児童たちとともに過ごしながら、日一日とせまってくる入団の日を思って、胸つまる思いがしたものであった。いまにして思えば反戦と言うよりも、厭(えん)戦の気持であったのではなかろうか。

海軍現役兵入団に対する注意事項（抜粋）

諸子ハ徴兵検査ニ合格シ、海軍兵ニ徴集セラレ、身ヲ帝国軍籍ニ列スルノ光栄ヲ担(にな)フタコトハ、誠ニ目出度イ次第デアル。ツイテハ、海軍現役兵トシテ海兵団入団スルニ際シ、是非トモ実行シナケレバナラナイ注意スベキ事柄ヲ予(あらかじ)メ知ラセテ置キタイト思フ。

一、軍人ニ最モ大切ナコトハ、精神ノ修養デアッテ、戦時平時ヲ問ハズニ忠君愛国ノ心ヲ旺(さかん)ニシ君国ノ為ニハ何時デモ身命ヲ抛(なげう)ツノ覚悟ト、如何ナル艱難辛苦(かんなんしんく)ニモ打チ勝ツダケノ不屈不撓ノ勇気ヲ鍛錬シナケレバナラヌ。而(しか)シテ此ノ軍人精神ノ大本(たいほん)ハ、明治十五年一月四日、軍人ニ賜(たまわ)ッタ勅諭ノ聖旨(せいし)ヲ服膺(ふくよう)実行スルニ外ナラナイノデアルカラ、家業ノ余暇ニ勅諭ヲ拝読シ精神修養ニ努ムルガヨイ。

二、身体ノ健康ナルコトハ、軍人トシテ大事ナ要素デアル。コトニ海軍軍人ハ気候ノ激変ニ堪（た）ヘ得ル必要ガアル。其レガ為ニハ、入団前ヨリ薄着ニナレテ寒サニ負ケナイ用意ト、相当ノ作業ニ堪ヘ得ル体力ヲ養フコトヲ、是非心掛ケテ居ラネバナラヌ。身体ガ丈夫デナイト自然ニ気力ガ衰ヘテ、他ノ者ト並ンデ進ムコトガ出来ナイコトトナル。尚コレマデノ例ヲ見ルト、徴兵検査後ノ不摂生カラ遂ニ健康ヲ害シタリ、マタ送別会等ノ際、悪友ニ誘ハレテ遊女ニ接シ、最モ恥ヅベキ性病ニ罹（かか）ッタ為、入団ノ日ニ帰郷ヲサセラレタモノガ相当ニアル。誠ニ不名誉ナ訳（わけ）デアルカラ能（よ）ク衛生ニ注意シ、規則正シイ生活ヲシテ立派ナ身体ト充分ナル元気ヲ以テ入団スルヨウ希望スル。

三、海軍ニ於テハ、艦船、兵器、機関等ミナ最新ノ学理ヲ応用シテアルカラ、軍隊教育ヲ受ケルニモ智力ガ足リナイト進歩ガ遅イ、普通学（算数、読方、書方）ヲ補習シテオクガヨイ。コトニ諸子ノウチ将来、下士官トナリ、更ニ進ンデ准士官、特務士官ニモ成ラウト思フ人、試験ニ依ッテ各種練習生トナリ、色々ノ事ヲ学ブ必要ガアルガ、其ノ際、普通学ガ出来ナイト自然、他人ニ遅レヲ取ルコトニナルカラ、コレマデ習ッタ学術ヲ復習シ、ナオ進ンデ修学スル必要ガアル。

四、軍隊ハ、幾百幾千人ト云フ沢山ナ人ガ集マッテ居ル所ダカラ、紀律（きりつ）ガナケレバ混乱スル。ソコデ、寝ルニモ、起キルニモ、食事ヲスルニモ、一定ノ時刻ガ定メラレテアッテ、勝手気儘ナ行為ハ許サレナイ事ハ当然デアル。故ニ最初ノ間ハ多少窮屈感ジガスルデアロウガ、其ノ規則ニ慣レテ来レバ、身体ハ益々発育シ、心気ハ愈々充実爽快（そうかい）ニナルモノデアル。依ッテ、今日カラ軍隊ニ入ッタ考ヘデ食事モ規則正シク、夜更カシ、朝寝等ノ悪イ癖ヲ矯正シ、カツ自分自分ノ心ヲ制スル、イワユル克己（こっき）心ヲ養フコトガ肝要デアル。

五、略――。

六、入団前ニハ、家事ノ整理ヲナシオクコトガ大切デアル。入団後、帰省ナドスルコトガアルト、他人ニ後レヲ取ルコトニナルカラ、家事上心配事ノナイヨウニシテ置クコトガ必要デアル。

七、入団ノ際ニ於ケル衣服ハ、質素デ清潔ナモノガヨイ。入団後ハ官給被服ノ他ハ着用ヲ許サレナイカラ、入団ノ為ニ特ニ新調スルコトナク、青年学校ノ制服等所持者ハ、其ノ服ヲ着用スルガヨイ。以下略――。

入団ノ際着用シタ衣服ハ、小包郵便デ送リ返スノデアルガ、小包用紙、紐（ひも）等ハ海兵団デ取リマトメテ買イ入レルカラ、持参スル必要ハナイ。

八、出発前ニハ必ズ頭髪ヲ短ク刈り、手足ノ爪ヲ剪（き）リ身体ヲ清潔ニセネバナラヌ。

九、略――。

十、金銭ハ途中ノ旅費ノ外ハ約拾円ヲ最大限トシ、余分ニ携行シテハナラナイ。
十一、略――。
十二、略――。

以上。

父兄の心得

イ、入団時ノ付キ添イハ、時局柄、官公吏員以外ハ絶対ニ付キ添ハザルコト――以下略。
ロ、略――。
ハ、略――。
ニ、略――。
ホ、本人ノ父母妻子ガ重病死亡、マタハ一家ニ是非トモ本人ガ帰ラネバナラヌ緊要ナコトガ起コッタ場合ニハ、父母モシクハ親族ニ於テ願書ヲ作リ、市区町村長マタハ、コレニ準ズベキモノノ証明ヲ受ケ、海兵団長（艦長）ニ帰省ヲ願ヒ出ルト許可サレル――以下略。
へ、略――。

（略――。の部分は、本文にあまり関係ない事項と思われるので、削除させてもらった）

壮行の宴

私の勤務校では、南木(なんぼく)辰次郎校長、陰地(おおじ)恒治教頭をはじめとし、地元有志の方々のご厚意と、男子児童三年生以上の全員が、毛筆をもって大きな日の丸旗へ、墨痕(ぼっこん)もあざやかに、それぞれの姓名をていねいに心をこめて寄せ書きして、生命長久の力を貸しあたえてくれたのである。とくに、学校長が「祈武運長久」の文字をさらに大書してくわえてくれた。

「お元気で戦ってきてください。そして、私たち職員一同、生徒たちともども、凱旋の日を楽しみに待っています」といって、日の丸の寄せ書き旗をわたしてくれたのであった。戦時中のことで物資不足のおり、日の丸はスフ生地であったが、みなの心がひとつになった、熱(あつ)い血のかよった温かさを感じさせてくれる本物であった。

婦人会員のみなさんからは、千里行って千里かえるという虎に因(ちな)んで、白生地に書いた虎の図の上に、真心こめた一針を千人、縫いとどめて、

「肌身はなさず身につけてください、そして、元気でがんばってきてください」とい

って、千人針の布地を渡してくれた。婦人会長さんの肩には、「国防婦人会」というタスキがかけられていた。

この世に心底から戦争を好み、戦争を喜び讃える人間は、ひとりとしていないであろう。しかし、一度、導火線に、だれか火をつけてしまうと、押しとどめるすべはないかのようで、やがて否応なしに、若者や男たちは戦場へ駆り出されて、国をまもり同胞をまもるために身命をすてなければならなかったのであった。そんな時代に生まれあわせた人間の悲しい運命（さだめ）というものなのだろうか、自分の身もまた、祖国の存亡をかけた大戦争に参加しなければならないのだ。

「しっかり戦ってきます。いろいろな心づくしの品々ありがとうございました。……留守中のこと、よろしくおねがいいたします」

万感胸に迫り、とっさには思いが言葉になりにくく、多くの人びとの気持がただありがたく、感謝しながらお礼を申し述べ、押しいただいて受け取った。

私は、この日の丸の寄せ書きと千人針を、いまも大切に保存している。ことに千人針は、大竹海兵団に入団以来、いつも肌身につけて離さず、「大和」が沈没のさいも、文字どおり私と一心同体、漂流をともにした記念の品となったのであった。

三月下旬の大安吉日をえらんで、親戚をはじめ、近所の方々が集まって、壮行の宴をひらいて励ましてくれた。

酒も不自由なときで、なかなか入手するのに困難であったにもかかわらず、父たちがなんとか都合をつけて、ささやかではあるが賑やかな宴会となった。

村の役場で兵事係を担当していた陸軍曹長の森村久一氏が、大竹海兵団まで引率してくださるということで、宴席においでをねがった。

ただ一人の父方の叔父信義をはじめ、従兄弟の峪口勇一さん、陸軍兵として戦争体験をもっている下田新一さん等々、闘志さかんな面々が顔をそろえてくれたように思う。そして口ぐちに、気取りのない励ましの言葉をかけてくれるのである。

「軍隊というとこはにゃ、〝運隊〟というてにゃ、なんでも要領ええせなんだら損じゃぞ」

「そうじゃ、そうじゃ。それ、一つ軍人は要領を本分とすべしというのに」

「要領わるいために怒られたり、張り飛ばされたりするよってのし」

「平次は身体も丈夫じゃし、要領もええすか、心配なかろぜ」

壮行会であるから、メソメソ話は禁物で、どうしても威勢のよい話や、軍隊体験談の花が咲く。

「兵隊にとられて、なにがつらいかいうたら、やっぱり病気じゃったのし」

「病気はいやじゃったし。長いこと休むと進級もおくれて、さっぱりじゃ」

「そやけどのし。病気で入院していたよってに、第一線に出なかって命びろいした兵もおるよってのし、病気もええときもあるぜ」

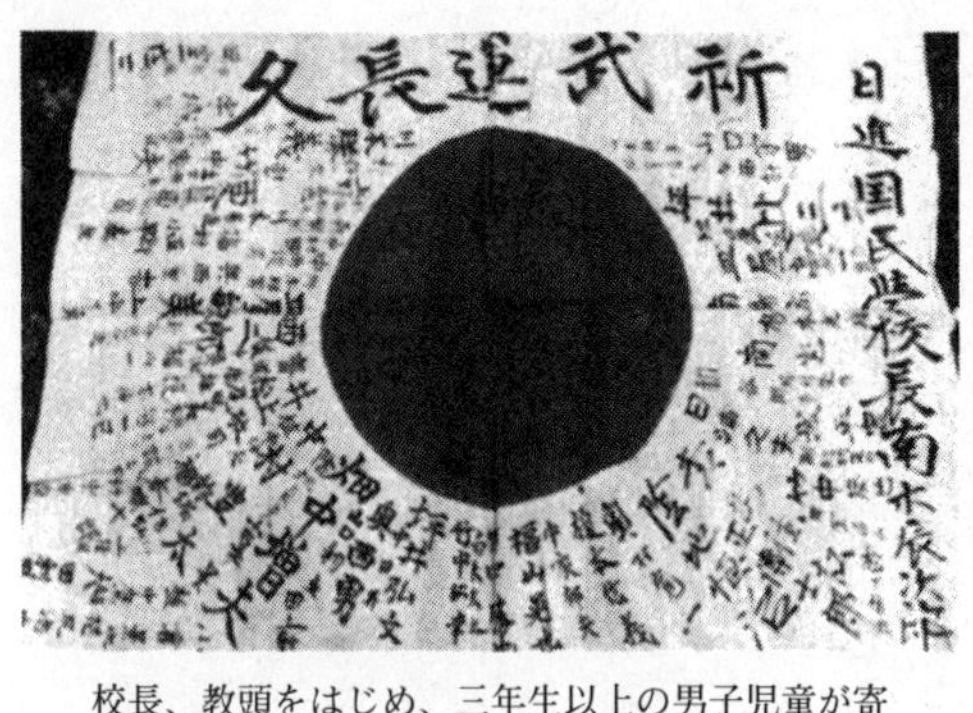

校長、教頭をはじめ、三年生以上の男子児童が寄せ書きしてくれた日の丸。このほか婦人会からは千人針をおくられた。

「だから運じゃのし」

「兵隊だけゃ、だれも行きとて行くんじゃないよってのし。仕方なしにシブシブ行くだけじょ、のし」

　いまから入団しようという私を横において、しだいに本音が出るようすであった。

「それでも海軍は陸軍とちごて、重たい荷物を背負って歩いたり、走ったりせんでもええさか楽(らく)じゃにゃ」

「そうじゃ、雨降りに荷物負うて、泥道を行軍するのはゾッとしたのし」

「それで病気にかかる兵も出るよってのし」

「艦(ふね)は沈んだら助からんが、それでも海軍はええのし」

村から海軍に行った人は少なかった。ほとんどの人が陸軍であったため、海軍の経験談を聞かせてくれる人はいなかった。

そのうち、酒の方もほどよくまわり、みなの顔も赤らんできた。

「さあ、チトここらで歌でもやろらえ」

「そうじゃ、目出度(めでた)の歌をたのむぜ」

威勢のいい地元の民謡に合わせて、手拍子の音も入り、宴はいよいよたけなわとなっていく。

姉たちは、酒の燗(かん)やら肴(さかな)の調達につとめてくれていた。五十八歳になる父は、身体は頑丈だが、酒はまったくといっていいほど駄目な方で、最初の盃一杯ですでに真っ赤な顔になっていた。

そういえば、父は壮年のころから、正月などでも、盃一杯のお屠蘇(とそ)で他愛なく酔ってしまい、横になって寝ていたものである。しかしながら、この夜ばかりは、みんなが自分の息子の壮行のために集まって、武運を祈ってくれている席であるから、苦しいのを我慢して坐っているのであった。

さらにいえば、父もむかし陸軍兵として軍籍があり、軍隊のメシを食った体験をもっているが、途中で病気にかかり、療養生活を送らざるを得なかったから、実戦の体験はしていない。そのせいもあり、階級も二等兵か一等兵であったと思う。戦局は、まことに不利で、国民生活のきびしさも、日ごとにつのってきているとき、海軍水兵として出征していくわが子が、傍目(はた)には何も知らぬげに、みなとともに呵々(かか)大笑しつつ祝い酒をあおっているそのさまを、どんな気持で眺めていたことであろうか。

　宴はようやく深更になって終わることになった。一同起ちあがって、

「出征兵士、平次君の武運長久を祈って、万歳の三唱をおねがいします」

　叔父の音頭(おんど)で万歳三唱となった。春の夜のしじまをやぶって、威勢よく一同、声たからかに万歳三唱をしてくれた。

　拍手がつづく中で、私は幾度も頭を下げ、「ありがとうございました」をくりかえしたのである。

　宴がおわると、人びとは、それぞれ家路についた。いい気分になって、大声で歌いながら石段を降りていく人もいたようであった。

「さあ、だいぶおそいぞ。もう寝ようか」

　残された家族の者は、宴会のあと片づけは明日にして、床につくことにした。

私も、みなといっしょに布団に横になったが、なかなか寝つかれなかった。教え子たちの顔が、ひとりひとり目の前に大うつしになるかと思うと、教室での勉強や、ともに過ごした川遊びの情景などが、二重うつしになって現われては消えていくのであった。

若い女性の先生がたの顔もうかんでくる。校長先生や教頭先生の姿も現われてくる。そして、さいごには、校舎とその周囲の風景がひろがってくるのであった。

故郷をあとに

昭和十八年三月三十一日、いよいよ出発の朝を迎えた。大阪までは各町村ごとに兵事係で引率し、所定の時刻に大阪駅に集合、その後は団体行動で広島県大竹駅に向かうことに決められていた。

生きて帰れる保証はなにひとつない。これがわが家での最後の食事になるかも知れないと思いながら朝食をとり、父母をはじめ兄弟姉妹に見送られて、わが家を後にした。父母は、どこまでもついて行っても同じで、かえって別れづらくなるばかりだから、ここで見送るといって、家の前に立ったままであった。

私は兄と森村曹長と三人で、神社の森へ向かった。しばらく歩いてから、ふり返ると父母たちは、おなじところに立ったまま、私たちの方を見送っている。「さようなら、お達者で！」声には出さなかったが、そんな気持を込めて、片手を高くあげて振った。

途中、氏神である飛鳥神社に詣で、西久保信彦神主に、「武運長久」の祈願をしてもらった。村人たちが、おおぜい境内に集まってくれていて、ともに祈願をしてくれた。

祈願祭が終わってから、集まった村の人たちに向かって、

「本日はお忙しいところをお見送りいただいて、本当にありがとうございました。日本男子として恥ずかしくないように、戦ってきます。留守中のこと、よろしくおねがいします」

と、声をはりあげて挨拶を述べた。

つぎの瞬間、森にこだまする村人たちの「万歳」の声がわきあがった。神社の森から五百メートルほど離れたバス停留所まであるく。沿道にも村人たちの姿があり、日の丸の小旗を振りながら見送ってくれている。軍歌も歌ってくれている。

勝ち戦さのときは、勇ましく力強く耳に聞こえた軍歌も、戦況が不利となり、制海

制空権を、つぎつぎと連合軍に奪回されてきたこのころになると、なにかさみしくひびくのであった。森からつづいた村民の歓送の列も、バス停で終わって、ここから木本（現三重県熊野市）行きのバスに乗ることになった。

バスがきて、乗り込んだ私は窓から首をだした。

「ありがとうございました」

手を振り、頭を下げて別れの挨拶をする。ふたたびわき起こる万歳の声を耳にし、打ち振られる日の丸の旗を眼にするのもつかの間、バスは動き出し、村人たちの姿は視界から遠ざかっていった。

ふたたびこのふるさとの土を、この足で踏むことが果たしてできるのであろうか。今日までのいろんな想い出が、走馬灯のように頭の中をかけめぐるのであった。学校のこと、教え子のこと。そして、同僚の女教師のこと。そうだったなあ、あれは緑の匂いがプンプンする五月だったかな。同僚の福田栄子先生を自転車の後ろに乗せて、この道を走ったことがあったなあ。土曜の午後だった。明日は日曜日というので、夕方、実家へ帰ろうとして自転車の準備をしていると、「先生、帰るの」と後ろから女性の声がした。ふり向くと、栄子先生が微笑しながら立っていた。

「ああ、ちょっと食糧を仕入れにと思ってね」

「いいなあ、私も帰りたい」

「帰ったら」

「うん。でもバスはもうないの」

「ああそうか。よかったら、この後ろへ乗せていったるぜ」

ほんと、うれしい。じゃ用意してくる。ちょっと待ってね」

栄子先生は、自分の住宅（住宅は、バス道路からかなり上の方に登ったところにあったので、「上の住宅」と呼ばれていた）へ走るようにして去った。

「上の住宅」は、三人の女教師が住んでいる一棟三戸の教員住宅で、野菜畑もわずかながらついている、見晴らしのいい場所にあった。学校の屋根、校庭の隅にある柳の大木、そしてバスが走る道路などを、一望のもとに見下ろすことができた。そして、村の中を流れる川。道路と川の間には水田がひらけて、初夏ならば、早苗（さなえ）が青く、着物のがら模様のようにひろがっているのも見えた。

実家に持ち帰る洗濯物や米袋などを用意し、住宅の戸締まりをすませて待っていると、まもなく栄子先生がやって来た。

「ありがとう、すみません」と、小さな声でいう。

「じゃ出かけようか、大丈夫かね」

「しっかり先生につかまっていくわ」

「よーし」

私は自転車のペダルを踏みはじめた。いまのようなアスファルトでない道路は、石ころあり轍（わだち）ありで、人ひとり乗せて走るとなると、なかなか大変であった。おまけに栄子先生は、失礼ながら、かなりのグラマーで、重いのだった。登り坂になると、彼女は自発的に荷台から降り、自転車を押しながら歩く私に肩をならべた。夕方で、吹く風が肌に涼しかった。

「先生、若い男女の教師二人が相乗り（あい）しているのを校長先生に見られたら、叱られそうね」

「そうかな。そんなことはないよ」

「でもね。校長先生ね、男の先生とできるだけ話をするなって、私たちに言われましたよ」

「そう……なにせ嫁入り前の娘さんだものな。心配してくれているんだよ、きっと」

「でも、いいの私」栄子先生は、うつむいていう。

下り坂になると二人は、ふたたび自転車に乗る。道路両側の杉の木立が、うしろへ

うしろへと流れて、耳もとで風がやさしく唸る。

「だいじょうぶ？　そんなに飛ばして」

「ひっくり返るまではだいじょうぶ」

「いやよ私、もっとゆっくり走って」

「じゃ、あんた、あとから歩いてくるか」

「意地わる……」

あのとき、栄子先生は、うしろから私の腰を両手でしっかりとつかまえていたっけ。

この道だったな……初恋ともいえぬような、仄かな、しかし、甘酸っぱいような想い出である。

　想い出は、つぎからつぎへと湧いてくる。

壮行会の夜、宴席に座っている私の傍らに、当時五十七歳の母がそっと近づいてきて、耳打ちしてくれた言葉も浮かんできた。

「武運を一心にお祈りしたるよって、心配せんと征ってこいよ。それから、ご先祖様にも朝夕、欠かさずおねがいするよってにゃ」

　じっと見つめてきた母の顔が窓に映ってきた。胸の中にいいたいことが山ほどあっても、わが子に自分の本当の心を伝えられない軍国の母。その心中を思うと、胸つまる思いになるのであった。

あらわれては消えてゆく窓外の景色。緑が目に痛いほどしみる山間(やまあい)を、右に左に、バスは大きく揺れながら、終点である木本町へと走りつづけた。

回想ばかりでなく、さき行きの不安もある。

師範学校在学時の軍事教練では、陸軍式の訓練を十分に受け、さらに三重県久居(ひさい)第三十三連隊にも、二週間、仮入営して、一般兵と同様のきびしい日課をこなしてきた体験もあるので、陸軍兵の生活や教練については、だいたいわかるが、こと海軍については皆目わかっていない。書物や絵、さては映画シーンなどで、おおよそのところをかいま見、想像するだけである。そうした未知のきびしい現実にたいする不安と、戦争という異常事態にたいする恐怖感などが交錯して、なんともいえず複雑な心境になるのを押しとどめることができないのであった。

いつかバスは、五郷村と飛鳥村の境をすぎ、勤務校の校区をも通過して、やがて評議(ひょうぎ)峠というカーブが多くて道幅の狭い難所にさしかかる。土ぼこりがもうもうと車のうしろに舞いあがり、右に左に傾きながら揺れるので、乗り物酔いする人は命がけの難所として、つとに有名であった。当時は、車に乗りなれぬ人が多かったためか、田舎の人たちのなかには、乗り物酔いをする人が、じつに多かった。思うに、よごれた空気にたいする免疫がないためであろう。胃の中のものをすべて吐きつくし、半死半生の状態になってしまう女性もめずらしくなかった。

評議峠を登りきると、こんどは一気に木本町までくだり坂となる。いぜんとして、うねうねとまがりくねる羊腸の道ではあったが。

木本町からは、紀勢西線で大阪へ。夜汽車の旅であった。ちなみに、当時は、木本が紀勢西線の終点で、現在のように、亀山、名古屋に通じる鉄道はなかった。

大阪では、各地から集まった入団者が合同し、指定列車で広島・大竹に向かうことになっていた。

大阪駅で、私は顔見知りの人物に会うことができた。

「おお、橋本君じゃないか」

彼、橋本君は木本の近くの井戸という土地の出身で、木本中学校から、おなじ三重師範へ進んだ英才で、本科第二部生であった。端正な顔立ちからうけるイメージが、どことなく近衛文麿氏を連想させるというので、「近衛さん」というニックネームをつけられていた人物であった。出征までは、私の勤務地の隣村である小阪国民学校で勤めていた。

「坪井君は、今朝着いたのか。ぼくは少し早く来ていたんや」

「そうか、知らんかったな」

「よろしくたのむよ」

「いや、おたがいにがんばろうや」

あちらでも、こちらでも同様のひさしぶりの対面劇があるらしく、「おっ」というような叫び声があがっている。さらにもうひとり、知った顔に出合う。

「中井君じゃないか」

「おお、坪井君か、君も海軍か」

中井利次君は私とおなじ本科一部で、五年間おなじ釜の飯をくった同窓生であった。度会(わたらえ)郡中川というところの出身であった。剣道をよくし、たしか、在学中に三段を獲得した猛者(もさ)だった。

知った顔に出合ったせいで、沈みがちだった心も元気をとりもどし、学生時代の想い出話やら、新前教師一ヵ年間の経験談に花が咲いた。なかには、すでに恋人のいる者もあって、われわれを羨(うらや)ましがらせる始末で、傍目(はため)には、これから海軍に入団する若者の一団というよりも、旅行の団体のごとくであったろう。

しかし、心の中は、やはりなんとなく落ち着かないものがあり、時がたつにつれ、無聊(ぶりょう)を紫煙でまぎらわすしかなかったのである。「指定列車」といえば聞こえはいいが、鍛えぬかれた精兵がつぎつぎと戦死していった、その補充のために集められた予備兵的色彩の濃い人間たちが押しこまれている乗り物でしかなかったのである。

広島県下に入ると、軍要塞地帯となっている区域が多くなり、海側の車窓は、みなグリーンの遮蔽幕でさえぎられ、何も見ることができなくなった。ときどき巡回してくる警邏車掌や、憲兵の靴音だけが、軋むレールの音にまじって聞こえるだけであった。重苦しい空気の戦時下の列車内は、煙草の煙だけが長くつづいて、蜘蛛の巣糸を散らしたように流れていくだけであった。

大竹駅に到着すると海兵団から迎えの下士官がきており、私たちは、その下士官の指示にしたがって隊列をととのえ、海兵団に向かった。

間もなく団内に入って手続きをすませることになるのだ。いよいよ海軍軍人として、新しい別世界に一歩を踏み入れようとしている。

「歩調とれ！」

ひさしぶりの軍隊用語である。足音高く、海兵団の衛門を通過した。

「つぎの指示あるまで、しばらく待機。休め！」

われわれ新兵を、各地から、ここまで案内してきた引率者たちは、団内の見学をした後、その日のうちに、とんぼ帰りで帰郷ということになった。私は、ここまで自分を連れてきてくれた森村曹長に別れをつげた。

「ありがとうございました。お帰りになりましたら、元気で、みなとともに入団したと伝えてください」

「じゃ元気で。しっかり務めてくれ」

森村曹長は、短く別れの言葉を残して去っていった。

新入団の私たちは、各引率者と別れ、つぎの指示を緊張のうちに待ったのである。

第二章　大竹海兵団の生活

呉徴師五三〇

新入団者にたいする身体の測定および諸検査は、簡単に型どおり実施された。身長、体重、胸囲、そして肺活量の測定などが、整然と緊張裡に行なわれていった。まさか、ここまで来て、「不合格、帰郷せよ」ということもあるまいが、今後のきつい教育訓練や艦船勤務等の資料として残すためのものであろうか。

身体測定と諸検査が、ぶじ終わって、いよいよ所属の教班に帰り、軍服に着替えることになった。下着からはじまって、すべてが官品となり、私物品は、いっさい身につけることができないことになる。官品はつぎのごとくであった。

第一種軍装（冬服）二着。第二種軍装（夏服）二着。事業服（作業用）三着。エンカン服（作業用のツナギ）三着。袴下（モモヒキ）二着。シャツ夏冬用各三着。脚絆一。

腹巻一。靴下八。毛布覆い大小各一。軍靴二。帽子二。

衣嚢という衣類を整理しておくキャンバス製の袋に、あたえられたいっさいの官品類と、そして筆記用具等の私物品もこの中に納められる。すなわち、自分の全財産が、常時、この衣嚢に入っていることになる。

教班長の指導によって、どうにか水兵さんらしい服装に着替え終わった。ついこのあいだまでは、国民学校の教師であったが、いまはクリクリ坊主頭の新入り水兵にはや替わり。第三兵舎の階上、階下ともに、着替えのおわった新前水兵で、急に賑やかになった。脱いだ私物品は、すべて別小包便にして郷里へ発送となるのであった。

当座必要ない官品等は、きちんと折りたたんで衣嚢の中にしまっておくことになる。この整理格納を几帳面にやっておかないと、衣服がシワになったり、納める順番がくるって出し入れに苦労しなければならなくなるので、注意が肝要であった。

私の所属は、第三十一分隊第十教班であった。そして、「呉徴師五三〇」の番号をもらったのである。この呼称および数字は、今後、海軍軍籍にいるあいだ、私の全人格を象徴する大切な数字であった。呉鎮守府管下の徴兵で、師範学校を卒業した五百三十人目ということを意味するらしい。衣服類はもちろんのこと、食器箱等、自分の所持品には、すべてこの番号を書き込まなければならない。それは、自分の所有物であることを団（艦）内に公示するためでもある。

官品は、管理維持を厳重にして、盗（と）られたり、失ったりしないように心がける必要があったし、破損、ほころびの簡単なものは、自分で修理、補修をしなければならなかった。

海兵団の兵舎は、すべて二階建てで、幾棟もつづいている。私たちの分隊は第三兵舎で、第十教班は階下であった。兵舎は、ガランとした大きな空間で、中央が広い廊下になっており、左右が、各教班の生活の場所、すなわち憩いの場であり、食事の場であり、寝（やす）む場であり、学習する場であり、ときには、きついシゴキに耐える場でもあった。各教班の区切りは太い梁（はり）（ビーム）でなされており、この梁にゴツイ鈎（かぎ）（フック）が取りつけられていて、眠るときの吊床（つりどこ）をつるすようになっていた。だから、各教班は端から端まで、全部、見とおせるようになっている。食事にしても、シゴキにしても、みな公開制である。たとえば、

「あ、八教班の井上二水。またやられているな」とすぐにわかってしまうのであった。

だいたいにおいて、師範学校卒業者は、各人共通に、性格は温順、人にやさしく、学力は各人共通に、性格は温順、人にやさしく、学力は上位というのがほとんどで、およそ軍隊という社会には馴染（なじ）みにくい人間が多かったと思うが、それでも、教師で

あったという体面上からも、人にうしろ指をさされてはならぬという思いから、自分の心に鞭うって、真の軍人たらんと大いに努力精進したものであった。

〽お国のためとはいいながら
人のいやがる軍隊に
召されていく身の　あわれさよ
かわいいスーチャンに
泣きわかれ

そんな替え歌を記憶しているが、昭和十八年といえば、呑気に歌などうたっておられるときではなかった。艦隊よりも陸戦隊の方が重視されかけようとしていたときでもあった。すなわち、本土決戦を覚悟で敵に当たらなければならないという悲壮感が、芽を出しはじめていたころである。

私たちの子どものころよく聞いた歌に、

〽輜重輸卒（しちょうゆそつ）が兵隊ならば
チョウチョとんぼも鳥のうち
電信柱に花が咲く

という歌があった。これは陸軍の歌であろうが、海軍では、なんといっても主計科という艦内の食事、すなわち各人の胃袋を牛耳る兵科と、健康の管理にあたる衛生科がよかったように思う。

私たち高角砲分隊の兵科は、いってみれば敵弾を受けとめる壁のようなもので、訓練はきびしく、危険は大という兵科であって、主計科や衛生科のような特典はなかった。

海兵団の一教班には十六名の兵が所属し、各教班に教員がついて指導に当たってくれた。それぞれ同じように、まったく訓練を受けてない者ばかりが基礎教育を受けるのであって、個人差がないので、その点、楽であった。しかも出身学校は、それぞれ違っていても、みな志を同じくした師範徴兵であるという安堵感もあったように思う。

そんなわけで、教班長たちも立派な人があたってくれていたのだろうが、学科面よりは、技術面の教育指導に、大変な苦労をしたのではなかったろうか。

分隊長は海戦を経験している将校、しかも、海兵出身の九州男児の長船主基穂大尉であった。なかなか男っぷりもいいし、なんといっても、快活なのがよかった。まことに、軍人になるために生まれてきたような青年将校で、私たちが海兵団教育を終了して、戦艦「大和」に配置されてから間もなく、長船大尉も乗艦して、主砲分隊長として勤務していた。海兵団での教育を受けた懐かしい分隊長が、同じ「大和」へ来てくれたというので、私たちの艦内生活にも、なにかしら張り合いが出て、ずいぶんと気合いを入れて頑張ったものだった。

「コリャー貴様たち。師徴兵(しちょうへい)ら、しっかりやっとるかあ」

いつどこから、あの怒鳴り声が飛んでくるかと思って、緊張していたものであった。

さて、入団した翌日、入団式が挙行された。海軍のおえら方が正装してやってくるというので、班長さんたちは緊張の極にあったが、新前のわれわれは、さほど気にからない。まだ娑婆(しゃば)っ気(け)が抜けきれていなかったのであろう。

海兵団では、スピーカーから流れる「総員起こし十五分前」の号令で、一日の朝がはじまるのであったが、馴れぬ私たちにとっては、「総員起こし一時間前」からソワソワして、落ちつかない気分であった。なんといっても、吊床というのは、はじめてのことであり、動けばブランブラン揺れるし、夜半、小便に起きて、へんに揺らすと、隣の兵をついでに揺り起こしてしまうし、馴染むまでは、あまり結構な寝床とは思わなかった。

「総員起こし五分前」

この号令で心の準備を一層かためて、つぎの起床ラッパを息をころして待つのである。

まもなく、けたたましいというよりも、叱咤（しった）するごとくに、起床を知らせるラッパが兵舎に響きわたる。

ラッパが鳴り終わると同時に、

「総員起こし　総員起こし」の号令が流れる。

「それっ」とばかりに、いっせいにはね起き、吊床の片づけを手ばやく行なうのである。終わると、すぐ着衣して中央の通路側に整列し、揃った班から当直下士官に報告を行なう。

当然のことながら、起床から、この報告完了までの時間をいかに短くするかは、吊床の片づけと着衣のはやさにかかってくる。

息つく間もなく兵舎前の広場に全員集合して、朝の日課が行なわれた。そして、約三十分間のあいだに点呼、訓話、体操のプログラムを消化するのであった。

師範徴兵は、いわゆる、「短期現役兵」であって、従来、政府も軍部も一般教育の重大であることを認めて、教職にあった者には特別のあつかいをしていたのであった。ところが、私たちが入団した昭和十八年から、この特典が中止となり、一般徴兵者と同じように、満期になるまで勤務することとなった。それればかりか、特別攻撃隊という百パーセント生還を期し得ぬ作戦にも参加しなければならなくなってしまったのである。

うちつづく太平洋上の、きびしい戦闘の結果、人材の消耗がはげしく、したがって一人でも多くの戦闘要員を確保する必要から、いかなる特例をも認める余裕がなくなってきたのであろう。

しかしながら、進級の方は、従来どおり一般徴兵より、はやく進級することができ、だいたい三ヵ月ないし、六ヵ月で昇級していった。なんといっても、階級がモノをいう社会であるから、他の徴兵の者からは、そうとう羨ましがられたもので、そのことが別のかたちで、「師徴兵、セイレツ！」の罰直となって、はね返ってきたようであった。

普通、年功を積んできた下士官は、階級章の上に善行章という黄色い山形をしたマークがついていて、この数が多いほど貫禄があり、ハバをきかせたものであった。この善行章を一本つけるには三ヵ年を要した。

ところが、私たち師範徴兵は、進級がはやくても、マークはもらえない。そのため、「ボタ餅」といわれ、「ああ師範か」「ああ短現さんか」などと、階級章の額面どおりに力量を認めてはもらえなかった。負けず嫌いの私などは、なめられている感じがして、大変さみしい、いやな思いをしたが、こんなとき、

「何クソ！　人にできることをおれがやれないことがあるものか」と意地を張ってがんばったものである。

艦隊勤務になったら、思いっきり働いてやるぞ、そのような闘志が湧いてきたのは、私ひとりではなかったろう。師徴兵の意地でもあった。

海兵団での新兵教育は吊床の調練からはじまった。何回も何回もくりかえしシゴかれるうちに海軍魂がたたき込まれた。

おなじく三重師範を卒業して入団した三重県井戸出身の橋本正明君、多気(たき)郡相可出身の太田幸雄君、鈴鹿郡出身の永井泰真君、度会(わたらえ)郡出身の中井利次君らはおなじ分隊であったが、教班は別々で、おなじ兵舎の階上で生活していた。太田、永井の両君は、ともにおなじ教班にいたので、おたがい心強さを感じていたようである。

カッター訓練のあとで尻が痛くなり、脚が疲れてヘトヘトになって帰ると、二階に登る階段が、たいへん高く見えてつらい、とよくこぼしていたものであった。

「おい、がんばっているか」

「しっかりやろうぜ」

休憩時になると、短い言葉をかわして、よく励まし合ったものである。シゴかれて、フウフウいっている図は、絶対に恋人には見せられない、どんな恋もいっぺんに覚(さ)めてしまうだろうと思ったものである。

戦後のことになるが、ある元高級海軍将校たちの会話の中で、つぎのような対話がなされていて、私たち師範出身の下士官・兵のことを、しっかり見ていてくれた達識の方もいたのだと少しばかりうれしくなったことであった。

「気の毒といえば、戦後の記録でも、ほとんど見かけない言葉に、『師範徴兵』というのがあるんです。むかしの師範学校を出た人が短期間の兵役につき、下士官になって先生にもどるという制度なんですが、『大和』にもかなりの師範徴兵の人がいて戦死しているんです。

特年兵といって、少年兵で志願した人がいますが、やはり犠牲者がずいぶんでていて、その人たちには、東郷神社に碑が建てられたり、予科練でいった人なども、いろいろな形でその魂が慰められているんですが、師範徴兵の人たちだけは、その意味で無視されているようで、気の毒な思いがするんですよ」

私たちは、一般徴兵の者と同じ配置につき、身命を抛って配置を守り、艦と運命をともに闘ってきたので、けっして楽で安全な配置で、時を稼いでいたのではなかった。この事実を認めてくれている人のいることは、まことにありがたいが、さらに一歩進めて形あるものにし、その英霊に報いてやってもらいたいと思う。

よく「師徴」とか「短現」とか言うコトバを耳にすると、「同じように努力して働いているのになあ」と思ったり、あるいは、もっと直截に、「なに言うか、バカヤロウ」と怒りの気持が湧いたものである。

「よしやるぞ」の気性

さきほど触れたが、海兵団の生活は、まず、「吊床」の訓練からはじまった。いわば、自分たちのネグラづくりである。「吊床」別名「ハンモック」といわれた。幅九十センチ、長さ一・五メートルくらいの麻布の両端に、多くの孔があけられており、この孔に細いロープを通して麻布と結び、そのロープを一点に集めて、四十センチから五十センチほどの長さの端に、直径十センチ大の鉄の輪を結ぶ。その一方には、

「吊床ヒモ」という太い目のロープが付けられていた。

吊床をつる兵舎の各班境界をしめす梁（ビーム）には、鈎（フック）が固定されており、これに一方の鉄輪をかけ、もう一方を太い目の綱でつりあげて結ぶのである。吊床の麻布の中味は、藁布団一枚、毛布三枚が入っていた。毛布には白い覆い布がかぶせてあって、ホコリを防ぐようになっていた。この覆い布をせずに使って、毛布の毛屑を吸い込んで、盲腸炎を起こす原因になったとか聞いたことがあるが、真偽のほどはわからない。

「吊床訓練」というのは、自分の吊床を格納庫から出して、定められてある自分のフックにいかに早く、正しく美しく、完全無欠につるし終わることができるか、また逆に、いかに早くたたんで、正確にもとの格納場所に納めることができるかを、反復練習することである。

上手にしっかりとくくればよいが、下手にくくると魚が腐って臓腑を出したように、グニャグニャになるし、上手にくくったものは一本の樫の棒に似た柱状となり、固く直立してシャンとしていたものであった。

これには毛布の丸め方、麻布の丸め方、そして、太い目のロープでの締め方にコツがあった。上部から五ヵ所をくくり、しめるのであるが、一ヵ所、一ヵ所に十分、力を入れ、等間隔に五ヵ所を締めると、固く同じ太さで美しい形に出来あがったものである。

よく海戦の絵画とか、写真を見ていると、戦闘中の軍艦の艦橋部分の要所要所に、白いつとでかこっているのを見かけるが、あれがこの吊床である。

吊床は、このように新兵に海軍魂をたたき込むための道具ともなり、あるいは、寝(やす)んで一日の疲れをとりのぞき、また転じては、こっそり写真をとり出しては、楽しいあの娘(こ)の夢を見る道具にもなった。そして、ひとたび戦闘ともなれば、兵器や人命を銃弾や爆弾片、爆風から保護する大切な役目も果たしたのであった。

汗をかき、ほこりにまみれながら、ビンタと怒声をもらって、シゴかれ鍛えられているあいだに、だいたい、四十秒前後のはやさでできるようになって、コワイ教班長から合格点をもらえるようになったものである。

「総員起こし」

「総員、寝ろ」

何回も何回も、くりかえし、くりかえし、号令をかけられ、ズボン、上着を脱いだり着たり、吊床をしめくくったり、つるしたり、それこそ、教班員全員が、そろって合格するまでやらされるのだから、たまったものではない。疲れてくるとるようにな

り、他兵のフックにつるしてしまって、

「貴様！　どこへかけとるか」と、雷が落ちるのであった。

短い海兵団教育で一人前の戦闘要員に育てあげ、第一線の艦船部隊に送らなければならないので、従来のように、半年、あるいは一年というような訓練期間が許されない。一日を、二日にも三日にもつかって、連日、訓練がつづけられたのであった。速成であっても、中味は、少しも以前とくらべて変わっているわけではなく、また、変わったものではいけなかったのだ。

とにかく、さっぱり要領のつかめない初体験の新兵ぞろいだから、海千山千の教班長たちから見れば、幼稚園の子どもみたいなものだったろう。だからといって、

「みなさん、ではこれから吊床の練習をしましょう」

「よろしいか、途中でやめないようにしてくださいよ」

「ハイッ、はじめなさい」というようなことでは、身命を惜しまず戦える勇敢な水兵は、いつまでたっても誕生しない。

「貴様！　それでやる気を出しているのか！」

「バカモン！　そんなことで勝てるか！」

「ぐずぐずするなッ！」

やっぱり、腹の底にこたえる訓練でないと、駄目水兵しか育たなかったのだろう。とにかく、つぎからつぎと怒鳴られっぱなしなのである。そして、ときどきビンタをもらうことになったり、教班長の「ゴ機わるい」（ごきげんがわるい）ときは、飯ぬきの罰をくったり（これは、いくら食っても腹はふくれない）さらには軍人精神注入棒という野球のバットのような樫の棒で、思い切り尻をたたかれるのであった。

「歯をくいしばれ。両手を上にあげろ。尻（けつ）を出して向こうむけ！」

おもいっきり力のはいった樫の棒が飛んでくる。固い樫棒は、「バシッ」「バシッ」と容赦なく尻（けつ）に食い込む。他の者がたたかれているのを見ていても、自分の尻までが痛くなる気持になった。軽い罰直のときは、二つか三つの「バシッ」でよいが、不正行為がバレたり、軍規違反でもしたら、それこそ、みんなの前で半殺しになるような制裁を覚悟しなければならなかった。

夜、吊床に入ってから、

「今日の班長、えらいゴ機（ごきげん）わるかったな」

「家でカミさんのサービスがわるかったんやろかな」

「明日はカッターがあるぜ。大変だ」

小さな声でボソボソと隣り同士、寝つかれないひとときを話し合うのであった。

一人のミスのために、班員全員がシゴかれることもたびたびあった。悔しいやら、情けないやら、腹が立つやらで、複雑な感情が、胸いっぱいにふくらんでくるのを押さえることができないときもあったが、全体責任であり、かつ軍隊では、上官の命には絶対服従となっているから、どうしようもない。「私がわるかったであります」と認めて反省しなければ、解決しなかった。「海軍」では、自分のことを「私」といい、けっして「ぼく」とはいわなかった。

私も、いつごろだったか忘れたが、班員みんなとともに注入棒の罰を尻にうけ、ヒップに思い切り食い込む「バシッ」を数えながら、じっとこらえ、「この野郎め、いまに見ておれ！」と我慢したものであった。おかげで、尻ベタが黒紫にスジ腫れて痛く、食事のときも中腰で椅子に腰かけなければならず、吊床の中でも、仰向けにはなれず、うつ伏せて幾夜か過ごしたことがあった。それでも、翌日のカッター漕ぎを休むわけにはゆかず、尻ベタが血まみれになったこともあった。

海兵団の訓練は、すべて勝つことが究極の目的であって、集合するのも一番、食事の準備から片づけも一番、団内学習の成績も他班に負けないことを第一としたのである。「早飯、早糞、早仕度」なるモットーは、海軍生活を体験した者なら、だれでも身にしみついていることだと思う。

それこそ、目が覚めてから目を閉じるまで、息する暇もったいないくらいに、神経と肉体と頭を酷使したものである。自分のために、他の同僚が迷惑をこうむることがあっては、あいすまないという気持が強くはたらいて、食事当番とか、カッター作業員になったときは真剣そのもので、生命がけで血走った眼をしてがんばった。自分のために、「食事待て」あるいは、「飯ぬき。片づけてしまえ」とでもなったら、それこそ大変で、面目次第もなくなるので一所懸命になって頑張り、「食い物のウラミは……」がないように祈ったのである。

私の班では体験しなかったが、おなじ分隊内の班で教班長のゴ機すこぶる悪く、「貴様ら！　今日のザマはなんだ。班長の教えたとおりに、なぜやらなかったか。やる気があるのかないのか！　貴様らには飯はいらぬ。おれも食わぬ！」

いうがはやいか、テーブルの飯はひっくり返されて、床にこぼれ散ってしまった。他の班は食事をさせてもらっているのに、今日の成績がよくなかったという理由で、いちばん楽しみにしている飯をぬかされる罰をうけたのである。その光景をみて、「こりゃ、おれたちも、しっかりしなきゃあかんぞ。今日は他人の身、明日はわが身だぞ」

そんな思いがして、「よしやるぞ」の気性がつくられていったのである。

楽しみな面会

海兵団に入って、約一ヵ月を経過したころだったろうか。ある日、突然、「坪井二水、面会だ」と、班長から連絡をうけた。とっさに、心当たりがなかった。いったい、だれだろう。呉には知った人もいないし、と考えながら、衛門横の面会所へ急いだ。驚いた。まさか、こんなところまで来てくれるとは思っていなかったのに、日進国民学校で担任した生徒の両親である杉本亀次郎夫妻が、にこにこしながら立っていた。

「ウワー先生（せんせ）。元気そうやのし」

「はい。おかげで頑張っています」

「エライやろのし、毎日」

「はい。しかし、みんなといっしょでやっていますから、大丈夫です。それより、こんな遠いところへ、よく来てくださいました。ありがとうございました」

「いやいや、ちょっといってこうか言うてのし。出て来たんじゃよ」

「道中、大変でしたでしょ。暑いのに……」

遠く離れた三重県の南端から、ここ広島・大竹まで、当時は、ゆうに三日がかりの長旅であった。思えば、ほんとうによく来てくれたものである。その親もおよばぬ厚意にたいし、心の中で深く感謝した。

「先生(せんせ)が出征していってからも、子どもらは熱心に勉強に精だしています」

「六年生になって、陰地(おおじ)先生に習いよるよ」

勉強時間も少なくなって、松の根を掘りに行ったり、農家の仕事を手伝いに行ったりしよるぜ」

ちなみに、当時、ガソリンの代わりの燃料を採取するといって、松の根を掘ったりしていたのである。

「働き手が出征していった『出征兵士の家』へ勤労奉仕に行ったりもするんじゃわのし」

「若い人や元気な男の人は、どんどんとられてしもて、村はもう大変じゃぜ。さびしなってのし」

その後の村のようすについて、いろいろと聞かせてくれたのである。

「先生(せんせ)もすっかり海軍さんらしなったのし」

「そうですか。まだまだですよ。なにもわからないので大変です」

軍人精神注入棒という大変な棒があることや、毎日、毎日、腹ペコでいること、カッターで尻の皮をむいて頑張っていることなどは、絶対いえない。「うちの子どもの先生（せんせ）は、しっかり頑張っていた」という印象で、帰郷してもらわないとこまる。だから、弱音は吐けないのだ。

「つらいこと、えらいことばかりでなく、おもしろい楽しいこともあるんですよ。みんなで歌をうたったり、仲間同士で話し合ったりしてね」

「そうかのし。それやったらええけどのし」

どうしても、一般の考え方として、軍隊というところは別社会で、いじめられるところ、おそろしいところという、むかしからつづいている考え方があって、いつもその尺度ではかるので、簡単に頭の中を切り替えることはできないらしい。

「海兵団を修了したら艦船に配置されます。どんな艦に乗れるかはわかりませんが、艦に乗ったら陸上とちがって、いろいろ珍しい機械や砲もあって、楽しいと思っています」

「元気でつとめてくださいのし」

ひさしぶりに故郷のようすや、子どもたちの生活などを知ることができ、大変うれしく思った。

いろいろな話を聞かせてもらっているうちに、時間も過ぎた。別れぎわに、杉本さんから紙につつんだ長四角の品物をそっと渡された。

中味はわからない。面会はいいが物を受け取ることは許されない。班長や他の下士官に見つかったら、兵舎内引きまわしの制裁を受けなければならない。しかし、私は、せっかくの機会であるし、周囲をうかがいながら、すばやく上着の下にかくし、知らぬ顔で、二人を見送ったのであった。

さて、いただいた品は、いったい何であるのか。気になってしようがない。しかし、簡単に包み紙を破ってたしかめることもできない。

中味の不明なモノを、班長に見せることもできない。「面会の方にいただきました」と報告するのも、どうもまずい予感がする。私は肚をきめ、人っ気のないところと思案したあげく、大便所の中へ飛び込んだ。そして、ドアを締めて、なかから錠をした。

上着の下から、もらった品物を取り出した。紙包みを音を立てないように静かにはいだ。なかから顔を見せたモノは、太い四角い茶っぽい色をした羊羹であった。

「ウォッ!」

思わず、うなってしまった。そして、班長さんに見せなくてよかったと思った。

毎日きびしい訓練で腹ペコの身であるし、第一こんなご馳走は、絶対に口に入らない。私は大便所の中にいることも忘れて、食べるというより、一気に呑み込んでしまった。さいわいに、両隣りの大便所には、だれも入って来なかったので、感づかれずにすんだようであった。

あの甘さ。あのおいしさ。そして、なんとも言えない満腹感。ただ、ありがたく感謝したのであった。

「坪井二水、面会を終わりました。ただいまかえりました」

教班長に元気いっぱいの声で報告して、知らん顔でごまかしたが、忘れることのできない想い出である。

友人の西久保幸夫君も、同じような経験をもっていたので紹介しておこう。

彼の班員の一人に面会人があり、お嫁入りにつかった鯛菓子をソッと差し入れてくれた。彼らはその夜、吊床の中で班全員でこっそりと、ほんの少量ずつではあるが、食べあって糖分を補給したのであった。もちろん、他の班にわかったら大変なことになるので、絶対、音を出さないように注意しあったそうである。

すこしかじっては、つぎへまわす。五人目、八人目と一口ずつであるが、鯛をかたどった菓子は、あっというまに、どんどん小さくなっていったという。十人目の兵は、新聞紙にへばりついている部分を嘗め、いちばん最後になった兵は、ついに新聞紙に染みついた甘さを味わうために、その新聞紙を小さく切っては口に放りこんで、全部、食べてしまったそうである。

海兵団生活では、面会に来てくれるのがなにより楽しみであった。いま思いかえすと、だれが来てくれたというより、何を差し入れしてもらったという食べる物に比重がかかっていたというのが、実情だったようである。ただし、ヘマをして見つかったりすると、何度もいうようであるが、大変な罰を受けること間違いなしであった。

班長とか、他の下士官に親戚がいたり、知人がいたりすると、新兵でも、夜、仕事が終わったあとで、こっそりと呼ばれて、「おすそわけ」にありついていたようであった。

一人前の海軍戦闘要員

毎日の訓練はきびしく、容赦（ようしゃ）なくおこなわれていった。兵科の基礎教育を受けている私たちは、小銃射撃、艦砲操作、銃剣術、通船（つうせん）と短艇操法、手旗、結索、防毒訓練などのほかにも、修身をはじめ各教科の学習があった。行事としては、岩国への行軍、宮島への遠漕（えんそう）、銃剣術競技大会、野外演習攻防戦、大観兵式などがあった。

師範学校時代に、陸戦についての教練や小銃等の操作については、ある程度身につけていたので、わりあいに楽に覚えることができたが、ここにきて、はじめて教わる短艇操法、結索、艦砲、手旗等には苦労が多かった。

小銃や拳銃の射撃では、視力がもっとも大切で、乱視気味の私は、目標の確実な把握にたいへん苦労した。じっと見つめていると涙目のようになって、ボーッとしてくるのである。いいかげんに引き鉄をおとすと、黒い丸が振られて、ガックリしたものだった。これは、「弾痕不明」の表示である。

「落ちつけ、心で引くな、手で引くな、暗夜に霜の降るごとく」これが、引き鉄を引きおとすときのコツであると教えられた。

結索というロープの結び方の学習も、海軍にいて船乗り生活をする者にとっては大切なものであった。場合によっては、人命や艦船の運命にかかわることさえあるので、十分身につけて、実際に役立つようにしておく必要があった。

風雨のきびしいとき、夜間で明瞭に見えないとき、厳冬で冷たく寒いとき等々、あらゆる条件を克服して行なえることが大切であった。

ロープは、濡れると固くなり、あつかいにくくなるのでつらかった。結索というのであるから、もちろんロープを結び合わせる技術を習得する。ロープで物体を固定する、またはロープで物体を引っ張るというときに利用した。いちばんよく用いられたのが、「もやい結び」であった。これは、じつに理にかなった結び方で、太く固いロープでも、簡単に結ぶことができた。終戦後の現在でも、実生活の場に重宝している結び方である。

『もやい結び』につづく結び方に、『巻き結び』があった。これは、物を引くときなどによく使ったが、引っ張れば引っ張るほど、きつく締まってくる結び方で、水に濡れ、ツルツル滑るような丸太ん棒でも、らくに移動させることができる結び方である。

結索の技術は古いむかしから、戦争や日常生活の場で、長い歴史をへて身につけた人間のチエであったのであろうと思われる。

さて、雨天のときは、室内で教科の学習がおこなわれた。修身の座学をはじめ、英語や理数科、それに国語等がおこなわれた。海兵団の学習はすべて、走るか立つかの姿勢を主としていたが、この教科の学習だけは、黙って、すわって、聞いておればよかった。まさに座学であった。

教班長の講義や説明を聞いておればよいので、他の訓練にくらべると、師徴兵にとっては身体の休まる時間であって、毎日、雨が降ってくれればありがたい、とさえ思ったものである。しかし、うっかりして、コックリと舟漕ぎでもはじめようものなら、各班長が大きな眼玉をむいて、脱みまわしているのだから、タダではすまされない。

それに学科学習の後は、きまったようにテストがおこなわれるので、居眠りはするは、テストの点が低いはとなったら、夕食ぬきの懲罰は逃れられない。それも往復ビンタのフロクまでつくから、たまったものではない。

師範学校では、配属将校から、「毛唐人のマネせんでエエ。英語なんかおぼえる必要はない。『ゲートル』は『巻脚絆』、『ボール』は『まり』とか『たま』といえ」と叱られたものだが、さすが海軍は、横文字を海兵団の基礎学科に取り込んでやっているので、この敵国語を学ぶやり方に感心したものであった。

一分隊の各教班の教育内容はおなじで、交代して各班ごとに実施されてゆく。評価もまた同様にされていくので、分隊内の成績順は一目でわかった。したがって、班長さんたちも自分の班の成績が良好であることは、班長の指導が適切であるとなるから、自分の成績に直接はね返ってゆく。だから、いい成績で終わると、エビス顔になってくれるが、ビリになったら、それこそエンマ顔となって、ご機（ごきげん）まことに悪くなったものである。

手旗訓練などで成績がわるいと、かならず食事前に手旗が出て来たものである。

食事当番が準備を終わって全員が食卓につき、班長のおいでを待つ。そして班長が

すわると、班の係が、

「気をつけ」

するとと班長が、

「つけ」と言う。

この「つけ」で兵たちは食事にありつけるのだが、

「待て」

班長が食事の停止を命じることがある。「何かあるな」と思っていると、

「いまから手旗をかくから、読めた者から食べろ」

せっかく食べようとして、ノドが鳴っているのに殺生なと思うが、仕方がない。全員、席を立ち、一列にならべられて、班長の送信を読みとらなければならない。

「ホンヒノセイセキマコトニワルイ」

「読めた者は、班長のところへ来て小さな声で言え」

読めた者から順に班長の耳もとで小声で伝える。

「よし」「だめだめ」と、合格するもの、落第するもの、悲喜こもごもとなる。他の班員はどんどん食事が進んでいるのに、なかなか食事につけないことになる。

「よし、合格した者から好きな席について、食事をしてよろしい」

食卓を見まわして、いちばん大盛りの席に座って食べることが許される。腹ペコ連中だから、一番や二番に合格することは実益にもかかわってくる。いっこうに読めないため、ビリになった者は、食事の盛りは少ないし、食べる時間は短くなるし、隣りの班長からはヒヤかされる。それこそ、泣きながらの夕食となるのであった。

各教班ごとの競争で、「勝つんだ」「ガンバレ」——毎日のきびしい訓練とシゴキがくりかえされ、おとなしかった師徴兵も、しだいに根性がすわって、「ナニクソ」の精神がついてくる。

海軍の「ナニクソ」精神養成の一つに、「短艇」の訓練があった。普通、「カッター」と呼ばれていたが、なにがきつい、えらいといっても、これほどきついものはなかった、とだれもが口をそろえていう。海兵団生活で、もっともきつい訓練が短艇という手漕ぎのボート訓練であった。

海を相手の海軍軍人であるから、兵科がなんであろうと、ボートは必要不可欠なものであった。陸から艦に行くにも、艦から陸にいくにしても、艦から艦にうつるにしても、当然、世話にならなければならないのがボートであった。したがってボートが操作できなければ、海軍軍人としては一人前とはいえなかったのである。

だから、一人前の水兵を育てるために、その訓練は苛酷なものであった。命がけであり、中途半端は絶対に許されなかったのである。

新兵は、両てのひらに大きな豆をつくってはつぶし、つぶしてはつくり、尻の皮をむき、血をにじませながら、シゴかれたものであった。

いままで、チョークをにぎって、教壇に立っていた師徴兵ではあるが、多くは海辺から何キロも山奥に入った山村出身の二男坊、三男坊であるから、山登りとか、崖っぷちを歩くことには馴れていても、海で船を漕ぎ操(あやつ)ることになると、どうも苦手であった。その点、海辺そだちの者は、河童(かっぱ)に水とばかり元気がよかった。海兵団の班長は、どんな科目を教えるときも、なにも知らない者に、「さあやってみろ」と、いったような無茶な指導はけっしてしない。かならず、まず、みずから手本を、よくわかるようにしめしてくれた。ところが、二回とはくりかえしては見せてくれなかった。したがって、手取り足とり教えてくれる一回目のとき、自分の全知全能、全神経を集中して吸収し、頭の中にたたき込んでおかないと大変なことになった。

ことにカッター漕(こ)ぎの訓練は、個人でなく集団であるから、みんなの心が一体化しないと駄目である。一人でも落伍者がいると、カッターの調子がくるい、全員が失格となってしまうのだから、説明や模範演技は、真剣に学習していないと、取りかえしのつかない局面を招くのであった。だから私たち新兵は、個人中心の学習より、グループ中心の学習に集中力を傾注した。

カッターを漕ぐ「橈」というのは、長さ約五メートルもあるシロモノで、大の男が一人で持ちかねるような重いものである。この橈に艇長の、「橈ヨーイ」の号令で、十二人の漕手がとりつく。すなわち、防舷物（艇の側面を護っている用具等）を内に入れ、橈座栓（橈を据えるところにはめてある栓）をはずして橈をはめ込み、一糸乱れずにサッと焼を握り、橈座から、いっせいに左右に焼を突き出すのである。

艇の中には艇座という座席板がある。この板に腰を浅くかけて、両脚は前方の艇座にふんばり、機の「にぎり」をしっかり握って、引っ張る構えをする。ここまでの動作が、艇長の「用意」の号令に応ずるしぐさである。

つづいて、「前へ！」の号令に合わせて、いっせいに引っ張りながら、身体を後方にウーンと反らせる。身体は一直線になるように伸ばして、脚をふんばる。この動作を、「ピーッ」「ピーッ」と吹く、艇長のホイッスルに合わせて行なう。

班長のしめす手本を見学しているときは、「ヨーシ、あれくらいのこと、おれにもできるぞ」と思うのであるが、いざ十二人が揃えてやってみると、なかなかうまくやれるものではない。

それも道理で、ひとりひとりの体格が違っているので、足の長い短い、腕力の強弱、要領を身につけるのがはやい者、おそい者など、千差万別だ。その結果、橈と橈がからんでしまったり、橈から手を放して流してしまったり、艇内は大騒ぎとなるのであった。

すると艇長の、「橈アゲェーッ」の号令がかかる。

艇員は橈を水からはなして、水平に保ち、もとの姿勢にもどって艇座に座る。橈は軽く握ったままだ。

ここで艇長から、なぜうまく漕げないのかの説明を聞き、反省しなければならない。脚の踏み込み方が十分であったか。できるだけ浅く腰かけていたか。橈で水をうまくつかんでいたか。下っ腹への力の入れ方はよかったか。

班長は実際にやりながら、一つ一つ説明した。その後で、

「橈ヨーイ！」の号令一下、ふたたび訓練が開始されるのだ。

「ピーッ」

「ピーッ」

ホイッスルに合わせて、やり直しが何回でもくりかえされるのである。

てのひらには、いくつものマメができてはつぶれ、そこへ海水の塩気が容赦なく浸みこんで、ひどく痛む。それでも、てのひらをしっかりと「にぎり」につけていないと櫓をとられてしまうので、我慢に我慢をかさねてこらえる。

下っ腹は皮がつっぱって痛むようになり、下痢を起こしてしまう者もいる。それこそヘトヘトの状態になってしまう。泣けてくるくらいにきびしい。グーの音も出ないというのは、こんなときの状態をいうのであろうと思ったものである。

「キツイなあ」

「痛いなあー」

精神にスキが出たとたんに、櫓を持つ手が留守になる。ところが、ほかの兵は一所懸命に漕いでいるのだからたまらない。たちまちリズムを狂わせてしまい、「アッ」と思っているうちに、櫓をポキンと折って、流すことになってしまうのである。

櫓を折ったり流したりしたときの罰は大変で、折れた櫓の残りを捧げ持って、練兵場を何回も駆けなければならない。

その上、夕食は、ひとり『オアズケ』の罰となる。同じ失敗を二度とくりかえさないように、骨身にこたえる体罰を受けるのであった。

ともあれ、カッターを漕いで航行しているときに、「橈立テ！」の号令がかかることがあった。

これは、軍艦旗の昇降時など敬礼の必要が生じた場合には、艇長はこの号令をかけて、自分は艇内に直立不動で挙手の礼をし、艇員は橈を手にもって、まっすぐ上に立てなければならない。

この「橈立テ」の動作は、要領を身につけるまでは、なかなか骨が折れる仕事であった。ただでさえ重い橈が、海水をいっぱいにふくんで、さらに重さを増しているので大変だ。腕力だけに頼っていては、なかなかまっすぐには立てられない。しかし、要領（コツ）を身につけてしまうと、案外、簡単に立てることができた。

また、カッターをとめて休憩するときには、「撓組メ！」の号令がかかる。おたがいに対舷漕手の足もとに、「ニギリ」を置くように交叉させて、休憩するのである。曳航（えいこう）（引っ張ってもらう）してもらうときも、「橈組め」の状態にするようになっていた。

なお、「橈立て」のときは、橈のブレード（水かき）を前進方向に合わせ、「橈組め」のときは、水平にそろえるのがきまりになっていた。

ブレードを見ないで、現在、自分の橈のブレードが、どっちを向いているかを知る

海兵団で一番つらかったのは、カッターだった。この訓練で「ナニクソ」の精神が養成され、軍人としての自信もできた。

までには、そうとうの時間を要したものである。なんといっても、三重県の山中から、いきなり瀬戸内海にやって来た私は、海になれるまでには、筆舌につくせない苦労があった。

それでも、こうした訓練を一ヵ月あまりもやっているうちには、なんとか一人前に漕げるようになってくる。腰や脚の使い方、水の切り方などの要領を身体で覚えてくる。そして、てのひらにできたマメもつぶれて固くなり、「タコ」に変わるころになると、一人前あつかいになる。

そうなると、「イヤ」であり「キライ」であり「苦シカッタ」カッターの時間が、不思議と待ちどおしくなるのであった。

艇長の軽やかなトントントンと艇底をたたくリズムに合わせて、艇は気持よく青い海面を滑(す)べるようになる。

ところで、「櫓櫂(ろかい)三年竿八年」ということばがあるが、カッター(短艇)で橈の漕ぎ方を、われわれの場合、短時日の間に身につけたわけである。つぎは、「通船（つうせん）」の櫓（ろ）の漕ぎ方であるが、これもまた大変であった。

通船は、一丁櫓（いっちょうろ）を個人であやつるのだが、この櫓の操作がなかなかむずかしく、下手をすると通船はくるりくるりと同じ場所で回転したり、櫓がはずれてしまい、漕ぎ手が転（ころ）げたりの騒ぎとなったのである。そんな同僚の失態をみて、同じように乗り組んでいる班員も笑うに笑えず、奥歯を噛みしめ、こぶしをにぎって力を入れ、笑いをこらえたものである。

山間部そだちの私は、川で筏をあやつったり、小さな川舟を使ったことはあったが、海で大きな通船をあやつることや乗ることは、まったくはじめての経験であった。

「ああ、海岸部で育っていたら、櫓を漕ぐくらい、経験していたろうに、余分なシゴキを受けねばならないわい」と、心の中で、山そだちをうらめしく思ったものであった。

櫓のあつかい方について、班長から各部の名称や漕ぎ方などの説明を受ける。

「よく見ろ、櫓というのはこれだ。ここにあるロープ、これを櫓綱（ろづな）という。使い方は後からしめす。この突き出ている杭（くい）を櫓杭（ろぐい）というのだ。ヘソに似ているから櫓ベソとも言う」

その程度の名称はやさしい。問題は操法技術である。

「漕ぎ方について説明するから、ボンヤリするな」

「まず櫓綱を『にぎり』にはめる。櫓を押したり引いたりする。そのとき、足は船端（ふなばた）にかけると力が入り、漕ぎやすくなるものだ」

「方向を決める舵（かじ）はないぞ。『押さえ回し』——これは右方向に行きたいときの漕ぎ方で、押す方にグンと力を入れる。『控え回し』——これは左方向に行きたいときで、引く方に力をグンとくわえるのだ」

なるほど、そういわれてみれば、どこにも舵（かじ）らしいものはついていない。すべて力のかげんで操作するようになっているらしい。

「つぎは手の使い方を教える。櫓は水平に動かしても水を掻（か）かないから、なんにもならん。右手は櫓の先を押さえ込むように持ち、左手で『にぎり』をおや指とひとさし指で巻くようにするのだ。押し込むときはてのひらに、引くときは指先に力を入れるようにする。わかったか。よし、ひとりずつ練習だ。かかれ」

　説明一回で簡単にやれるくらいなら、なにもわざわざ海兵団に入って、豆をつくってまでシゴかれなくてもよい。われわれは交代で、顔面神経痛を起こしたような顔をしながら、一所懸命に漕ぐが、どうしてどうして、班長がしめした手本どおりにはいかない。

しかし、何日か練習しているうちに、通船は滑べるように、まっすぐ走ってくれるようになっていった。

「ギーッ、ギーッ」櫓杭をこする音が青い海の面を流れていく。気持のよいものであった。

しかし、波高い海で峰に上げられたり、谷に落とされたりの中で漕ぐとなったら大変だろうなあ、白い雲を見ながらフト思った。

過去を語る場合、どうしても苦しい想い出だけが優先し、「きつかった」「つらかった」「こわかった」という言葉ばかりが出てくるが、三ヵ月間の新兵生活の中には楽しい想い出もある。宮島への遠槽などは、そんな想い出の一つとして残っている。

尻ベタを血で染め、手に豆やタコを無数につくり、怒鳴られ、ときには飯ぬきの罰を受けながら身につけたカッター漕ぎ。いまはすっかり立派な漕ぎ手となり、泣き面を見せたり、橈流しをやる奴もいない。

全員、一種軍装の正装で、宮島までの約十五キロの海面を、二時間くらいかけて、他の教班に負けないように、一番乗りを目ざして競漕をする。

「オイッ、ビリッ尻になるんじゃないぞ」

班長のハッパがかかる。リズムに乗せて漕いでいくと、艇は、「ゴ機」よく走ってくれるものである。力のありそうな連中が中央に陣取り、水を充分に掻き込むように配置をし、作戦を立てる。一時間も過ぎ、あとゴールまで三十分くらいとなってくると、さすがにこたえてくるが、

「コリャ、きついのはどの班もおなじじゃぞ！」

「ヘコタレるな」

おたがいに気合いを入れ合って、完漕を目ざすのだった。

「ヨイショ、ヨイショ」

しなるように橈を漕ぐ。全身、汗びっしょりである。

「大鳥居が見えたぞ」

「さあ十漕ぎだ、気合いを入れろ」

こうして、全教班とも完漕を果たし、宮島に上陸して武運長久を祈願する。

その後、涼しい木かげに腰をおろし、長船分隊長を中心に、軍歌や「荒城の月」などをうたったりして、ひとときを過ごした。海兵団にいることをしばらく忘れて、遠足に来ているようで、静かな青い海面を眺めながら、オゾンをいっぱいにふくんだ風

のを、胸一杯に吸い込み、声を張りあげた。いま、思い出しても、最高の気分であったのをおぼえている。

きびしい毎日の訓練と学習がつづけられて、海兵団の修業式がちかづくころになると、どれほどの力量を身につけることができたか、テストや競争などが、あいついで行なわれた。これは、新兵にとっては卒業資格を取得するための試験であり、各教班長にとっては、自分の指導力の評価につながるものだった。

　海軍では、いったん海戦に臨めば、わずかなミスも全員の死をまねく大事につながる。だからあとになって考えると、海兵団教育というものは、班員全体が心を一つにして事にあたり、目的を最高最大に果たしていくように、努力を惜しむなという人間づくりであったように感じた。あるいは、人間改造であったかも知れない。

　団内規律のきびしさは、だれのためでもなく、いざ戦場に立ったとき、敵弾雨飛の中で、自己の持てる力を最大限に発揮して、自己の生命を寸秒でも長らえ、かつ味方の戦力を維持し、最大限に発揮するため、ということであろうか。

「シャバ気を捨てろ」とよく叱られたが、わがまま、気ままがまかり通ることを、なにより忌み嫌ったためなのであろう。

　ともあれ、四月一日から三ヵ月間つづいた大竹海兵団の生活は、きびしい反面、楽しい想い出も残して終わったのであった。そして、いよいよ一人前の海軍戦闘要員として、戦局まことに不利である第一線へ立たなければならない日が待っていたのであった。

第三章　「大和」乗り組み

世界一の艦

昭和十八年六月三十日。大竹海兵団における、実戦的なきびしい教育訓練をおえた私たち師範徴兵は、それぞれの配置を命じられ、分散していった。

私は、同じ分隊内で訓練をうけた太田幸雄一水、大橋一次一水、永井泰真一水、星野義明一水、中井利次一水らとともに、六月三十日付で、戦艦「大和」乗り組みを命じられた。

「大和」といえば、周知のごとく、当時、世界で最新最強の巨大戦艦といわれており、日本の海軍軍人であれば、だれでも一度は乗ってみたいとあこがれていた戦艦であった。こんな素晴らしい世界一の艦に乗艦できた幸運に感謝するとともに、すべてを忘れて一所懸命、任務遂行に努力しなければならないと心に誓った。

当時、「大和」は、呉港内で警戒碇泊しながら、各部の整備作業中であった。時は風雲急をつげている。すなわち、四月十八日には、連合艦隊司令長官山本五十六大将が戦死したという悲報が届き、五月末には、アッツ島守備隊が玉砕するなど、太平洋上における戦況の報告は、すべて暗かった。このような非常の秋(とき)にあたり、「大和」は六月二十七日をもって、連合艦隊主隊となっており、起死回生の重大使命をになっていた。私は、その「大和」の大切な戦闘要員の一人として、乗艦を命じられたのである。

大竹駅で、三ヵ月間、生活をともにした海兵団仲間に別れをつげた。呉方面に向かう者、佐世保方面に行く者と、それぞれ乗艦を命じられた艦船の碇泊している軍港へ別れて出発することになった。

私たち「大和」乗艦員は、呉軍港に行くために呉駅をめざした。同じ紀州からきた有井村井戸出身の橋本正明一水は、戦艦「日向」に乗艦を命じられたため、佐世保港に向かったのであった。

「おう、橋本一水、いよいよ、お別れじゃの。元気で頑張ろうぜ」

「坪井一水は、多くの同僚といっしょだから、心強いじゃろ」

「うん。しかし生きていたら、どこかでまた、きっと逢えるだろう。それまで生きていてくれよ」

「そう簡単には死に急ぎはせんよ。おたがいに健康に気をつけようぜ」

「うん、がんばろう。武運を祈っているよ」

別離の淋しさもあったが、そんな感傷にひたっているひまはない。二人は西と東にわかれたのである。

呉駅に到着。夏の陽ざしのきつい街を、衣嚢を肩にして、軍港桟橋に急いだ。

港内には、大小さまざまな艦船が碇泊しており、各艦専用の内火艇などが忙しそうに、白い波のうねり紋様を青い海面に美しく描きながら走っていた。

岸辺のドック方向でも、賑やかな機械のうなる音や、はじけるような、きつい音が響きあい、青白い火花のひらめきも見える。おそらく海戦に参加して、傷ついた艦の応急修理をしているのだろう。

やがて私たちは、「大和」行きの艇に乗せられて、「大和」に向かった。あたりは、緊張のためにこわばった新兵の顔、顔、顔である。艇は、碇泊している艦船の間を縫うように、右に左に揺れながら進む。めざす「大和」は巨艦だから、遠くに碇泊しているのだろう。相当な距離があった。

海兵団で漕いだカッターとちがい、さすがに内火艇は速い。そのかわり、ローリング（横ゆれ）、ピッチング（縦ゆれ）がかなりひどい。船酔いする者であれば、けっこう酔ってしまうのではないかと思った。

船酔いといえば、一期先輩の西久保幸夫二曹は、船酔いにひどく弱かった。シゴかれるのはそのときだけを辛抱すればよいが、船酔いは命取りと思うくらいつらいものであった、と述懐したことがある。あるときなど、あまりの苦しさ、つらさのために、「死のう」と思いつめたことがある。青黒い海面をジーッと見つめていると、

「なにを弱気な。そんな死にざまをして親兄弟に恥をかかす気か」

母親のきびしい顔が波間に映り、ハッとわれにかえったことがあったと話していたが、船酔いをする者は、実際、海軍では深刻な問題なのである。

戦艦、巡洋艦、駆逐艦、潜水艦など各種艦艇が、いっぱいに、それぞれの碇泊位置に静かに錨をおろしていた。艦船はかならず、いつでも出航できるように、進行方向に艦首を向けて碇泊していると聞いていたが、実際にこうして多数の艦船の間を走ってると、なるほどとうなずけた。

やがて、青い空に浮かぶ白い雲を背景にして、流れるような美しい線でかこまれた艦体、ガッシリと重量感ある堅牢な艦橋、夏のきびしい陽にまぶしく輝く銀ネズミ色

昭和16年10月30日、宿毛湾沖で全力公試中の戦艦「大和」——「大和」に乗り組みを命じられた著者は、幸運を感謝し、任務の遂行を心に誓った。

の巨体、戦艦「大和」のみごとな英姿が目に飛び込んできた。吹く海風をうけて軍艦旗がはためき、旗旒もあがっている。

「すごいなあ」

思わず声を発し、かたわらの中井一水に声をかける。

「おい、中井一水。すばらしいじゃないか」

「言葉が出てこんの」

「とにかく、でっかい艦じゃの」

艦首から艦尾まで、すべてを目に入れるためには、大変な首の旋回運動を必要とした。まず、艦首に目をやり、菊の御紋章、艦首の旗、錨鎖投入口、大和坂といわれる波状形の甲板ライン、中央部にきて各砲塔から上に視線をもっていく。まるで首の体操である。探照灯あり、測距儀あり電探あり、しだいに檣楼のてっぺんに目がいくころには、頭を後ろへそらすのも限度にたっしてしまう。

こんどは、視線を左方へうつしていく。後傾している煙突から、後檣、第二副砲、短艇格納庫、カタパルトと、首が左へいっぱいにまわってしまう。

すべてを見渡すのには、首を左右、上下に、いっぱいまでまわしていかなければならなかった。一視野には簡単におさめられない大きさなのである。しかも、吃水線以上で、この有様だから、もし陸上にデンと据えたとしたら、いったいどういうことになるのであろうか。そのスケールの大きさに、ただ驚くばかりであった。

巨大さ、堅固さ、そして美しさ、すべて海軍の最高技術の粋をあつめ、駆使して誕生した英姿。七万トンの鋼鉄の城塞と謳われながら、この美の極致ともいうべき容姿。あまりの美しさに血がさわぐのか、背筋がゾーッとしてくる。

銀ネズミ色でぬられたリズミカルな線をもつ艦体が、ひときわ目立ってあたりを制していた。しだいに近づくにしたがって、ますます威圧される感じであった。内火艇は、やがて吸い込まれるように、左舷側の舷梯についた。

「さあ降りろ」

「飛び込まないように注意しろ」

艦には右舷、左舷に昇降階段を設けてあり、これを舷梯と呼んでいた。出航時は、もちろん格納する。この舷梯を登りつめたところが舷門といい、いわゆる、玄関に当たる。右舷の舷梯は士官室以上の士官が利用し、それ以下のものは、左舷側の舷梯、舷門を使うことになる。ただ、同時に出入りする将兵のなかに、士官室士官が一名でもいると、たとえほかが兵ばかりそろっていても、右舷の舷梯の昇降が許されるのである。

舷門には、舷門番兵が立っていて、出入りする者のひとりひとりに目を配る（くば）とともに、来艦者それぞれの階級や、仕事の性質に応じた態度で送迎をする。舷門付近には、当直将校、副直将校、衛兵伍長、伝令などがいて、来艦者をさばくのである。私たちのように乗艦してくる新兵もまた、彼らのお世話になるのだ。

われわれが「大和」にはじめて足を踏み入れるそのさまは、巨象の横っ腹をのぼる小さな蟻に似た感じだったろうか。それでも、一歩一歩、強く踏みしめながら登りつめ、最高級の尊敬の思いをこめて敬礼をする。

舷門をぶじ通過して、甲板に横一列にならんで指示を待つことになった。目前にひろがる校庭のように広い甲板。ドッシリ構えて前方向を睥睨（へいげい）するかのような巨砲。空高く堂々とそびえる艦橋。はるか後方に見えているカタパルト（飛行機射出機）、副砲や高角砲、機関銃、探照灯などが、後傾した煙突と艦橋の周辺に集合している。あこがれの戦艦「大和」の甲板上に、いま自分の足で私たちは立っている。感激である。港の海ははるか下方に見え、内火艇も小さく見えるだけである。

やがて、下士官や兵長が私たちの前に集まった。それぞれ、自分の分隊に配置された新兵を受け取りにきたのである。

「永井ッ。星野ッ……」

名前が、つぎつぎと呼ばれていった。呼ばれた者たちは、ありったけの声をもって、「ハイッ」と返事をして一歩前に出た。昨日まで大竹海兵団で同じ分隊の飯を食ってきた同期の桜も、いよいよ広い「大和」艦内の各部署に分かれて散ることになるのだ。

私は高角砲分隊で第五分隊、勤務する砲塔は、右舷中央部の五番高角砲であった。舷門まで迎えにきた下士官に連れられて、よく手入れされている通路を通りぬけ、居住区へ案内された。

私の居住区は中甲板であった。広い室内で、私物格納のロッカーも個人専用にあるし、中央部にはテーブル、寝(やす)むのも吊床でなく寝台である。室内には、気持よく冷風も入って、戦艦の内部というより、一流のホテルの室内にいるようであった。こんな快適な生活環境にいれば、いかに戦闘を仕事とする者でも心の持ち方が違うだろうな

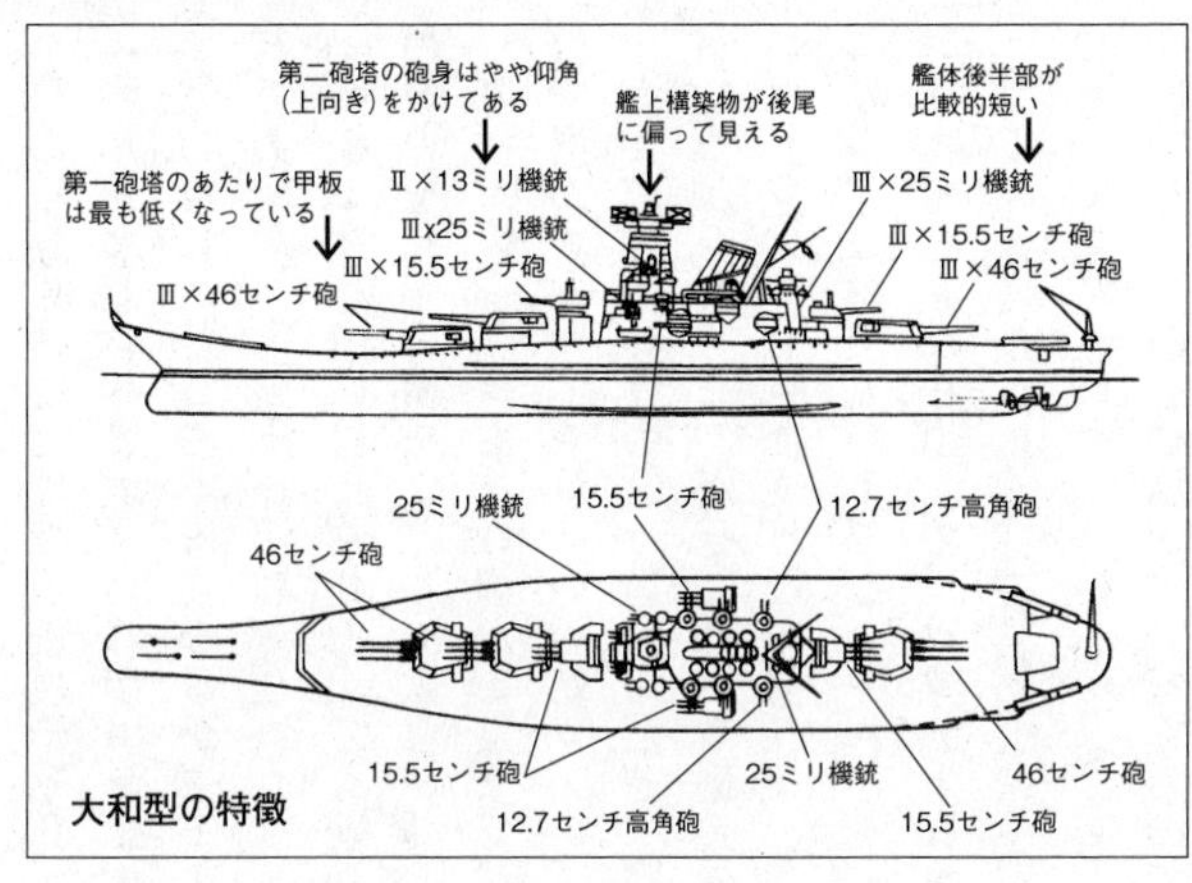

大和型の特徴

あ、と思ってみたりした。

海兵団の教育班とちがって、同年兵、同学歴の者でなく、階級は当然のことであるが、学歴、職業もまったく千差万別の若者が同居する生活だから、よほどしっかりしないと、「コラッ、師徴兵、マゴマゴするな」と怒鳴られそうであった。

私を舷門から案内してくれた下士官は、班長の上出定光海軍二等兵曹であった。

居住区に入り、上出班長から艦内生活の要領などについて、注意をふくめて話してもらった。そのあとで、

「新しく五番高角砲塔員として配置された坪井一水だ。師範徴兵であるが、みんなと同じように、自分の仕事に、はやく馴れるよう指導してやってもらいたい。たのむ」

そんな意味のことばで、班員に紹介してもらったように思う。私も後につづけて、

「坪井一水であります。おねがいします」と挨拶をした。

見わたしたところ、班長のほかに下士官もいないし、上等水兵と一等水兵がほとんどであった。上出班長から、

「戦艦『大和』には、乗りたくても乗れない人が多いのだ。誇りをもって力いっぱいの努力をし、成績をよくして欲しい。私はあまり細かい点まで、クドクドといわないから、そのつもりで、自分で進んでやってくれ。いいか」

海兵団の新兵教育とは違うんだぞ、戦場においては、各自の的確機敏な判断と行動がもっとも大切なんだぞ、という班長の教えがよくわかる気がした。

「ハイッ、一生懸命つとめます」

私も、この班長の下でならやれるぞ、と急に元気が出てきたように思った。

私物を衣嚢から出して、ロッカーにキチンと整理をし、帽子も帽子罐に入れて、ロッカーの上にかさねた。「呉徴師五三〇坪井平次」と、それぞれ必要なところに、紙に書いて貼りつけた。

艦内だが、涼しい風が入ってくるので汗も出てこない。快適である。海兵団とは、

えらい違いである。あんなにおぼえ込まされた吊床とも関係がなく、寝台で眠れるのだ。やはり「大和」はいいなあ、よかったなあ、とまたしても嬉しさがこみあげてきたものである。

いちおうの仕事をすませたあと、班長について艦内の主なところを見学にまわった。

烹炊（ほうすい）所。これは胃袋を満たしてくれる大切なところだから、絶対に、おぼえておかないと駄目である。炊事当番のときはお世話になるのだ。

酒保。艦内における売店である。酒からタバコまで、だいたい生活に必要な品物は全部そろっており、下士官、兵にとっては、もっとも関係がふかいところのようである。利用の仕方については、ボツボツ教えていってくれるそうだ。

艦長室。中央部より前寄りで、上甲板の右舷にあり、一番副砲の下部あたりになるだろうか。室内は見せてくれず、廊下というか、前の通路を歩いていくだけで、「ここが艦長室だ」と教えられた。隣りには長官室があった。

士官室。士官居住区は上甲板で、右舷の第二主砲の下部と左舷の中部あたりにあった。士官室は分隊長以上の士官の入る室であると教えられた。

大和神社。日本の軍艦には、どの艦にも艦名と同じ神社があり、祭神はみな、天照（あまてらす）大神（おおみかみ）とのことであった。艦長室の近くにあり、神々しく祭られていた。この前を通るときは、かならず礼拝して通ることになっているから、忘れないように、との注意を受けた。

ひろい「大和」の艦内であるから、ヘタにひとり歩きでもしたら、迷路に入ったようなもので、自分の居住区にも、もどれなくなってしまうだろう。新入りの兵隊にとって、一ヵ月や二ヵ月では、なかなか記憶できそうにもないが、ガムシャラに努力につとめ、みんなに追いつくようにしなければ、「さあ戦闘だ」「配置につけ」となったとき、さっぱりわからず、それこそ、たいへんなことだぞ、と思った。

各部を案内してもらい、説明をしてもらってから居住区にもどったが、立派な艦内にただ驚くばかりであった。

世界一の巨大戦艦といわれる、動く要塞「大和」の概要について、ここでふれることにしよう。

昭和九年に設計され、昭和十二年十一月四日、呉工廠で起工。昭和十五年八月八日に進水して、一号艦と呼称された。昭和十六年十二月十六日、竣工。

建艦当時の装備の概要

全　長　　二百六十三メートル（東京駅は二百七十七メートル）

最大幅　　三十八・九メートル

最　高　四十・〇メートル（国会議事堂は六十五・四メートル）
深　さ　十八・九メートル
排水量　公試＝六万九千トン、満載＝七万二千八百トン
速　力　全速力　二十七・〇ノット（十五万馬力）
重油量　六千トン（十六ノットで七千二百カイリを航走する量である）
兵器の装備等
主　砲　四十五口径四十六センチ砲＝九門
副　砲　五十五口径十五・五センチ砲＝十二門
高角砲　四十五口径十二・七センチ砲＝十二門
機　銃　二十五ミリ＝二十四門、十三ミリ＝四門
測距儀　十五メートル＝四基、十メートル＝一基、八メートル＝二基
電波探知機　五組
水中聴音機　一組
探信儀　一組
探照灯　六台
飛行機　六機

射出機　二其

防御装備等

直接防御としては、自艦の主砲の弾丸による破壊力に耐え得るように甲鉄板を厚くしていた。したがって、各国戦艦の主砲の破壊力に耐えることができた。

対空防御としては、二百キロの急降下爆弾に耐えることができるように五センチ甲鉄板を使用し、千キロ爆弾に耐えることができるように二十センチ甲鉄板を使った。

間接防御としては、浸水に対処できるように防水区画を多くし、浸水範囲を局限できるようにしてある。

舵は普通、横にならべて主、副を装備してあるが、これを縦にならべて、同時被害を防ぐようにしてある。

煙突はハチの巣甲鉄板三十八ミリとし、空洞に弾丸や弾片等が落下しないようにした。

艦首は球状艦首を使い、艦体の抵抗を少なくした。

居住区は寝台を主とし、サーモタンクによる冷暖房設備で、居住区一人あたり三・二平方メートルであった。

等々あげればきりがないが、よくいわれたことばに、「武蔵御殿」に「大和ホテル」があった。まさに、「大和」は、移動する要塞であると同時に、国際的な豪華ホテルでもあったということができよう。

そのほか、交通および作業用として、内火艇等を十一隻、カッター五隻を後部格納庫に収納していた。

戦艦というのは、いうまでもなく、艦隊の主力になる艦で、他のどんな艦船よりもすぐれた攻撃力と防御力をそなえていなければならない。「大和」は、そうした点で四十六センチの巨砲九門を搭載しており、機先を制すれば艦対艦の場合は、相手に徹底的な打撃をあたえることが可能であった。攻撃はもっとも大切な防御であることから考えてみても、他にそなえていない巨砲をそなえたことは、威力であったといえよう。

そして、自分のゲンコツの痛さ、強さはよくわかっているので、その力に堪え忍べるだけの防御力をつけておけば、まず完璧である。こうした点で「大和」は、すばらしい戦艦であったが、時の流れはあまりにも非情であった。

すでに、大艦巨砲の時代は終わろうとしていた。そして、航空機の時代の夜明けを迎えようとしていたのである。

どんな巨砲であっても、撃てなければ無にひとしい。航空機の大挙来襲は、予想しない悪条件をつくり出し、巨砲をつかえない状態にすることができたのである。攻撃は最大の防御であるが、「大和」の巨砲は航空機の攻撃によって封じられてしまったのだ。戦闘のかたちは、艦対艦から艦対空に変容していたのである。

しかし、皮肉なことに、その戦法を編み出し、公開したのは日本海軍であった。真珠湾攻撃の航空機の活躍、そしてマレー沖で、英国東洋艦隊の主力戦艦二隻もまた、わが航空機の好餌となったのである。

ともあれ、以上のように、すべていいことづくめの生活環境ではあったが、ただひとつ、私のような山の中で生まれ育った田舎の小せがれにとっては、西洋式の大便器には、まったく困らされてしまったものである。

農耕民族の習性で、人糞尿を肥料として、もっとも大切にしていたから、田舎の便所は、大きな肥桶を地中に埋めて蓄えるようになっていた。したがって、爆弾投下式に用を足すことに、長年なれしたしんでいたから、洋式便器に腰をかけて用を足すやり方には、なかなか馴染めず苦労した。あのヒンヤリと冷たい感触を臀部に感じると、せっかく出かけていたモノまでが、逆もどりしていくように思うくらいであった。

しかし、海の上に浮いている艦であるから、肥溜をつみ、乗員三千名の糞尿をためこんで移動していたら、それこそ大変なことで、不要物は投棄して、魚の餌にしてやるほうがよほど賢明であることは十分に納得するが、毎日かならず実施しなければならない個人的行事の一つであるトイレの使用に馴れるには、ひと苦労したものであった。

元気旺盛なころでもあり、個人的砲身の向け方、納め方にも、あの便器には苦労したもので、行儀よくさせないと、尿は外へ飛び散ることになって大変であった。

五番高角砲塔

海軍一等水兵の階級章をつけた私は、このようにして、「大和」第五分隊高角砲分隊に配置され、高角砲高射機員および信管手として、五番高角砲塔内で勤務することになった。このさい、「日露戦争で広瀬中佐とともに旅順口閉鎖で活躍し、奮戦した杉野兵曹長は三重県人だ。おれもそうだぞ。よーし、杉野大先輩に負けないように、おれの青春を『大和』にあずけるんだ」と、心中、自分に暗示をあたえたりした。

高角砲は十二・七センチ砲で、対空戦闘と対潜水艦の攻撃を専門にする火砲で、ことに対空戦闘のときは、敵機を寄せつけないために、弾幕射撃をすることもあり、もっとも多くの弾丸を発射しなければならなかった。

12.7センチ連装高角砲。上山班長以下12名の砲員たちは五番砲塔内で運命を共にして戦った。著者は信管手の配置だった。写真は「武蔵」のもの。

「大和」には、艦の中央部両舷に、高角砲六基十二門が装備されていた。右舷に艦首から一番、三番、五番、左舷に二番、四番、六番と装備されていた。いずれも特殊甲鉄板の覆いがあり、主砲発射時における猛烈な爆風、あるいは敵の砲銃爆撃弾および弾片等の侵入によって、人員や兵器が損傷しないように、直接防御法をもって護(まも)られていた。

私たちの五番高角砲塔は、右舷中央部より、やや艦尾よりで、煙突の後端下部にあたるあたりにあって、すぐ上には百五十センチ探照灯があった。

したがって、いざ戦闘開始となったら、もっとも危険のともなう、はなばなしい修羅の巷(ちまた)となるであろうと思った。一段高くなっているため、見下ろすと、最上甲板や三連装二十五ミリ機銃が眼に入った。

砲身は上下に動き、砲塔は左右に回転できたので、俯仰旋回は思いのままであった。しかし、外部の状況を見ることができるのは射手、旋回手、伝令のいる配置だけで、他の配置からは、外界は見えなかった。

私の配置は、砲塔の壁が背後にあり、前面は計器および砲台だったから、まったく、周囲の何も見えず、狭い空間にとじこめられたような感じだった。周囲の状況がまるでわからないから、戦闘たけなわのときは、きわめて心細くなる場所といわなければならない。

じっさい、戦闘になると、周囲のよく見える方が気持が落ちつくものである。台風に襲われる場合、昼間よりも夜間の方が、風の音、雨の音が、不思議に恐怖感をあたえるのも同じ理屈からであろう。

しかし、右舷に配置をもらっていたことが、後日、沖縄海戦で海上特別攻撃隊として出撃したさいには幸いした。敵機の大群の猛攻を左舷に集中して受け、人員や兵器の被害が続出して、ついに浸水、左舷に大きく傾斜して沈没したのだから、右舷に配置されていたために生還できたといえるだろう。人間の運命の岐路は、まことに微妙である。

一高角砲塔内には、射手一名、旋回手一名、伝令一名、信管手一名、砲員は一砲に四名ずつだから、二連装で八名、合計十二名が一砲塔内で運命をともにしているのであった。

射手は班長の上出定光二等兵曹で、岐阜県出身の、軍人というより、民間会社のエライさんか、文人のような感じのする人で、威張って権力を横暴にふりまわしたり、部下を困らせたりなどはせず、物腰のやさしい部下思いの人であった。いつもゴ機がよく、感情を表面に出して怒鳴ることなどない、やさしさあふれる人物であった。

伝令は、明るくテキパキと任務を果たしていく伊藤一水だった。

右三番砲員には、兵庫県出身の籠上水がいたのをおぼえている。彼は真面目な青年で、小軀ではあったが、足腰のバネの強い、たのもしい働き者で、笑うと、前歯がとくに出て見えた。冗談もなかなかうまく、ウイットとユーモアに富んでいて、全班員に好かれていた。要領もよく、酒保開けのときなど、「ギンバイ」(食料品をうまくかっぱらってくる)で活躍して感謝されたものである。

一番砲手は、砲台に登って、二番砲手の差し出した弾丸を受けとり、砲身に装塡する仕事で、腕力や脚力などが強靭なうえに敏捷性も要求された。

四番砲員は、弾火薬庫から砲側に揚げられてくる弾丸を運搬するため、そうとうきつい作業であった。このため、肺活量の多い者があたらないと、長い戦闘には耐えられないのである。

私の配置である信管手という任務は、砲弾頭に取りつけられた信管に、炸裂するためのタイムをセットする仕事で、指揮所から敵の位置や方向、距離を計測した結果が連動式に送られてきて、信管手の座席の前にある受信盤の指示針が動き、秒時を表わす数字をしめすようになっている。これを見て信管手は、すばやく手動ハンドルを操作して、指示針の動きを追って、追針をピタリと合致させなければならない。このとき、一番砲手が弾丸を装塡するタイミングにうまく合わさないと、弾着が目標をはずれてしまい、思わぬ位置で炸裂してしまう。

したがって、戦闘の成果をあげ、また味方を有利に導くという意味で、重大な責任のある配置である。ことに、平常の訓練時とちがって、気象条件が複雑にからんだ実際の戦闘の場合は、まったく予想のできないトラブルが突然、起こり得るので、いろいろな条件下における場合を想定して、実戦に役立つ技術を身につけるための訓練が必要であった。そのため、いかに迅速に、しかも的確に追針を指示針に合致させるかに苦労をかさねたのであった。

送られてくる指示針を追っかけて合わせていくか、それとも自分の針をあらかじめ先に動かしておいて、もどしながら指示針に重ね合わせるほうがいいか、毎日の訓練時に、私なりに研究し、苦心したものである。

戦場となる砲塔内の下部は、円形の広い空間になっていた。このため、私たちは、この空間部を生活の居住区にすることが多かった。それほど、昭和十八年以降は警戒態勢でいる時間が多く、従来の居住区で、のんびり足を伸ばして休憩できる時間は少なかった。

たえず自分の配置が気がかりで、給油、みがきなどの手入れをしたり、全員で砲身の内部をゴマ粒ほどの汚れもないように、ピカピカにみがいたものである。

私たちにとって、五番砲塔は生活の場であり、戦場であり、もし、武運にめぐまれないときは柩（ひつぎ）となるのである。だから、おたがいに気を配りあって、砲塔内をきれいにするように心がけていた。

私たちの配置は最上甲板にあり、居住区は中甲板にある。このため生活の場は、これらの一画に限られてしまい、広い「大和」を十分に知ることもできなかった。が、洗濯などで艦首の錨鎖甲板に乾しに行ったり、片づけに行ったりしたときなどは、居住区の通路を通るよりも、甲板を一気に走っていく方がらくだった。約百六十メートルほどの距離であったろうか。途中、「大和坂」と呼ばれる独特の甲板もあり、長い道中であった。

ときには、後甲板に出かけて、内火艇やカッターの格納庫をのぞいたり、カタパルトを見たりしてときを過ごしたこともあった。

これらの艇はみんな、上甲板下に収納されていた。それは主砲の斉射時に、強烈な爆風をさけるためとのことであった。さらにいえば、これらの艇は、「大和」の後部主砲（三番主砲）の両側の舷側甲板下に設けられた格納庫内に収められていた。出し入れは、「大和」独特の方法でやるということであったが、現場を見ることはなかった。

艦尾両舷にはカタパルト（射出機）があった。飛行機は六機から七機が搭載されており、ふだんは艇と同じように、三番主砲の後方にある飛行機格納庫に収納されていた。飛行機は主として弾着の観測や、連絡の任に当たっていたようである。発進はカタパルトから発射されるが、着艦はできないので海上に着水し、クレーンでつりあげていた。

艦橋には、まったく用件がなかったが、ものめずらしさもあって、一度だけ途中まで登ったことがあった。せまい昇り用のラッタル（梯子階段）を上へ上へと登って、防空指揮所あたりまでいったろうか。最上甲板から二十メートルくらいの高さである。

展望がよく、まことに眺めはよいが、眼下を見ると眼がまわりそうであった。甲板にいる兵はあくまで小さく見え、さすがの主砲も、ここから見ると、まるで孫悟空の如意棒のようであった。一メートルくらいの鉄パイプがならべられているように見え、その高さに驚いて、ふたたび、降り用ラッタルを降りた。

艦橋を降りてハチの巣煙突の方へ行ってみた。煙突は前檣楼の後方にあり、十二基の主罐の煙路を一本に集合させたものである。極端に後方に傾斜させてあるので著名であった。煙突の下部には、熱気を防ぐために防熱板が張られ、これが給気路をかねているとのことであった。

煙突の開口部にある蜂の巣甲板というのは、厚さ三十八センチの甲鉄板に、直径十八センチの孔を孔のない部分との割合を考慮して、たくさんあけたもので、防御のために考案されたものである。これは、「大和」ではじめて使用されたらしい。近寄ると、「ゴーゴー」と無気味な音がきこえる。なにか、活火山の火口にきたような感じである。

意外にも、この煙突の周辺は、なかなか快適である。風も吹くし、ながめもいい。腰をおろして空の彼方に眼をやる。

「ふるさとのみんなは元気かな。教え子たちは、いまごろ何しているのかな。栄子先生も相変わらずがんばっているかな。校長先生から、よく注意を受けるとこぼしていたが、スネているかな。それとも、ほがらかにハシャイで子どもたちと運動しているかな……。

雌雄同体でない人間であるから、異性を慕い、愛するのは当然である。しかし、いまのおれはそれができないんだ。愛さない、いや愛せない、愛してはいけないわが身であるのだ。どうせ死ななければならないこの身体。桜花のように、いつ散るかわからない自分が、一人の女性を愛することが許されるだろうか。どうせ死ぬ身であれば、生まれたままの体で美しく死にたい。たとえ、ひとときの愛が許されようとも、それは夢でしかない。彼女を苦しませてはいけない。悲しみを残してはいけないのだ」

吹きぬける風を肌に受けながら、私は、ひとりそんなことを考えていた。自分の青春。それはいったいなんなのだろうか。虚と実、二重の自画像が、別角度から私を見下ろしているように思えるのであった。

芸は身を助く

海兵団では、「総員起こし十五分前」で一日の日課がはじまったが、「大和」では、

「総員起こし五分前」ではじまった。

午前六時、総員起床であった。しかし、新兵の私たちは五分前に起きていたのでは、とうてい班長や旧兵の世話ができない。そこで、少しはやめに心の準備をしておき、あたかもバネ仕掛けの人形が飛び立つように、勢いよくベッドからはなれる必要があった。

海兵団とちがって、吊床ではないから、片づけるのに面倒はなかったが、それでも、身についた海兵団の「習慣」がぬけきれなくて、はやすぎる目覚めがつづいたものだった。

総員起床のあと、全員甲板に集合して、眠り足りない眼をこすりながら、海軍体操がはじまる。この体操は、海軍独特のもので、デンマーク体操とスウェーデン体操の長所をミックスしたものだそうだ。極限から極限まで、大きく身体を伸ばしたり曲げたり、ひねったりしたものである。

両手のこぶしを軽くにぎって水平にし、前方にあげてから力をぬき、両股(もも)の外側面を軽くなでるように振りおろして、左右に肩の高さまであげる。これを単位動作として、くりかえしおこなうのであった。この単位動作を海軍では、「ユードーシン」と呼び、かならず、つぎの運動へのツナギとして使われた。後のはなしであるが、この体操のとき、私が師範徴兵であったためか、「坪井二曹。台上に立て」と、よく分隊士から、特別命令を受けたものである。台上といっても、特別な体操台があるわけではない。とにかく、みんなからよく見える少し高いところに立って、分隊員に体操の見本をしめさなければならなかった。

体操が終わると、朝の清掃――甲板掃除がおこなわれる。露天甲板の受け持ち区域の清掃で、なかなか気合いの入ったものだった。これは兵科の下士官および兵の仕事で、機関科や主計科は別の仕事をやる。

「まわれ！　まわれ！」

あの広い甲板を水を流しては、デッキ・ブラシで力まかせにこするのである。そうしているうち、「ソーフ用意」の号令がかかる。ソーフというのは雑巾(ぞうきん)のことである。兵は、いわれるままにキリキリ動いて、甲板上の水気をきれいにふきとるのである。その間、素足である。「水虫」に悩まされる者が多かったが、こうしたところに遠因があったと思われる。

甲板掃除が終わると、居住区の室内かたづけがあり、そのあと朝食をとる。

朝食は午前七時ときめられていた。午前七時四十五分になると、日課手入れといって居住区の掃除をしたり、兵器の手入れをおこなったりした。以後、午前九時十五分から十一時三十分まで、整備作業や兵器の手入れ、ときには砲戦訓練が実施された。午前十一時四十五分、昼食。午後は十三時十五分から就業となり、おもに訓練をおこなった。十五時四十五分からは体育の時間にあてられ、体操、柔道、相撲、剣道が実施された。私は学生時代に引きつづいて、柔道をえらぶことにした。部長は上等兵曹城本素雄三段であった。学生時代にも海軍柔道ということばをよく耳にしたが、それほど実戦的な一種独特の強さをもっていた。学生時代、私は講道館柔道の流れをくむ柔道を学び、二段までとっていたが、海軍では、いちおう無級から出発することにした。

柔道部は、入港すると、かならず上陸を許される。柔道衣を脇にかかえ、班の者に、「おねがいします」と、ことわって上陸し、練習に汗を流したものである。

夕食は十七時ときまっていた。夕食後は、十九時三十分まで自由時間となり、この間に入浴したり、酒保を利用したり、休息したり、各自、思いおもいのことをして過ごせる時間であった。

十九時三十分から甲板掃除、室内のかたづけをしたり、甲板の掃除をしたり、ベッドの用意をするのである。この甲板掃除は、つぎに「巡検」というきびしいチェック点検があるので、各班とも細かい部分に注意をはらって、徹底して美しく磨きあげるのであった。

二十時、巡検。これは艦内生活の一日をしめくくる点検で、保安、衛生をはじめ、すべての点検の対象となる。

副長、甲板士官、各科の掌長、先任衛兵伍長が巡回してくる。衛兵伍長が副長を先導し、その後を甲板士官と各科の掌長がついてまわるのである。

「巡けーんッ」

先導者が大きな声を張りあげ、まわってくる。この「巡検」中は、衛兵勤務者、掃除当番（巡検をうける係のもの）、当直員をのぞいて全員、静粛に就寝の状態でなければならない。立ち歩いているのを見つかったら、そうとうの罰を覚悟しなければならなかった。

「大和」は範囲が広いので、この巡検が終了するのに約一時間かかった。ときどきは、火災訓練や緊急呼集がはさまったりして、二時間を要することもあった。

巡検がおわると、翌日の日課、作業の伝達があって、

「巡検おわり」

「煙草盆だせ」の令が放送される。以上で、翌日の起床まで自由時間となるのであった。平常時の艦内生活の一日は、このようにして明け暮れするのであった。

軍隊の生活での楽しみは、なんといっても、三度の食事と酒保の時間、そして就寝の時間である。いったい「大和」で、どれだけの米が必要であったのだろうかと考えてみる。「大和」の烹炊所は、ホテルなみに近代化されていたといわれていた。六斗炊きの炊飯器六釜でメシを炊くのであるが、一回、一釜に、米を二十五キロ入り大ザルに二つ半、麦を大ザルに一つ入れたという。つまり、あわせて、六斗一升二合五勺を入れることになる。これが六釜だから、九俵の米麦を炊いていたわけだ。これが一回の消費量である。

十八年七月十六日、私は海軍上等水兵に進級した。なんといっても、階級が大きくモノをいう軍隊社会であるから、進級は掛け値なしにうれしいものである。

「鬼の○○地獄の△△」ふるい海軍時代を過ごした人は、艦のきびしい状況を、このような口碑でつたえたものである。「大和」では、建艦後、まだ日も浅いし、戦局不利なとき、一人の兵も大切な戦闘要員であるから、怪我や病気で配置につけなくなってしまっては、戦力低下にもつながっていくので、「無茶な制裁はするな」というのが、歴代艦長および副長の方針であったときいている。そのために、少なくとも、私たち「大和」乗り組みの新兵は、殴られ怒鳴られのシゴキは、海兵団卒業と同時に終わってしまったのであった。

そのかわり、戦力向上にたいする訓練は、徹底して行なわれたのであった。

高角砲の弾丸は、約三十二キロの重さで、両腕にかかえ持つのには少しきつかった。戦闘継続中、砲員は、この弾丸を中断させることなく流れるように一定のリズムに乗せて運びつづけ、一番砲手が寸秒の狂いもないように装塡できるように心掛けなければならなかった。

そのために私たち砲員は、絶えず腕力の養成に努力を惜しまなかった。腕立て伏せの姿勢で屈伸を何回やれるか競争したり、模擬砲弾を何回さしあげることができるか争ったものである。はたから見たら体罰をうけているような光景だったろうが、私たちは真剣であった。

毎日の日課の中にも、甲板に設けられている装塡練習台を使って、弾丸の運搬と装塡の猛訓練が実施されるように組み入れられていた。はじめのころは、フラフラしながら持ちかねていた模擬弾も、日がたつにつれて腕力がつき、軽がると持ちあげることができるようになり、装塡の動作も正確に、しかもリズミカルにやれるようになっていった。

碇泊中の艦では、午前八時になると、いっせいに軍艦旗の掲揚が行なわれた。

軍艦旗は、国旗の日の丸を基本にしたデザインで、中央の日章から十六条の赤い放射線を出して太陽の輝きを表現している。軍艦旗掲揚と同時に、いちばん前の旗竿には艦首旗という軍艦旗を小さくした形の旗が掲げられる。艦首旗は日章が中央にあるのが特徴であった。それに比べて軍艦旗は、日章の中心が旗の横の長さの百分の一だけ旗竿寄りとなっている。

また軍艦旗は、航海中、日没から翌朝八時まで降ろされることになっていた。

これは、少し後の話になるが、ある日のこと、軍艦旗掲揚というので甲板に出たところ、ちょうど森下艦長とばったり出合ってしまった。あわてて挙手の礼をしたが、艦長は温厚に微笑をたたえられ、こたえてくださった。特別の言葉はなかったが、その顔を見ていると、「君たちの若い力こそ頼りなのだ。しっかりやってくれ」といっておられるように感じた。

森下艦長は操艦の名手といわれ、一般将兵の信望もまことに厚かった。その森下艦長に、このような至近距離からお目にかかれるとは思っていなかったので、驚くとともに一種の感動を覚えたのであった。

乗艦してから、訓練の毎日がつづいた。その間、「大和」は、トラック島やトラックの北東に位置するブラウン島などに行動していた。

ゆけどもゆけども、海また海の生活である。

島影ひとつ見ることのできない青い海で、敵の飛行機や潜水艦の出没に全神経を集中しながら、長い航海をつづけているようなとき、椰子（やし）の木でも視界に入ってくると、それこそ大変な騒ぎになったものである。

「ナニ島が見えた」

「どこだ、どこに見えるのだ」

「どこだろう。何という島かな」

「無人島じゃないのか」

「入港できる島だといいがなあ」

それぞれの勝手な話でにぎやかになる。入港の必要がある場合は、測深をはじめたり、艦内放送で該当分隊にたいして、「錨鎖庫作業員」の動員がかかるのでよくわかる。

私も三回ほど、作業員として錨鎖庫に入ったことがあった。錨鎖庫は、艦首から三十メートルあまりの船艙にあって、上部は揚錨機室になっており、周囲は水防区画になっている。深さは六メートル、幅は七メートルくらいで、奥行き四メートルほどの大きな室で、室の上段の周囲には、作業員を防護するための柵(さく)がある。庫内は、もれた油などでツルツルとよく滑るし、真っ黒く汚れやすいので事業服、事業靴をつけていないと大変であった。錨鎖は、「大和」の巨体を繋留するのだから、大きく、ゴツイものであった。

錨鎖庫の作業を大別すると、入港するときの投錨作業と、出港するさいの巻き揚げ作業があった。投錨の場合は、庫内にいて、錨鎖がスムースに出ていく状態を見まもりながら揚錨機室と連絡し、投錨を迅速、的確に完了させるのである。揚錨の場合は、二百十馬力のモーターで巻きあげる錨鎖を、用具を使いながら、庫内に隅の方から行儀よく整頓して納める作業である。投錨にさいして、トラブルの起こらないよう、作業員の手によって正確に納庫させるのである。

文字で書いてしまうと苦労もないが、重くて大きい錨鎖をあつかうのは、骨の折れる作業で、ときには一人がなかに降りて、直接、鎖を抱きかかえて隅の方へ寄せることもあった。ちょっと見には、大きなニシキヘビをかかえているような格好であった。

投錨は安全な港でしか行なわれず、警戒を必要とする港では漂泊であった。だから、乗組員にとっては、入港とともに、

「錨鎖庫作業員集合」の号令がかかる方がうれしかったのである。

軍隊には、特別な能力や技能をもった人が多かった。むろん「大和」が例外であろうはずはない。演芸にしろスポーツ関係にしろ、みんなプロ級あるいは、プロにちかい人が多かったように思った。主砲分隊には、関取級の相撲部員が四人か五人くらいいたようだった。手芸的な面でも器用な人が多く、裁縫など、眼をむくほどうまいので、入隊前の職業を教えてもらったところ、仕立て屋さんであったとかいう話はめずらしくなかった。

海軍にかぎったことではないが、軍隊では、靴下の穴、ボタン付け、衣服の繕いなど、みんな自分の手でやらなければならない。いままでは、女性の分担ときめこんでいたのが、海軍にきて、生まれてはじめて針と糸をもったような次第であったから、前職が仕立て屋という者の、あざやかな手つきには感心するより、つくづくうらやましく思ったものであった。

「芸は身を助く」という言葉がある。この格言のもつ本来の意味は、なにか身についた技芸を持っておれば、生計を助けるものとなるということであろうが、私自身が「大和」で実際に経験したのは、つぎのような事柄である。

高角砲の構造を若い兵に説明できるように、よくわかる掛図が欲しいということで、分隊で三名がえらばれて、その仕事を担当することになったが、そのなかの一人に私も選ばれたのである。学生のころ、少し絵をやっていたので、絵図や着彩を受け持ったのである。

他の者が甲板掃除や整備作業をやっているあいだに、制作することを許された。冷暖房のきいた室内で、全紙判の用紙をつかっての掛図づくりに、十日以上かかったと記憶するが、自分の好きな仕事だから、苦しいことなどみじんもなく、むしろ毎日がたのしくて、軍隊にいることも忘れるくらいであった。師範学校時代、絵の手ほどきをしてくれた美術担当の山脇先生に感謝しながら、一所懸命に描かせてもらった。

教え子の便り

艦内生活をしていると、なんといっても貴重なものは真水であった。くる日もくる日も、水の上で生活をくりかえしながら、水にいちばん不自由をしたのである。「大和」はとくに、三千余人の乗組員をかかえているのだから、飲料水から洗濯、浴場と、その消費量は大変なものであったろう。

飲料水といえば、「大和」のラムネは格別おいしかった。艦内で製造すると聞いたが、ラムネを飲むのを楽しみに訓練に励んだくらい、うまかった。

毎日、肌着などを着替えなければならなかったが、洗濯は、いっせいにおこなう場合と、各自が適宜におこなう場合があった。洗面所および洗濯場所は、後部の上甲板、短艇格納庫上部付近に設けられていて、靴下、下着などは、夕食後に洗濯することができた。

いっせいにおこなう場合は、前日の夜、巡検が終わった後、明日の日課連絡のときに知らされた。洗濯があるとわかると、各班いっせいに洗濯のための準備にかかる。オスタップ（大きなたらい）を用意して、各分隊、各班の人員に応じて水の配給を受ける用意をするのである。

これらの仕事は、新兵や若年兵の役目であった。少しでも多くの水を配給してもらってくると、班長から、

「ウンいいぞ。よし」と、ほめてもらえるので、なんとかして、多くもらってくるように努力したものである。

朝の甲板洗いが終わると、

「水配給。受け取れ」の号令がかかる。スワとばかり、準備していたてはずどおり、水の配給を受けに走る。

いっせいにおこなう洗濯は、甲板でやる。限りある水を、できるだけ有効に使って洗い、かつ充分にすすがなければならないから大変であった。とくに白いもので、眼につくところにつけるものなどは、下手に洗うと、乾いてから黄色くシミが残るので、注意が肝要であった。

洗濯が終わると、最上甲板の前部、錨鎖甲板に仮設される干し場へ運んで、各分隊ごとに定められたロープに干した。

この物干し場には、盗難を見張る兵が立っていたが、それでも盗られて、点検のとき、油をしぼられる者がときどきいたのである。理不尽のようだが、軍隊では、盗られたのでといういいわけは通じなかった。靴下など、とくによく失くなる品目であったが、片方しかないときなどは、途中で切って一足にして、持ち物点検をごまかす者もいたのである。

洗濯で思い出すのは、トラック島で警戒待機して碇泊していたとき、南方特有のスコールで行水したり、洗濯を楽しんだことである。南洋の太陽はきつく、甲板を灼きつける。ことに鉄板部分は、熱を十分に吸いこんで、ものすごい熱さとなる。うっかり素足で踏み入れようものなら、ヤケドをするほどで、艦内シューズでも裏のゴム張り部分が溶けるくらいであった。

　この暑さをやわらげてくれるのが、スコールという天の恵みであった。先任者たちのスコールの経験談をよく聞いて、指示どおりにフンドシいっちょうになって、洗濯物と洗面器、石鹸を用意して、甲板にたくましい若い男性の裸の群像があふれるのであった。

　はるか向こうに、灰色の幕が張られたような壁が見えてくる。手ぐすねひいて待っていると、その幕がものすごい速さでグングンと迫ってくる。

「ドォーツ、ドォーッ」ものすごい音がして、内地の台風を思わせるような大粒の雨がたたきつけるように降る。消防のホースで水をかけられているようで、思わず息もとまる感じであるが、十分もすると、ウソのように雨雲は通過してしまい、ふたたびもとの太陽がかっと照りつけるのであった。

　このように、スコールは文字どおり旱天の慈雨であったのだが、ときには失敗もあった。

「スコールが来たぞーっ」

「ソレ出ろ！」

　あわてて甲板に出て、石鹸のアワを身体につけて待っていると、わずかの差で艦の上には一粒の雨も振らず、向こうの海面を、音を立ててたたきながら通りすぎていってしまうときもあった。

昭和十八年十一月一日、私は二十一歳の誕生日を四日後にひかえて、海軍水兵長に進級をした。

水兵長は、兵の階級ではいちばん上位である。私は大変うれしかったのを憶えている。

「進級おめでとう。がんばってくれよ」

上出班長もニコニコ顔で祝ってくれた。

「坪井兵長、おめでとうさんです」

班員たちも、多少いいにくそうに「兵長」をつけて、よろこんでくれた。

いかにマークなしの師徴兵といっても、水兵長となったからには、モタモタ、マゴマゴしてはおれないぞ。階級章を少しでもはずかしめないように、大いに働かなければと自分にいいきかせる。

「ありがとう、がんばります」

張り切って、同僚にたいして礼をいった。

「よし、今日の酒保は坪井兵長の祝いだ」

上出班長の思いやりある言葉があった。すると、

「そうだ。午後の日課は張り切ろうぜ」と籠上水も調子を合わせてくれる。

「よし、決定だ、がんばろう」

同僚の進級を祝ってくれる班員の心、そして、そのきっかけをつくってくれた班長のやさしい心づかいに、私の胸にこみあげてくるものがあった。


十二月十二日、トラックを出港して、十七日、ひさしぶりに横須賀に入港した。しかし、二十日には、「大和」は横須賀を発して、陸軍の独立混成第一連隊の将兵と物資の輸送の任あたった。めざすは、またもトラック島であった。

陸軍部隊の下士官や兵たちは、「大和」の巨大な艦体と、冷暖房等の完備した艦内や防御装置、それに対空火器の近代的な装備に、大いに驚いているようだった。

陸軍の積み込んだ火器もいろいろとあったが、どうしても陸上で使用するための制約条件が多いためか、戦艦に装備しているような十分な火器にはできないのだろうと思いながら、見せてもらったものである。

予定の入港は二十五日とされていた。長い航海をぶじに終えて、いよいよ明日はトラック島入港という二十四日の夕方のことである。

突然、まったく突然であった。

「ズォーン」

深い底の方から突きあげるようなショックを受けた。

「何だろう、いまのショックは？　なにかが命中したみたいだったぞ」

背中をゾォーッと冷たいものが走って、身の毛がよだつのを覚えた。

「配置ニツケ！」のブザーが艦内に響きわたった。

「ソレ！　会敵、戦闘か」

全員配置について、つぎの号令を待った。私にとって、生まれてはじめての戦闘体験であり身ぶるいを感じた。

「魚雷が命中したらしいぞ」

「敵の潜水艦のやつ、待ち伏せよって」

しかし、以後なんの変化もなく、艦はそのまま走っているようである。ホッと胸をなでおろす気持であったが、艦は警戒配置のまま航行をつづけた。

結局、その後は何事もなく、トラック島に、ぶじ入港したのであった。

あとで耳にしたのであるが、

「敵潜水艦に雷撃をうけ、右舷後部に魚雷が一本命中し、浸水もあったが、被害軽微のため航行をつづけた」とのことであった。

さすがは「大和」、一発の魚雷ぐらいでは、もののかずではなかったのだ。それでも、「大和」が艦隊勤務に就航してから、敵から受けた最初の攻撃であり、被雷第一号であったわけだ。

「大和」は、そのまま、昭和十九年の正月をトラック島で過ごしたあと、損傷個所を修理するため、呉軍港にかえったのである。トラック島周辺も、すでに、敵潜水艦の行動区域となって、絶対安全とはいえなくなってきていたのであった。

一月二十八日よりドック入りとなったが、その前の二十五日、それまでの大野艦長が転任して、森下信衞海軍大佐を五代目の艦長として迎えた。

つづいて二月一日、佐藤副長が転任し、替わって、三月に入ってから、能村次郎海軍中佐を副長として迎えた。

ところで、艦内生活で、なによりありがたいものは、内地からとどく慰問文や慰問袋であった。

十八年九月ごろだったと思うが、「大和」がトラック方面で訓練碇泊をしていたころであるが、ある日、慰問袋や慰問文がドッと届けられたことがあった。そのころまでは、まだ、ぶじに輸送ができていたのだ。

私には、分厚い封筒がとどいた、それはふるさと、日進国民学校からとどいた教え子たちの便りであった。太平洋の荒波を越えて運ばれて来たふるさとの香りである。懐かしい同僚教師をはじめ、教えた四十名の子どもたち、ひとりひとりの便りであった。

「坪井上水。いい手紙が入っているか」

「ハイッ。教え子からの手紙です」

「そうか。なかには教え子の姉ちゃんのもか」

「そうだといいんですが」

「いいのがあったら、おれにも見せろよ」

ひやかされながら、慰問袋や手紙をひらく。

手紙はそれぞれ短い文であるが、ひとりひとりの気持や、学校、村のようすをていねいな文字で綴ってあった。

わずか一ヵ年教えただけだったのに、ひとりひとりの手紙をくりかえし読んでいると、その子の面影が浮かんでなつかしくなった。

「先生、お元気でいますか。いまどこで戦争(せんそ)しているんですか。敵の弾丸(たま)などにあたらないでがんばって下さい。ぼたちもみんな元気で、兵隊さんや先生に負けないようにやります……」

男の子の手紙であった。負けん気の強い性格をよく出している。

「わたくしたちも食べ物が足りないので、校庭にうねを作ってさつまいもを育てています。だから、もう運動会もできません。ざんねんですけど、兵隊さんたちのことを思ってがまんしています。先生はやく帰れるようにして下さい」

女の子らしいやさしさあふれる文章であった。

「先生。ぼくたちは松根油を取りに山へ行きました。ガソリンがないんですか。飛行機を飛ばせないんですか。ぼくたちも勝つまでがんばりますから、先生ぼくたちのことを心配せずに、アメリカ兵をやっつけて下さい」

なかなか勇ましい、元気一杯の手紙だ。

「先生は『大和』という軍艦にのって、戦争しているんですか。大きな軍艦だと聞きましたが、どのくらい大きいんですか。日進学校くらいですか。先生はどんな仕事をしているんですか。はやくアメリカをやっつけて帰ってきて下さい。待っておりますから」

だれに教えてもらったのか、「大和」の名前も出てきた。五十メートルそこそこの校舎と大きさをくらべているのが面白い。

なかでも、私をもっとも喜ばせてくれたのは、ある一人の男子生徒の手紙であった。その子は毎日放課後、私と二人で教室に残り、補修勉強をして、ひらがなや九九をおぼえた子どもであった。

「つぼりせんせ（い）げんきで てきのへ（い）たいとせんそ（う）して（い）ま（す）か き（つ）とかならず か（つ）てきてください ぼくもき（つ）とかちますま（つ）て（い）ます ぼくもいまげんきです……」

判読を必要とする文章であるが、しかし、あの子どもがここまで自分の気持を相手に伝えることができるように成長してくれたんだ、と私は胸のジーンと熱くなるのを覚えた。

たとえ金釘流の文字であっても、歯抜けの文章であっても、この子を知っている私は、心の底から大きなよろこび感じた。

この遠くはなれた勤務学校から、太平洋の荒波を越えてとどいた教え子たちの慰問文に、私は思わず涙したのであった。

「先生ごぶさたいたしています。先生のことですから、きっとお元気で頑張っていらっしゃるものと安心しています。……毎日のラジオニュースに一喜一憂しながらの生活をつづけています。……先生が出征されてからは、私の心の中の灯が消えてしまった感じで、職員室に入るのも、さみしい気持です。……こちらにいらっしゃったころは、私が毎朝、どんなに早く学校へ出勤していっても、いつも先生の方が早く来ておられた、そのお姿が目に浮かんできます。……お元気で頑張って下さい。先生の武運長久を心からお祈りしています」

同僚の女子教員である栄子先生からの手紙もまた、私に元気をあたえてくれた。温(ぬく)もりのある、ふるさとの便り集であった。

ふるさとの香(かおり)はこびし教子(こら)等の文(ふみ)　いくさ忘れてひとり涙す

おお、一号艦か

十九年一月、前にも触れたように、「大和」は呉港に帰還し、トラック島付近の洋上で受けた損傷個所を修理するため、ドックに入った。

私たちも、兵器の手入れを行なったり、外舷の貝がら落としなどを手伝うかたわら、砲戦訓練に寧日がなかった。

ある日、私は、休憩時を利用して、電線や各種パイプが張りめぐらされている後部甲板へ行ってみた。白い作業衣を着た修理工の人たちが忙しそうに立ち働いていた。熔接の青白い火花が飛び、リベットを打ち込む音が腸(はらわた)にひびくようである。ドックの中は喧騒でいっぱいである。

パイプや電線が無数にのびている甲板を歩いていると、突然、声をかけられた。

「おい、坪井君じゃないか」

同じ「大和」に乗り組んでいる師徴兵の同期の者かなと思って、ふり返ってみて、まったく仰天(ぎょうてん)してしまった。

「あっ。大崎君か！」

工員服を身につけてそこに立っているのは、まさしく同郷の人で、しかも小学校一級下の好男子、大崎光泰君だった。

「おお、おれも驚いたぞ。坪井君によく似ているが、ひとちがいだったらいけないしと思って、だいぶ思案していたんだよ。それで、きみは『大和』か？」

「十八年七月からじゃ」

「そうか、『大和』にいるとは思わなかったなあ。配置は？」

「高角砲員だ。第五分隊でね」

「そうか。飛行機落としか」

「おまえ、いつからこの工廠へ来ているんだ？」

「十六年からかな、どうせ兵隊にとられるんじゃろ。それやったら、好きな機械がいじれる工員になったれ、と思うてねゃ」

「そうだったんか。じゃ、いろいろな艦船の艤装工事をやっているんか」

「もちろんさ。戦艦、巡洋艦、潜水艦なんかの、電気系統の工事をやったよ。潜水艦なんかは、実際に乗り組んで四国まで行って、テストをやったよ。それに、この『大和』の建造工事にも関係したんだぜ。『大和』では、主砲の斉射テストで苦労があったよ」

彼の話によると、あのデッカイ主砲を三連装がいっせいに発射すると、中央の砲だけ弾丸が沈むので困ったそうだ。それで、いろいろ原因を考えたが、結局、斉射した場合、中央の砲弾は、両脇の弾丸に影響されてしまうということになった。どういうことかというと、弾丸が、ものすごい速さで飛び出したときの空気の流れ方と圧力に問題があり、その空気の波が左右から中央の弾丸に影響をあたえ、弾道をくるわせたらしい。それで、三連斉射はだめということになり、一砲身ずつわずかではあるが、時間差をおいて発射することになったという。

「元気で。また逢える日を楽しみにしてるよ」

「おお。きみの健闘と武運を祈っとるぜ」

まったく奇遇だったなあと感心しながら、配置へ帰って来た。こんなところで同郷の人間に逢え、また、「大和」の主砲にそんな話があったとは、まったく知らなかったし、そんな話を彼から聞けるなど、夢にも思っていないことであった。世の中は広いようで狭い、とその思いがいつまでも頭からぬけなかった。

艦には、公用使といって、陸上との連絡をつとめる仕事があった。「公用使」と書いた腕章を左腕につけ、真っ白い脚絆（きゃはん）をまき、郵便屋さん風のカバンを肩にして、街に出かけるのであった。公用使は、衛兵隊から出され、主として兵科の兵員が当てられていた。

軍艦には兵科、機関科、主計科等々があり、さらにそれぞれが、主砲分隊、副砲分隊、高角砲分隊などに分かれて任務につくのであるが、従兵と衛兵隊の場合、各分隊から従兵に何名、衛兵隊に何名という割り当てを受け、人員を拠出（きょしゅつ）しなければならなかった。

私も十九年のはじめころ、呉港在泊中にこの衛兵隊に出て、公用使になって上陸したことがある。

「第五分隊、坪井兵長、公用使出発します」と、副直将校に申告して出発した。

任務は簡単で、「大和」から鎮守府に提出する書類や、上官の私用などを、先任衛兵伍長からあずかって、指示どおりに届けたり、あるいは返信をもらって帰るのであった。

任務を果たしたあとは自由時間となる。ふつうの休日上陸とちがって、勤務日の上陸は、上官に出合うことも少なくて、気持にゆとりが持てた。

ところが私の場合、このゆとりが思わぬ災難を招いたのであった。公用をすませたあと、街なかへ出て本屋に立ち寄ったまではよかったが、このとき、自分でも意識しないうちに、片手をポケットに突っ込んでいたのである。たまたま、このありさまを巡邏隊に見つかってしまったらしい。つき添っている一等水兵が、私のそばにすっ飛んで来た。

「向こうへ、ただちにくるようにいっています」

巡邏隊は、憲兵と同じように特別な権限を持たされ、陸上における海軍軍人の監視役をおおせつかっていたので、私たちは一目も二目もおいて敬遠していた。少しの油断から、たまたま運わるく、その巡邏隊の好餌となってしまったのである。

海軍では、ズボンのポケットに手を入れることは、艦内の狭い階段をすばやく通行する生活環境から、危険であるという理由で、下士官と兵のみ、厳禁されていたのである。

「ついて来い」

鼻の下にチョビひげをくわえた巡邏隊の下士官が、重々しい声で私に命じた。

「ハイッ」

変にさからうとかえってまずいので、私はいわれるままについて歩いた。

（ああ、本屋になんかへ寄らずに、はやく帰ればよかった。いつまで引っ張られるのかな）

どれくらい歩いたころだったろうか、おそらく三十分くらいは経過しただろう。巡邏隊の詰所らしい建物に到着し、中に入るようにいわれた。

長いテーブルをはさんで向かい合うと、

「貴様の属する艦名と階級、氏名をいえ」と、チョビひげはいった。

ここで「大和」の艦名を出してもいいのかな、としばし迷ったが、ほかにいいようがないので、いたしかたなく、

「『大和』、海軍水兵長、坪井平次……」と力一杯の声で氏名を告げた。すると、急に相手の態度が変わり、

「おお、一号艦か」といって、それまでとうって変わった態度になった。

「海軍軍人は、ポケットに手を入れることは許されていないんだ。これから気をつけろ」

「ハイッ」

「よし。帰れ」

私はほっとした。どんな罰がくだるかと思って内心、ヒヤヒヤしていたが、「大和」の艦名で、とたんに態度を変えた。さすが、「大和」だなと感謝した。

また上陸には、「入湯上陸」というものもあった。これも大きな楽しみのひとつで、下士官、兵ともに待ちわびたものだった。

上陸の名目は、読んで字のごとく、入湯（風呂に入ること）であった。艦内の真水を節約するために上陸して、シャバの銭湯に入ってこいとのことなのだろうか。

上陸は乗組員総員を右舷と左舷とに二分し、その半分が上陸するのを半舷上陸といっていた。これは土曜、日曜、祝祭日に行なわれ、ふだんの日は入湯の文字が頭についた上陸である。下士官になると、一日おきの外泊上陸が許され、旧兵は四分の一上陸で、四日に一晩が許可されたが、新兵は、いっさいの外泊なしで、日曜日などの半舷上陸を待ったのである。

たとえば、右舷が上陸番に当たった日であれば、右舷の下士官は全員外泊、一等水兵以上の兵の場合、四分の一外泊番に当たった者は外泊、残りのはずれ組と二等水兵は夕方、帰艦となった。

「上陸員整列」

もちろん、この前に予告があるから、午後の日課終了ちかくになると、上陸組はソワソワして落ちつかない。心は、はやくも陸の方にとんでいってしまっていた。整列の号令がかかると、きちんと服装をととのえ、ヒゲも剃り、靴もピカピカにみがいた面々が、甲板に集合整列をする。

一同は下士官と兵に分かれ、さらに泊まり番組と帰り番組に分かれて、副直将校から上陸についての注意を受ける。

帰艦時刻であるが、時間きっかりに「大和」の内火艇が桟橋に迎えに来てくれるきまりになっていたから、絶対に遅れてはならない。さらに、「大和」の乗組員として恥ずかしくないように、言動に十分気をつけなければならない。等々、細かい注意のあと上陸札がわたされて、所持品の点検、服装の点検を受けて、はじめて上陸を許可してもらえるのである。

所持品点検は、官品等を外部に持ち出そうとしていないか、服装点検は、だらしない格好で艦名を汚すことのないように、との趣旨からであったと思う。

むかしは、兵の帽子のペンネント（帽子にまいているオビ）に金文字で、「大日本軍艦日向」とか「海軍砲術学校」とか、自分の所属を書いていたらしいが、太平洋戦争開始後は、艦の所在位置がわかってしまうというので、すべて、「大日本帝国海軍」となった。したがって、街を歩いていても、何という艦の兵かは一見しただけではわからない。

しかし、万一なにかミスがあって、巡邏隊にチェックされ、艦名がわかったときには、艦の恥をさらすので細かく注意をされるのであった。

さらにつけくわえるなら、性病にかんする有難い（？）心配もしていただいた。十六歳の志願兵から年輩の下士官にいたるまで、全員にたいして、鉄カブト（ゴム製品）と軟膏（殺菌用）が支給されたのである。所持していない者は、外出取り消しとなったので、使用する意志がなくても、一種の通行手形として、コンドーム一個と軟膏一本を所持し、舷門を通過したのであった。

第四章　マリアナ沖海戦

煙草盆会議

日本海軍の前線基地であるトラック島が、昭和十九年二月十七日、つづいて四月一日と、米機動艦隊の航空機による空襲を受け、艦船や陸上施設に大損害をうけてしまったという情報を耳にしてから、ほどないころのことであった。四月二十一日、整備点検を完了した「大和」は、重巡「摩耶（まや）」と駆逐艦二隻に護られて、物資輸送の作戦に従事するため、マニラに向けて呉を出港し、豊後水道をぬけて南下した。世界に誇る巨艦「大和」が、輸送作戦に従事しなければならないほど、逼迫（ひっぱく）した戦況になっていたのであった。

四月二十六日、ぶじにマニラに入港し、輸送物件の陸揚げを終えたのち、ただちに出港して、さらに南下をつづけ、五月一日にはスマトラのリンガ泊地に入港した。そ

昭和18年前半、トラックに停泊中の「大和」（左）と「武蔵」——19年になると空襲をうけるようになり、このような光景は、再び見られなかった。

して、やがて訪れるであろうつぎの海戦にそなえて待機し、訓練にはげむことになったのである。内地と異なって、ここは油田地帯をひかえて燃料に不自由しないし、敵の行動圏外でもあり、訓練には、まことに適当な場所であった。

ところが、入港の当日、トラック島基地が第三次の大空襲をうけ、前線基地としての機能をまったく喪失してしまったという報告を受けたのである。

「トラック島がエライ爆撃を受けたらしいぞ」

「アメ公のやつ、調子に乗りやがって。つぎつぎと制海空権を奪っていきやがるね」

「カロリン諸島を奪回されて、つぎは、いよいよマリアナ諸島サイパンか」

「だんだん本土に近づくわけか」

「大本営や司令部は、いったい、どんな作戦で敵を迎えようとしているのかな」

いらいらする気持が、つい言葉になって出はじめたころでもあった。

トラック島といえば私にとっても、いろんな思い出のある島だ。

前にも書いたが、トラック入港を目前にして、米潜水艦から一発の魚雷攻撃を受けたときのことだが、はじめて体験した被雷のショックもさることながら、魚雷を受けてもビクともしない「大和」にも驚いたのを思い出す。

その後、同島で正月を迎え、射撃訓練や整備点検をしながら、十九年一月十日まで待機したのである。その間に上陸を許されたこともあった。はじめて眼にする南国の澄みきった美しいエメラルド色の海、透明な海中を遊泳するカラフルな熱帯魚の群れ、輝く太陽と白い珊瑚礁の砂浜、緑濃い椰子の大木、名も知らぬ極彩色の花々、ゆたかな果物、眼にふれる物すべてが、みんな珍しいものばかりであった。

「ああ、おれは、海軍の兵隊になってよかったなあ」と思いながら、島にある日本人の小学校にも足を運んだものであった。

そのトラック島が「大和」の出航後まもなく、米機の大空襲をうけて前線基地の機能を失くしたというのであるから、信じられない気持だった。

あの美しい緑の島は、いったいどう変わってしまったのだろうか。焼け野原となり、赤茶色に焼けた土塊がむくれあがり、爆弾跡の大きな穴が無数にあいて、建物は、みな無惨に破壊され、焼きつくされてしまったのであろうか。葉っぱを焼かれた木々の群れが、白骨の林のごとく、あわれな姿をさらしているに違いない。島民はどうしているだろう。あの小学校の校舎や子どもたちはどうなったのであろうか。

「戦争は、こんな悲惨なことを、平気でやってしまうんだな」

遠く離れたリンガ泊地の「大和」で、私はひとりで思いにふけっていた。

五月に入ると、大きな作戦が、発動されるという噂が、ぱっとひろまった。

「オイ、いよいよ大きな戦さ（いくさ）があるらしいぞ」

「えっ本当か。だれの話だ、それは……」

「うん、ある筋からしいが、信頼できる情報だぞ」

「そうか。いよいよ、こいつをぶっ放せるのか、やるぞ見ておれアメ公」

「訓練、訓練じゃつまらんよ。腕がウズウズしているよ」

「そうじゃ、『大和』の威力を見せ、思い知らせてやりたいものさ」

「海戦（いくさ）している方が甲板洗いよりましさ」などと、勝手なことをいい合っているうちに、みんな、わけもなく興奮してゆくようであった。

十九年五月十一日、「大和」は、訓練に訓練をかさねたリンガ泊地をあとに、他の艦を従えて、ボルネオ北東部のタウイタウイ島に向けて出発した。噂のとおり、いよいよ米艦隊との一大決戦を迎えようというのであろうか。

海戦をまったく体験していない私たちのような者にとっては、正直いって、恐ろしいという不安感があるいっぽうで、砲戦とは、どのような光景を呈するのだろうかという好奇心もある。さらには、ミッドウェー海戦をはじめ、太平洋における各海戦で破れた友軍の仇討ちをしてやるんだ、という敵愾心もまた、心の隅にふつふつと湧いた。

夜半すぎ、南国の月光を浴びて静かに艦隊は北上を開始した。

一日の勤務がおわって、「煙草盆出せ」の放送をきくと、ホッと心が休まるものである。あちらから、こちらから、一人また一人と、煙草を出しながら煙草盆のまわりに集まってくる。

話題は、だいたいきまっている。とくに親しい友人と話すときは、おのずと内容もちがってくるのだろうが、軍隊内で共通する話となると、内地のこと、それも食べ物か、女の話題が圧倒的に多い。この話は、だれにでも通じるし、だれが聞いても腹の立つこともない。

「うちの女房と子どもの写真だ。どうだ可愛いだろう」

「どれどれ、おれにも見せろ」

「なるほど、なかなかいい。女優さんみたいだぞ」

「ありがとう。気だてもやさしいんだぜ」

「おい。恋愛か、それとも掠奪（りゃくだつ）か」

「掠奪はないだろ」

「しかし、貴様に似合わず、子どもはいい顔しているよ。いくつだ」

「二歳だ、十一月生まれさ」

「母ちゃん似だな、よかったなオヤジに似なくて」

「名前は何と言うんじゃ」

「絵里（えり）ってつけたんだ」

「ハイカラな名前をつけたんだな。エリーって伸ばしたら、外人の名にも使えるぞ」

「おれは、いつもこいつらといっしょにいるのさ。こうして写真を肌身につけている
と、淋しさが消えるんだ」

「いいなあ。おれらまだチョンガーさ。いつ死のうが泣いてくれるのはカラスくらい

かな」

「チョンでいいじゃないか。女性はみんな自分の女房と思えばいいぞ」

「うん。まあ、そういうとこかな。いまのところはな」

こんな冗談めかしたたわいのない話になると、尽きるところを知らなくなってしまう。しかし、こんな会話をやりとりしているうちに、一日の疲労が消えて、新しい活力がわき出してくるのだからふしぎである。

ときには、作戦に対する不満や、上官の悪口なども飛び出すこともあったが、とにかく、わずかの時間であっても、むさぼるように楽しもうとしたものである。

作戦についての情報なども、井戸端会議的な、この談笑の時間にいろいろ知ることができた。だいたい、人間は自分だけの秘密をコッソリと持っているのは不得手であって、かならずといっていいほど話してしまうものである。そのときに、かならず頭につけるセリフが、「これは秘密だぞ」「これは内緒だけどね」である。

マリアナ海戦の作戦要領も、この会議に出席して知ることができたのであった。人の集まるところには、なるべく顔を出しておく方が得策であるように思った。

しかし、なかには孤独を楽しむタイプの者もいたようである。馬鹿らしい話なんか耳にしたくない、とでもいうように、ひとりきりになりたがり、流れゆく雲を見ては時を過ごし、波の動き、海面（うなも）の輝きを眺めては、日を送ることのできる思索型の人間もいた。そういう人は、深く物事を分析し、自分をとらえていこうとしていたのだと思う。

はじめての戦闘

五月十四日夕、タウイタウイ島に到着して待機となった。翌日になると、第一航戦の「大鳳」「翔鶴」「瑞鶴」をはじめ、第五戦隊の「妙高」「羽黒」、第十戦隊の「矢矧」ほか駆逐艦十五隻が加わり、さらに十六日には、第二航戦の「隼鷹」「飛鷹」「龍鳳」と、第三航戦の「千歳」「千代田」「瑞鳳」が到着し、さらに僚艦「武蔵」も到着、堂々の艦隊となった。すなわち、小沢中将統率の航空機四百四十五機を擁する第三艦隊と、栗田中将ひきいる「大和」を中心とした第二艦隊が集結したのである。以上、航空母艦九隻、「大和」をはじめ戦艦五隻、巡洋艦十二隻、駆逐艦二十九隻で編成された小沢中将統率の第一機動艦隊であった。

米軍の太平洋上における跳梁を、このままに許していたら日本の存亡にかかわる。是が非でも、海軍の全力をもって戦い、起死回生をはかる必要に迫られていたのであった。

「こんどの海戦は、天下分け目の関ヶ原らしいぞ」

「ああそうじゃ。天下分け目のマリアナ沖だ」

「アメ公のやつ。今度こそ、ギューッといわしたるぞ。待っていろ」

リンガ泊地からタウイタウイに移動し、待機するわれわれ兵の耳にも、どこかから情報が入るようになり、緊張感が艦内に満ちるようになっていったのである。

ちかくの島影においしげる熱帯樹林を眺めながら、毎日、毎日、訓練と整備がくりかえされたのであった。ここは魚類の宝庫なのだろうか。ある日、ボートを漕いで陸岸ちかくを走っていると、いきなり海蛇の大きなやつが、何匹も艇内に飛び込んできて、仰天したことがあった。

「うわっ、また飛び込んできたぞ」

「おい、そいつに噛まれるな」

「いるいる、艇といっしょに走っているぞ」

海面に目をやると、あやしく美しい模様のあるおびただしい数の海蛇どもが、帯状の列をなして、艇を取りまくようにしておよいでいた。

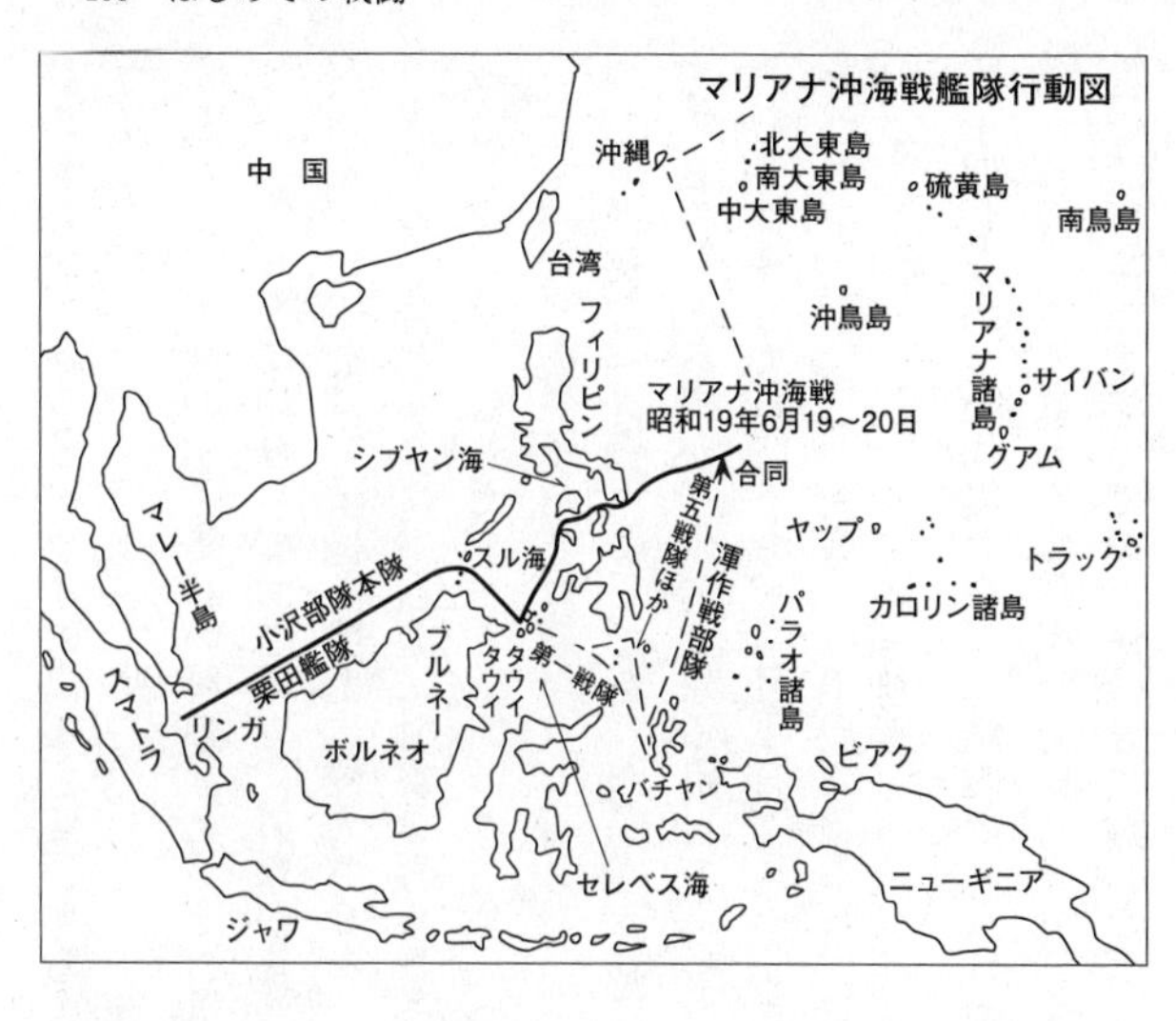

五月二十日、「あ号作戦」が下令され、出動準備でいそがしくなった。戦機いよいよ熟してきたのであろうか、それとも、われら日本軍側だけの気負いなのだろうか。私たちにはわかりかねる事柄であるが、命令には無条件にしたがわなければならない。

六月二日、朝から各砲の射撃訓練が実施された。日ごろは手続きを主にした操作および連携動作の訓練であるが、今日は実射である。実戦に臨(のぞ)んで射撃したさい、どれだけ正確に目標をとらえることができるか、あるいは敵機を撃退できるかの訓練である。「大和」そして「武蔵」の巨大戦艦の四十六センチ主砲をはじめ、副砲、高角砲、機銃の射撃で、タウイタウイの島々も変形するのではないかと思われるほどの轟音があたりに満ちた。

とくに、主砲のすさまじい射撃音と、その重い衝撃は、いつもながら腸の中までひびく。両耳をてのひらでおさえて、射撃が終わるのを待ったものであった。私の部署である高角砲群は、敵機を艦上に侵入させないための弾幕射撃であった。

訓練の手筈どおりに、順調に射撃をおえることができたわれわれ五番高角砲は、ほっと胸をなでおろした。

「よし、今日の調子を忘れるな」

上出班長も「ゴ機」よしであったが、それにしても太平洋の戦局の方は、どうなっているのであろうか、気にかかる毎日であった。

そうこうしているうち、六月十日、ニューギニアのビアク島付近の敵艦隊および上陸部隊を、「大和」「武蔵」の主砲で砲撃し、撃滅するという作戦が、とつぜん下令された。

予期しなかった作戦命令に、艦内の将兵はおどろくとともに、一様に不満を禁じ得なかった。さきに「あ号作戦」を知らされ、せっかく大艦隊をもって、日本海軍の存亡を賭けて太平洋上で一大決戦を決意したばかりであるというのに、一部の艦船をもって、味方護衛機の一機もなしに敵基地に向かうというのは、あまりにも小事かつ無謀のように思え、大事を目前にひかえて、何を考えての作戦であろうかと、いぶかしく思ったのであった。

そんなわれわれの思案をよそに、第一戦隊と第二水雷戦隊は、いそぎ給油をはじめ、十一日に出撃した。十二日の朝には、崖っぷちが鋭く海にせまる泊地に着いた。バチャン島とのことである。

艦内が、なにかしら、あわただしい。作戦のための打ち合わせなのであろうか。私たちにはわからないが、ただならぬきびしい空気を肌に感じた。すると、その日の夕方になって、急に艦隊は泊地をはなれ、南下を中止して、北上をはじめた。

「ビアク島砲撃は中止になったそうだ」

「サイパン島に米軍の主力が上陸を企図しているらしい」

「決戦海上はマリアナ沖か」

そんなウワサが耳に入ってくる。

「みんな聞け。いまのうちに各部の点検をしっかりしておけ」

班長の緊迫した声がひびいた。

内実は、このころ、アメリカ軍は、南鳥島、サイパン島に向かって猛撃をはじめていた。われわれ兵の耳にはとどかなかったが、陸上の友軍の建造物や港湾施設、島内の工場等が甚大な被害をうけ、一般の非戦闘員まで、軍人同様に多数の犠牲者を出しているという情報が入ってきていたのである。米艦隊の主力部隊は、いよいよ、戦場を要衝サイパン海域にもとめてきたようであった。いちだんと敵が本土に近く迫ってきた、という感が強い。

わが連合艦隊は、ここにおいて米主力艦隊と大決戦を覚悟し、バチャン島から北上する「大和」を中心とした艦隊と、タウイタウイからスル海をぬけて北上する空母主体の機動艦隊が、太平洋上で合同して、第一機動艦隊の総力を結集し、起死回生の海戦を迎えようとしていたのであった。

当然、われら「大和」の将兵もふるい立った。日ごろ隠忍(いんにん)し、蓄積してきた力量を、いまこそ全部出しきって、敵の出鼻を挫(くじ)いてやるんだという気概に満ち満ちていた。

六月十五日、「大和」艦上にZ旗がはためいた。

「皇国の興廃この一戦にあり、各員いっそう奮励努力せよ」

志気ますますあがる艦内であった。

十六日、洋上補給作業をおこなった。敵潜水艦の出没する海域での作業であるため、緊張せざるを得ない。夜を徹して、各艦の補給が行なわれた。いよいよ第一機動艦隊の作戦行動開始であった。向かうは、サイパン島方面とのことである。

　六月十九日、「大和」を主とする第二艦隊の大部から成っている前衛部隊は、グアム島の西方海上にあった。

　突然、見張員の叫び声があった。

「西方より近づく飛行機の編隊」

「スワッ、敵機が来たか」

　急に心臓の鼓動が激しくなるのをおぼえる。すでに覚悟を決めていても、やはり戦闘経験のまったくない身である。艦対艦の戦闘ならともかく、対飛行機の戦闘を目前にしては、不安をかくしきれない。しかも、その後は、何の号令もない。心臓が高鳴る私を乗せて、艦は急に左に方向転換した。

「砲戦ハジメ」かなと、一瞬、胴ぶるいするが、依然、何もない。なんだろう？　静寂と緊張がつづく砲塔内であった。

「オイッ、指揮所から何もないか」

「ハイ。何もありません」

　班長と伝令が応答している。

　やがて、いまの飛行機群は味方の母艦を発進した百三十七機の攻撃機であったことがわかり、あやうく味方の飛行機に発砲するところであったと、ヒヤリとしたものであるが、あとからきいたところでは、何発か発砲してしまった艦もあったとのことであった。

緊張の極限にある海戦においては、よほどの練度を重ねたパイロットでないと、味方艦の識別、あるいはバンク（合図）のタイミングを遅らせてしまい、同志討ちという事態をまねく危険も多分にあったのである。

その後、「大和」以下は洋上を駆けに駆けて素敵した。が、敵に遭うことがないまま、夜を迎えてしまった。

「戦闘配食」の握り飯二個と梅干しがとどけられた。烹炊場で、ものすごい熱気と闘いながら、つくってくれた主計科の同僚に感謝しながら、握り飯に舌つづみをうつ。

「とうとう撃つ機会がなかったな」

「敵のやつ、おそらく空母群をねらったんさ」

「味方の状況は、まだわからんかな」

「よくない情報は後まわしじゃ」

「しかし、味方機に発砲とはマイったな」

「飛行機の方も、バンクすればよいのにね。どうしたのかな」

「艦隊の方で、すでに味方機だとわかっていると思ってたんじゃないかな」

「棒切れを潜望鏡と見あやまったりするときもあるからね、見張員も大変だ」

そんな会話を、砲員たちは交わしていた。

暗くなった南の海を、「大和」は、なおも北上しつづけていた。

艦内は警戒配置で、灯火管制のため、タバコはいっさい厳禁である。対潜警戒を厳重にして、明日の海戦にそなえて、休息するしかなかった。

警戒配置のまま、仮眠するように指示があったが、なかなか眠れるものではない。昼間の作戦行動や、味方討ちの場面などが頭に浮かんできて、眠ろうと努めるが、眼は、いよいよさえてくるばかりであった。

それでも、いつのまにか、うとうと眠ったと見えて、フト目をさますと、静かな六月二十日の朝をむかえていた。蒼い海は、なにごとも知らないように波をうねらせているが、この波の下には、恐ろしい敵潜がひそんでいるかも知れない。ここは戦場のただなかなのだ。今日こそ、敵の艦隊や艦載機の群れと遭遇するにちがいないぞ、と緊張する。

蒼黒い海面をみつめていると、さまざまな想念が頭を横切る。

「いまここで沈むことがあったら。いや、そんな馬鹿なことがあるもんか」

「絶対ないとはいえない。ここで自分の屍体が沈むことがあっても、不思議ではないのだ」

「相手をやっつけないかぎり、自分がやられる。それが戦闘ではないのか」

海の戦いは、陸戦隊をのぞき、一人の人間が一人の敵と相対して戦うことは、まず考えられない。かならず艦と艦であり、艦と機であり、機と機である。だから、人を殺傷するというより、艦を沈めるんだとか、飛行機を墜とすんだという気持が非常につよいと思う。

「あの戦艦をねらえ」というが、「あの戦艦に乗っている何某をねらって撃て」とはいわない。それゆえ、被害がある場合は、かならず複数の人間が殺傷されるのである。だから、おれだけは大丈夫であるという保障はないし、逆に、おれはかならず死ぬという断言もできない。だから、艦内勤務をしているかぎりは、いつ、どこで死ぬかも知れぬという覚悟をつねにもっていなければならない……。

そんなことを考えていると、うねる海面に、つい、父や母の顔が浮かび、自分の幼いころのことが思い出されてくるのであった。

「平次。昼めし持ってくれんか」

少年のころ。昼どきちかくなると、母はよくそういって、野良仕事をしている父に、弁当と牛の餌をはこぶ役目を私にいいつけた。

「うん。いってくるよ」

私は、牛の餌と父の弁当を受け取り、父が働いている川の向こうの田んぼまで、はこんだものだった。

父の弁当は、たいてい高菜（たかな）という野菜の葉を塩漬けにしたものに、めしを包んだもので、私の郷里では、〝高菜ずし〟と呼んで、ほとんど常食にしていた。ちなみに、この素朴な握りずしは、別名〝眼張りずし〟ともいい、現在は近隣にひろく愛好者を生んでいる。食べるさい、大きく眼を見ひらくというのが、その名の由来という。

「弁当、持って来たぜー」

大きな声で呼ぶと、

「オーイ。そこへ置いといてくれ」と父の返事が返ってきたものである。

父は、持って行った弁当を、田の畦（あぜ）に座って食べるのがつねであった。牛には、飼（かいば）桶（おけ）に入れて食べさせていた。牛の主食は、こまかくきざんだ藁（わら）に糠（ぬか）をまぜたものであった。

緊張の時は過ぎていく。が、その後は何の情報もなく、かえって無気味であった。

彼我の位置する距離が、あまりにも遠く離れすぎ、観測距離の外にあるのか。しかし、実際はそうではなかったのである。遠く離れた海上では、すでに、わが空母群が敵の艦載機と死闘をつづけており、被害をも受けていたのであった。

その日、私たちは、そんな味方空母の戦闘のことは、まったく知らないまま、夕方をむかえたのであった。

「夜戦の準備に入るそうだ」

「よし、十八番(おはこ)の夜戦だ。ねがってもないことだぜ」

「たっぷり可愛がってやるか」

そんなへらず口を叩く者もいる。長時間、緊張を強いられていると、いっそ何でもいい、待つよりも、イチかバチか決着をつけたいという気持もわいてくるのであった。

ところが、その声を聞きつけたかのように、薄暮れちかくなってから、突如、米艦上機群が来襲してきたのであった。

「敵艦上機ちかづく！」

「対空戦闘！」

「飛行機。左三十度、高角三十度、距離二三〇(フタサンマル)」

ちなみに、距離二三〇というのは、二万三千メートルのことである。海軍では百メートルを単位にしていた。

増速した「大和」の振動が、身体を震わせる。計器の目盛り指針もピリピリと小きざみにふるえて、なかなか見さだめにくい。眼を大きく見開いて凝視する。

「主砲の射撃を行なう」との情報が入る。副砲、高角砲は、もう少し距離をつめてからだ。

「撃ち方はじめ！」

主砲の射撃であった。まさに、天も裂けるかと思うばかりの轟音がとどろいた。四十六センチの主砲が九門、つづけて三斉射を行なったのである。一発一千四百六十キロの主砲弾二十七発が、夕暮れの空気を切り裂いて飛んでいったのである。

私は、なんともいえない興奮をおぼえ、てのひらに、じっとり汗をかいた。

「さあ。いよいよ、おれたちの出番だ！」

主砲にかわって、副砲、そして高角砲と機銃がつづいて、火箭（ひや）を吹きあげるときがきた。

「撃ち方はじめ！」

いっせいに、火口をひらいた対空火器。ものすごい音響で、一瞬、鼓膜が破れるかと思うばかりである。

「ダァーン、ダァーン」

「ダッ、ダッ、ダッ、ダッ」

一弾、また一弾、敵機をもとめて天空めがけて飛んでいった。

機銃も撃ちまくっている。

「ガチャーン」

「ガチャーン」

空薬莢が、音をたてて後方へ挑ねとんでいる。

「頼むぞ。どうか命中してくれよ」

心の中で、手を合わせて祈る。遠眼からみれば、「大和」を中心にして、何万発かの弾丸が、火のスダレをさかさにしたような光景を現出していたことだろう。

「弾丸をつづけて、揚げろ」

「オジケルナ」

「打ちがら薬莢に気をつけろ」

気合いを入れあう元気のいい声が飛び交う、われらが五番高角砲塔内であった。しかしながら、戦闘は、ほとんど瞬時にして終わってしまった。敵機が攻撃をやめて、潮の引くように去っていったからである。

おそらく、夕闇がちかづいたため、帰艦しても着艦できなくなることを用心したのだろうか、それとも空母群を主目標に攻撃し、余力をこちらに向けてきたのであろうか。まことに引きあげがはやかったのである。

敵機が消え去った後も、夜戦を期して索敵東進をつづけていたが、すでに会敵の望みもなくなった洋上で、不必要な反撃のための索敵は、かえって、燃料の浪費につながり、場合によっては不測の損害を招くおそれもあると考えたものか、その後まもなく、「大和」以下は沖縄島の中城湾を目ざし、北西に変針したのであった。

ごく短時間の対空戦闘であったが、私には、はじめての体験で、耳にはいってくる砲撃や銃撃の轟音、転舵のために揺れ動く艦体と機関の響きに、いいあらわしようのない不安と恐怖を感じたことは事実であった。しかし、自分の砲塔から一発の弾丸がぶっ放された後は、気持がなんだかスーッとらくになり、落ちついてきたのであった。そして、はじめて体験する戦闘に、若い血潮は燃えに燃え、本能的といえる闘争心がこみあげてきたのであった。

二十二日午後、風雨はげしい中城湾に入港する。入港して落ちつくと、ふたたび恐怖心がわいてきたのはふしぎであった。

「ああ、やっぱり戦闘は恐ろしいなあ」

「やはり生きていることはいいなあ」

「死に急ぐことはない」などと思うのであった。

このマリアナ沖海戦で、空母「大鳳」が、敵潜水艦の魚雷攻撃をうけたあと、引火、大爆発をおこして沈没した。そのほかにも、空母二隻が沈没し、三隻が大破、そのほか、戦艦一隻と重巡一隻が大破という結果を聞かされ、その損害の大きさにおどろいた。もちろん、人員の損失の大きさは、いうまでもない。

その後、「大和」は、二十三日、中城湾をあとにして内地に向かい、二十四日の夜、ひさしぶりに瀬戸内海の柱島泊地に到着したのである。そして二十八日まで待機した後、二十八日には呉港へ回航し、つぎの作戦にそなえて、対空対水上の装備をかためたのであった。

その具体的な内容は、二十五ミリ機銃十五梃と二十二号電探の装備であった。この二十二号電探は高性能を持ち、対水上見張り用と射撃用をかねたものであった。これは、各海戦のたびに、飛行機および搭乗員の損害が増えるため、これからは、飛行機の掩護に期待が持てないというところから、対空対水上の自衛のための装備を強化する必要に迫られた結果と考えられた。

かくして、マリアナ沖海戦も、わが方は、勝運にめぐまれず、多くの損失をうけて、今後の戦闘に暗い影を残しながら終わったのである。

第五章　レイテ沖海戦

友との再会

太平洋戦争がはじまってから、すでに三ヵ年を経過したいま、わが連合艦隊の兵力は、開戦時に比較して大きく後退していた。

海戦をかさねるたびごとに、航空母艦をはじめ、巡洋艦、駆逐艦、輸送船など、多くの艦船が沈没あるいは破損し、さらに航空機と鍛えぬかれた多くのすぐれた搭乗員や、艦船の戦闘要員を喪失してしまった。その回復には、きわめて長い日時を要する。

それに対して、国力に弾力性のある連合軍側は、太平洋上の各前線基地を、つぎからつぎと奪回して勢いを増し、さらに攻撃の手をやすめることなく勢力を拡大しようとしている。

「もうすぐ、信頼するわが連合艦隊が、かならず救援に来てくれるのだ。それまでのがまんだ、辛抱だ」と励まし合いながら待ちつづけ、耐えつづけてきたであろうサイパン島の軍民一体の人びと。

孤立状態になってしまったサイパン諸島の予備部隊の将兵をはじめとして、非戦闘員までが、悲痛な叫びを残しながら、真っ白い珊瑚の砂をみずからの鮮血で真っ赤に染めて、「バンザイ突撃」を敢行し、玉砕していったと聞かされて、同胞の大事に、なにもすることのできない現実を、はがゆく思ったものであった。

太平洋上の要衝であり、最後の「トリデ」といわれていたサイパン島の争奪をかけて、日本海軍の総力を投入して米艦隊に決戦を挑んだマリアナ沖海戦も、敵艦上機の攻撃とレーダー射撃の好餌となってしまい、空母と艦載機の大半を失うという莫大な損害をこうむって、敗北におわってしまったのであった。

この痛手はその後、航空機を持たないで、艦隊のみで行動しなければならなくなるという形となってあらわれ、その海戦遂行にあたって、まるで暗夜に提灯を持たないで歩く人に似たような水上部隊となってしまったのであった。

これからの海戦を遂行していくにあたって、「大和」「武蔵」の四十六センチ巨砲だけをもって、乱舞強襲してくる敵の艦上機群に対応することができるかどうか。前途は、まことに暗く、果たしてどこまでやられるのか、私たち兵員も不安がつのるばかりであった。

前にも書いたように、マリアナ沖海戦のあと、「大和」は沖縄をへて、柱島から呉港に帰り、さっそくマリアナ海戦の教訓を活かして、対空火器と電探を増強し終わって、ふたたび出撃し、スマトラ島の東方海面にあたるリンガ泊地にいたった。そして、他の艦船と共に、つぎの作戦にそなえて、砲戦および夜戦にたいする、実戦にまさるような猛訓練をかさねる日課を消化していたのであった。

ここリンガ泊地は、水深が浅いため、敵潜水艦の浸入による攻撃の心配もなく、敵機の行動圏外でもあり、点在する大小の島々の陰で、隠密訓練するには絶好の場所であった。さらには、ちかくに油田もあり、燃料にもめぐまれていた。

しかし、このころ、米軍はマリアナ諸島の各島を奪回し、フィリピンのレイテ島上陸を虎視眈々とねらっていたのであった。

リンガ泊地で猛訓練していたころ、「大和」へ、あたらしく乗艦してきた一団の新兵のなかに、知己が何人かいた。谷本清一等水兵も、そのうちの一人であった。三重県伊賀出身の彼は、三重師範十七年の卒業で、私と同窓であった。全寮の寄宿舎でも、五寮十九室時代をともに過ごしてきた。はや生まれなので、小学校に七歳で入学したために、一年おくれて入団してきたのであった。

「おお、谷本じゃないか。お前、『大和』にきたのか」

「おおさ、佐々木もだぜ」

「えっ佐々木、佐々木正夫か」

「そうさ、あいつもいっしょさ」

「そうか、力強いなあ。三師十七卒（三重師範十七年卒業）は大勢、乗ってるよ」

「そうか。だれだ、ほかに」

「中井利次、大橋一次、太田幸雄、永井泰真、星野義明がいっしょだ。十六師卒（三重師範十六年卒業）では、北牟婁出身の伊藤博もいる」

「そうか、ときどきは逢えるのか」

「いや、それが、なかなか逢えないんだ」

「これだけ、でっかい艦だからな」

　彼の話によると、「大和」に乗艦するまでが大変だったという。七月に海兵団を出て、「大和」乗り組みを命じられた。ところが、「大和」は呉にいない。それで佐々木と二人で大竹から佐世保に向かい、戦艦「榛名」がリンガ泊地へ行くというので便乗させてもらい、シンガポール経由でやっとたどりついたそうだ。

「そうか、大変だったね。ところで、配置はどこだ」

「運用科で十四分隊じゃ」

「ちかく出撃の臭いがするぜ。おたがい生命を大切に頑張ろう」

このように、「大和」の甲板上で同級生に逢えた驚きとよろこびを味わったが、同じ艦内に同僚が二人くわわったのかと思うと、なにかしら力強く、心のはずむ思いであった。

米軍の北島方面への進攻は、日増しに活発となり、それに呼応するかのように、リンガ泊地の第二艦隊の訓練も、一層きびしさをくわえて、昼夜の別なくどころか、夜を徹して、翌日におよぶ訓練もしばしばであった。しかし、「大和」の将兵は、それが当然の勤めと受けとめていた。つぎの海戦には、かならずいままでの仕返しをしなければ、戦死した戦友に相すまない。そのためには、厳しい訓練を乗りこえて、技を身につけなければならないのだ。そのためには、あらゆる条件を想定した訓練を受けなければならないのだ、と思いさだめていたのである。

ただでさえ暑い南の国である。いかに冷暖房が完全である「大和」であっても、きびしい訓練と暑さは、身にこたえた。

九月に入って、米軍は、さらにフィリピン方面にせまり、パラオ諸島のペリリュー島からモルッカ諸島のモロタイ島に上陸を開始してきた、との情報が流れて、艦内では、いよいよつぎの海戦は、フィリピン海域だろう、との噂が立つようになってきた。

そんな情報が流れていたある日、珍しく艦橋勤務をしている師徴同級の太田幸雄兵長に、偶然、出合ったことがあった。

「やあ元気か。一年ぶりかな」

「この通り、ピンピンして頑張っているぜ」

彼は、艦橋で見張りの重要な任務についている。もともと頑丈な身体が、陽に灼けてさらにたくましくなっている。

「見張員の仕事も大変だろうね」

「そうだな、平素の訓練時はよいが、実戦になると生も死もないね。生きた心地がしないというが、まったくそうだよ。それに天蓋もなにもないところで、防弾チョッキに鉄カブトだけだものね。心細いよ。その点、艦長になると大したものだぜ。どんなに雷撃、爆撃を受けても微動もしないものね。実際、敬服するよ。われわれは、どうしても身体を動かして逃げようとするものな」

「おれたちの配置では、その気持はわからんよね」

「そうだな。爆弾攻撃のときは、敵機が上空から煤を撒いたように思うね。それがみるみる大きくなり、ちかくの海面に落下する、その水柱が目前まであがってくることもあるんだ。そんなとき、おふくろの顔が浮かんでくる。そうすると、死んでたまるか、という気持になるね。われわれは、勇敢な兵は日本の兵隊だと教えられてきたが、なかなかどうして、敵サンのパイロットも、じつに勇敢に突っ込んで来るよ。ときとして、度胆をぬかれることがあるくらいだよ」

彼は、マリアナ沖海戦のさいの戦闘を思い出しながら、そんな感慨を洩らした。

「また、ちかく大きい戦闘がありそうだがね」

「うん。比島方面になりそうだよ」

「十分気をつけて戦ってくれよ」

「君もな。また逢える日を楽しみに頑張ろう」

私のように、天蓋のある配置とちがって、敵機に身をさらしての配置で、しかも艦の運命を左右する見張りの任務は、どんなにか大変だろうなあと思いながら、健闘を祈って別れた。

シンガポールの町

昭和十九年も十月ちかくなって、ふたたび、戦機が熟してきた感がつよくなったが、十月一日、「大和」と「武蔵」の乗組員に、シンガポールへの半舷ずつの上陸が許可された。

いつでも、どこでも、どんなときでも、海の男たちにとって上陸は最高の楽しみであり、よろこびであった。ましてこのときは、三ヵ月ほど上陸の感触を忘れていたので、両艦の乗組員にとり、大変なプレゼントであった。期せずして、「ワァーッ」と艦内いっぱいに喜びの声が湧きあがったが、無理からぬことであった。つぎの大海戦を予想しての配置であったのだろうと思われたが、それだけに、陸地を踏むのもこれが最後になるかも知れぬという思いが、胸を横切ったりもした。

上陸にあたっては、両艦の乗組員が艦内宿泊組と陸上宿泊組とに半舷ずつに分けられた。シンガポールまでは、「長門」に乗艦していくことになった。

「大和」「武蔵」は機密艦であるし、かつ巨大すぎるので、「長門」を利用したのであろうと思った。はじめて上陸するシンガポールであるので、どこに、どんな場所があるのか、見学する目的場所もわからないまま、他の兵の多く行くところがもっとも安全であろうと、私はできるだけ単独行動をさけることにした。

シンガポールの土を踏む。脱兎のごとくというが、一目散に疾走していく元気旺盛

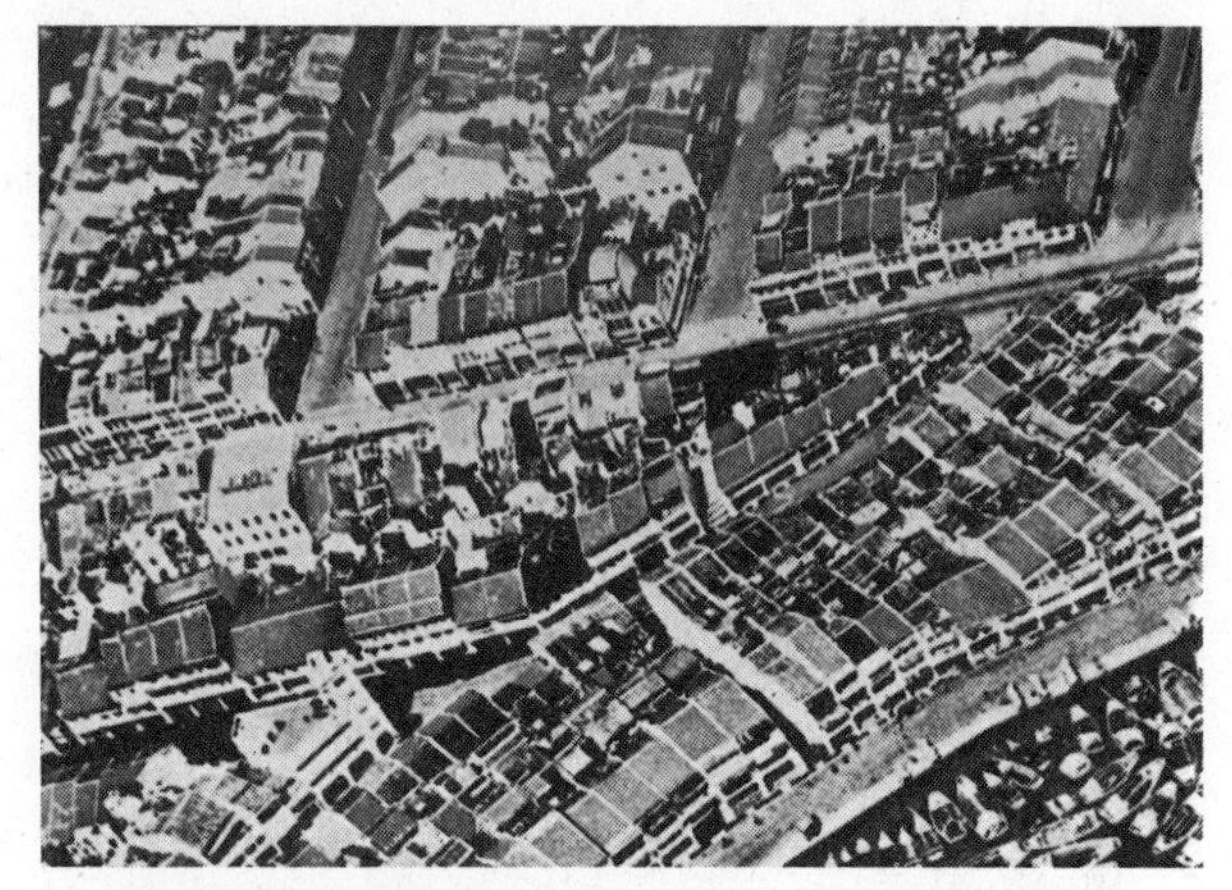

英東洋艦隊の牙城といわれたシンガポールを上空よりのぞむ——上陸した著者たちは、外国の兵隊たちの行進を眺めて連合軍反攻の不安を感じた。

な連中が多い。負けてなるものかと、後を追いかけて走りぬけるグループもいる。まるで子どものような、はしゃぎ方である。

私も、みんなの後について、あてもなく小高い丘にいたる曲がりくねった道を、足ばやに歩いた。緑の匂いが鼻を刺した。ほどなく、目的の場所らしきところへ着いてみて驚いた。先刻、目の前を疾走していった連中が、ズラリと長い列をつくって流れ出る汗をふいているではないか。

(ここで、いったい、何を見ようとしているのかな)

私は、素晴らしい観物(みもの)か、食べ物でも売っているのかなと思い、ならんでいる一人の兵に聞いてみた。

兵は、なんだ、本当に知らないのか、といった表情になって、「これですよ」と小指を突き出した。

なんと、娼婦を買おうと、長蛇の列をつくって待っているというわけだった。特別慰安所の建物へ全員突入を試みたというわけなのだ。なるほどなあ、さすが、「大和」「武蔵」の乗組員だ。巨砲をそろえて攻撃にきたのか、と私は感心してしまった。

私も人なみに、ならぼうかと思ったが、一人の所要攻撃時間から概算してみるに、上陸許可時間内には間に合いそうもないと、結論せざるを得なかった。せっかく許可してもらった上陸の時間を、ただ立ったまま無駄に過ごすわけにもゆかないので、他の見学場所を探そうと丘を降りることにした。

ジョホールバールの方へ出かけることにした。ここはシンガポールと、ジョホール水道をへだてた町で、ジョホール水道を大きな橋でつないでいる。どこへ行こうという目的もないので、ちかくの寺院や王宮のような建物を見学して歩いた。

水道の陸橋をわたって道路を歩いていると、どこかの外国の兵隊が十名ほど、隊列を組んで逆方向に通り過ぎていった。背の高い頑丈なからだつきで、赭顔（あから）の兵であった。手には、それぞれ小銃を持っていたのが気になった。

米軍が反撃して、太平洋上の島々を奪回し、比島に迫りつつあるとき、日本軍の威力がしだいに弱まって、ここシンガポールでも、連合国軍の兵が力を挽回してきているのではなかろうか。そんな馬鹿なことはないと知っていながら、ふとそんな妄想が頭をかすめるのであった。

私たち数名のグループは、道路ぞいの売店や飲食店をのぞいて歩いた。

「タバコ、シンジョウ」

「タバコ、シンジョウ」

そういって、いつどこから集まってきたのか、可愛い子どもたちの群れが、私たちを取り巻いて手を差しのべてきた。シンジョウは「進上」の意で、

「タバコをください」といっているのであった。

だれか大人に頼まれてのことか、それとも、もらい集めた煙草を金にして使おうとしているのか。いずれともわからないが、混血の感じがする整った顔立ちの子どもたちであった。

「だめ、だめ」と手を振ってやると、

「チェッ」と舌打ちして去っていった。

艦では、あまり人気のないタバコ「ホマレ」も、シンガポールの店頭では、けっこ

う役に立ち、お金よりも珍重されていたのはどうしてだろうか。
持っていた煙草を、生ゴム製の空気枕と交換し、ブランデーを胃袋の中へ十分に入れ、すっかりいい気分で帰艦の途についたのであったが、その途中で、

〽見よ、東海の空明けて
旭日高く、かがやけば……

さっき、私たちにタバコを無心していた子どもたちであろうか、元気よく甲高い声を張りあげながら遠ざかっていく一群に出合った。日本の国体の尊厳を国民にしめし、国民の士気昂揚を目的にした愛国行進曲が、ここシンガポールの子どもたちの口からも発せられていたのである。

マストの鷹

昭和十九年十月十七日、いよいよ米軍は大挙してレイテ湾に進攻し、上陸のかまえを見せてきた。

制海制空権を奪われてしまい、戦運、急に不利に傾きかけた前途に、第一線にいる一水兵も、一抹の不安をいだくようになっているとき、司令部は十月十八日、ついに「捷号作戦」を発動し、「大和」を中心とした、残存する艦隊の総力を結集して、祖国の興亡はもとより連合艦隊の運命を賭けて、一大決戦を比島沖で展開することを下命したのであった。

優勢な空軍力をもつ機動艦隊をようする米軍にたいして、第二艦隊を主にしたレイテ湾突入という「なぐり込み作戦」は、果たして成功するのだろうか。

とうじ私たちが耳に入れることのできた情報では、「大和」を中心にした第二艦隊が主力となり、レイテ湾内に突入して、敵輸送船団および上陸部隊に攻撃をくわえて撃滅させる。そのために、南から別働隊が援護行動をするとともに、北方からは、内地の機動艦隊が南下して敵を北にさそい、味方主力艦隊の戦果を大きくするように作戦行動をする。さらに、陸上航空基地の飛行機も作戦に参加して、いっきょに米軍を撃滅に追い込み、今後の進攻作戦を阻止して、戦勢を挽回するというのであった。

巨砲をそなえながら、これまでの海戦では、その真価を発価することもできないで、今日をむかえている「大和」であったが、いよいよ四十六センチ砲の威力を発揮して、敵艦隊に痛撃をくわえることができるであろうか。私たち高角砲に配置をもつ者も、この素晴らしい巨砲に期待して、しんそこから信頼の念をいだいており、みるからにたのもしい巨砲の咆哮を楽しみにしていたのだから、いよいよ第二艦隊が主力になっての、「レイテ突入」を聞いて、「よし、撃ちまくってやるぞ」と、気持がはやるのも当然であったろう。

ついに、十八日夜半、第二艦隊の三十九隻は、レイテ湾内の米軍艦隊に「なぐり込み」の作戦をもって撃滅をはかろうと、出撃行動を開始した。

三ヵ月余のあいだ、絶え間なくくりかえされた実戦をしのばせる猛訓練の成果はいかに。いま静かにボルネオ北部の基地ブルネーに向けて、リンガ泊地を出撃したのである。

途中、いろいろな情報が入ってきた。

「敵の艦船は、ぞくぞくとレイテ湾に集結している」

「内地から比島方面へ陸軍部隊を輸送中の船団が、襲撃されて大半が沈没してしまった」

真偽のほどはわからないが、暗い気持にさせられる情報であった。しかし、すでにサイコロは投じられているのだ。万難を排して、敵艦隊の撃滅に全力を投入しなければならないときである。

対空、対潜の砲戦演習をしながら、艦隊は、堂々とボルネオ島を右手に、対潜警戒を厳にして北上をつづけた。

十月二十日の正午ごろだったろうか、艦隊は、なにごともなくブルネーに、つぎつぎと入港を終わった。

リンガ泊地での訓練中にも、そしてまた航行中にも、自分の配置兵器の点検や整備は、十分に実施してきたのであったが、なんといっても艦隊の運命をかける重大な作戦に出撃のときであるから、ここブルネーでも、さらに入念な点検と準備に時間をかけることになった。

「オイッ、みんな。今度は思う存分に撃てるから、しっかり手入れをしておけよ」

「戦闘がはじまったら、周囲の状況を見て判断していけよ」

わずかな戦闘時間であったが、マリアナ沖の海戦で対空戦闘を経験しているので、砲員の気持も落ちつている。

「オイ、四番砲員。弾丸の補給をしっかりたのむぞ」

「まかしておけ」

「〝撃ち方〟の方を頼むよ、いくらでも揚(あ)げるぜ」

「よーし、まかせといてくれ」
「オイ信管手さん、信管のほう大丈夫か」
「信管手の方は大丈夫、どんどん発射してくれよ」
各自、手入れをしながら思い思いに喋(しゃべ)っているが、いまこうして元気にそろってい
ても、ひとたび戦闘がはじまり、敵機や敵潜との応戦となったら、どうなっていくか
まったくわからないのである。だれが殪(たお)れるやら、あるいは傷つくやら、運悪く二百
キロ爆弾が一発でも命中したら、全員が一片ずつの肉片となって、一滴の血も残さず
に吹き飛んでしまうのである。いかに巨艦であり、新兵器を搭載装備しているといっ
ても、しょせんは人間がつくったものだから、かならず、どこかに欠点や弱点がいく
つかあるはずで、絶対に不沈であるというような保証は当然ないのである。もし、確
実に不沈の状態を保つ方法があるとすれば、それはただひとつ、乗組員のひとりひと
りが、自己の配置を完全にまもって、味方が被害を受ける前に敵を叩きのめすしかな
いのである。
たしかな情報によると、こんどの海戦は「捷一号作戦」といって、フィリピン方面
を決戦の場として、第二艦隊はブルネー湾を出撃して北上し、パラワン水道をぬけて、
シブヤン海からサンベルナルジノ海峡を通過して南下、東方からレイテ湾に突入する。

第二戦隊はスル海をぬけ、スリガオ海峡から北上して、第二艦隊とともにレイテ湾に突入する。

内海方面から南下する第五艦隊は、沖縄、台湾を迂回してスル海に入り、第二戦隊に合同し、突入にくわわる。

機動艦隊は、内海より囮艦隊となって南下し、ルソン島北方海域に進出して、レイテ湾内の敵主力を誘い出して、水上艦隊のレイテ突入を容易にさせるように働く、というものであった。

内海からブルネーまでの広い範囲内の作戦行動であり、訓練とちがって戦闘中のことでもあり、予定どおり行動できることは困難と思われてならないが、なんとか万難を排して、目的が達成されるように、

「もし神あるならば、いまこそわれらの上に神風を吹かし、神州を守らせたまえ」

ただ心から祈るばかりであった。

「大和」の艦長は、操艦の技術においては海軍きっての達人と謳われていた森下信衛大佐であり、副長は砲術専門のベテランである能村次郎中佐である。二人は、全乗組員の信望と期待を一身にうけていた。

十月二十二日朝、いよいよ出撃である。南の空は晴れて波もなく、静かな朝であっ

た。

「出港用意急げ！」

普通の出港ではなく、出撃準備である。戦闘に不必要なものとか、可燃物はすべて格納しなければならない。

ランチ、カッターの納庫作業や舷梯の収納、錨の揚げ方など、兵科兵員の作業も多い。ぐずぐずしてはおれない。一時間たらずの間に、出撃準備をすべて完了させるのである。

各自もまた出撃準備で、戦闘服に身を固めなければらない。いつどこでも殪(たお)れてもいいように、身辺をととのえておかない。

私も戦闘服に身をつつんで、微速前進をはじめた艦の甲板に出た。各艦ともに白い波の縞模様を艦尾に描きながら、静かに出撃の途についたのであった。

マリアナ沖海戦とちがって、今回の作戦は出撃の距離が長くそれだけ危険にさらされる可能性が大である。さらには、パラワン、サンベルナルジノという二つの狭い場所を、巨艦がつづいて通過しなければならない。その上、シブヤン海という敵にとっては攻撃しやすい、魔の海を通り抜けなければならない。艦隊の進行方向には、いろいろな難所が待っているので、よほど心をひき締めてかからないと大変だろうな、という不安とともに、戦いは時の運だ、なるようにしかならないのだ、敵機よ、くるならこい、敵潜よ、魚雷をもって攻撃してこい、と開きなおった気持も、またいっぽうで湧くのであった。

すこし遅れて出撃する第三部隊の第二戦隊は、まだ湾内にいて、私たち先発隊に〝帽ふれ〟の別離の挨拶を送ってくれていた。

「どうかぶじで突入してくれよ」

「成功を祈ってるぞ」

甲板に出た私たちも、「山城」「扶桑」「最上」らの健闘奮戦を心から祈って、帽をふって別れの挨拶をかえすのであった。おたがいに、あと数日後には、自分の生命(いのち)が存在しているかどうかまったくわからない者同士である。

いまこうして別れていくのが、永劫の別離につながってしまう可能性も充分にあるのだ。

「死ぬときはいっしょだ。しかし、死を急ぐでないぞ、おたがいにがんばろう」

いつまでも、甲板の帽子がふられていた。声はとどくはずはないが、おたがいの心は通じ合っている。

ブルネー湾を出た艦隊は、対潜警戒航行隊形をとったのである。

「大和」のすぐ後ろに、姉妹艦である「武蔵」が、美しい姿を見せてつづいてくる。外舷をすっかり塗り替えているので、銀ねずみ色がキラキラと輝いて、ひときわ目立って美しく見える。巨砲が前方をしっかりとにらんでいるかのようで、見るからにたのもしい姿である。「大和」のすぐ前には、巡洋艦「摩耶」が軽快なスピードで進んでいる。約一千五百メートルの前方である。そして左右に駆逐艦が一隻ずつ、ピタリとついて護衛の形をとっている。

南の海は、まったく静かで波もなく、見張員も余計な苦労は要らないだろうと思った。空も青く澄んで、ポスターのように鮮やかであった。

自分たちの行く先は、レイテ湾である。あらゆる障害を振りはらってでも、行かねばならない。後には引けない特攻にひとしい作戦である。日本海軍の総力をひっさげての一大決戦を覚悟で、いま進んでいるが、果たしてこの大艦隊の行く手には、どんなことが待ちうけているのであろうか。

不気味な沈黙をまもりながら三十隻の艦艇は、いまレイテを目指して北進をつづけていた。

ブルネーを出撃して、どれくらいたってからだったろうか、「大和」の後檣に、一羽の鷹がとまった。その鷹を捕えたある下士官が、艦橋に持っていったところ、「一大決戦の出撃のときにあたり、鷹が飛んできて、マストにとまるというのは、まことに縁起がよい」と、宇垣司令官が大変に喜ばれて、すぐにメモ帳に即吟されたということだった。私たちの五番高角砲塔内にも、さっそくこのエピソードが伝わってきた。

「オイ、瑞鳥がマストにとまったらしいぞ」

「宇垣司令官が一句詠まれたというぜ」

「どんな句だ」

「勝ち戦さだとさ」

「それだけではわからんぜ、鷹はどうした」

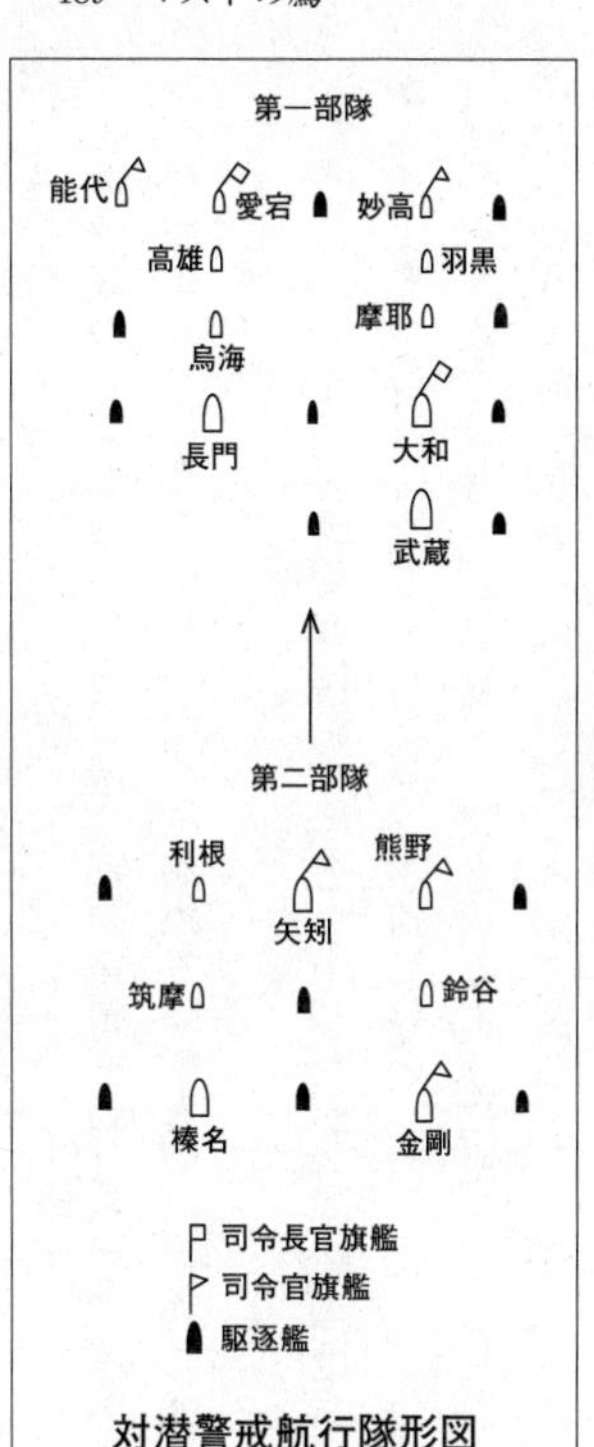

対潜警戒航行隊形図

「鷹がとまって、勝ちいくさ」

「それでは句じゃないよ、はじめの句は何ていうんだ」

「『檣上に鷹とまりけり勝ちいく

さ』と詠まれたらしい」

まだ敵襲の心配もないので、司令官の発句をめぐって、勝手な会話がとびかった。起死回生の本作戦だから、かりに病める鷹でもいい、勝ち戦さにつながる瑞鳥であって欲しい。

対空に、そして対潜警戒に全神経を集中しながら、艦隊はパラワン島を右手に見ながら北上をつづけ、やがてパラワン水道にはいった。

朝から天候もきわめて良好で、波も鏡のように凪ぎ、どんな浮遊物も見のがす心配がないような海の状態だった。ところが、突然、

「敵潜望鏡発見!」という状況報告が入って緊張したが、しばらくして訂正が入ってきた。

「ただいまのは流木の誤認、警戒そのまま」

見張員の報告に、一度は「スワッ」と緊張したが、誤認というので「ナァーンダ」とホッとする。

「水鳥の羽音に驚いた軍勢か」

「そうじゃ、尾花も幽霊に見えてくるからね」

砲員たちは、そんなことをいいあっていた。

「摩耶」の轟沈

航行しながら砲戦演習がはじめられた。高角砲の私たちは弾薬の運搬訓練にまずひと汗を流した。

「訓練配置につけ！」

「つづけてどんどん揚げろ」

「砲側に立てて、ベルトを忘れずかけろ」

「信管に気をつけろ」

つづいて装塡の訓練をおこなう。四番砲員から三番砲員の手にわたし、三番砲員は二番砲員にわたし、二番砲員は砲身に装塡するための弾丸(たま)受け台にのせる。一番砲手は、受け台に確実に弾丸がのせられるように補助してやる。つぎに一番砲手が前傾姿勢となって装塡台を倒すと、弾丸は砲身の中に装塡されていくのである。

ここまでの動作を一単位の動作として、くりかえすのである。模擬弾をつかって、右左の砲員同士で競争をやる。熱が入ってくる。

「ホイショ、ホイショ」

「負けるな、ホイショ」

「ガチャーン、ガチャーン」とにぎやかになる。

信管手の私は、弾丸運搬や装填には関係ないので、そばから激励の気合いを入れた。

「そら、敵機の来襲は烈しいぞ。どんどん撃たにゃあかん」

「空薬莢は飛ぶから、真後ろに立つな」

「砲身は俯仰するぞ、二番砲員、姿勢に気をつけろ」

「こらっ、どこ見て弾丸をはこぶか」

「相手にたしかに渡すんじゃ」

「艦は揺れるぞ、足もとをしっかり踏ん張れよ」

実戦を想定して、砲も旋回したり俯仰角をかけたりして、あらゆる場合の装填や弾丸はこびの訓練をやった。

「よーし、止め！」

合図で訓練を終わり、汗をふく。

「実戦になったら〝止め〟はないぞ、敵機のいるあいだ撃ちつづけなければならないから、そのつもりで、いいな。よし、汗をよくふいて休息せよ。敵潜の危険があるから、気をゆるめるなよ。いつでも配置につけるようにして、適宜に腰をおろして、休息を十分とっておけ」

上出班長からいろいろと指示があった。

伝令の伊藤一水も、指揮所との連絡にいそがしい。いろんな情報も適時、入れてくれる。「敵潜の電波らしいものが、さかんに聴取されているらしい」との情報もあった。

いろいろな訓練がつづく。射手、旋回手は、爆撃、銃撃等で指揮所が被害を受けたり、通信網が破壊された場合を想定して、砲側照準射撃の練習に余念がない。信管手の私も砲側射撃を想定して、信管の針を操作して、射手、旋回手に合わしていった。

「さあ、休息をとろう」

上出班長が配置を降りてきた。全員ひととおりの訓練をすまし、器具点検も完了して、あとは「配置につけ！」「撃ち方はじめ！」の号令待ちとなった。

敵潜がウヨウヨしている海域を、夜間、通過するほど気味わるいものはない。夜光虫の群れを見てもハッとする。

それぞれ自分の配置の近くで、仮眠をとることにした。決戦を前に、ひとときの短い眠りである。

十月二十三日の夜明けをむかえる。オレンジ色にかがやく南国の空は、なんともいえない美しさであった。甲板に出て大きく背伸びをし、深呼吸をして、朝の大気を腹いっぱいに吸い込んだ。

「うまい」

海面も昨日と同じように静かである。今日もまた、ぶじで進撃できるとありがたいのになあ、と思いながら、前方の僚艦を見る。各艦ともに白い航跡を引きながら、乱れることなく快調のようであった。

「朝の空気は気持いいな」

「戦場(いくさば)の海とは思いたくないね」

「この海は、おれたちのふるさとの海にもつながっているんだよな」

「そうさ、海だけじゃないよ、あの空もだ。そして、この甘い空気もね」

「そうさね、ふるさとの空へね」

あとから出てきた籠上(かご)水と、艦が切っていく風に頬を吹かれながら話し合う。

「籠上水は兵庫県だったね」

「そうです、兵庫の田舎ですよ」

「おれは三重県の田舎だ、農家の三男坊さ」

「そうですか。しかし、教員をしていたんでしょ」

「うん、一年やって海軍へきたんだ」

「教員はいいでしょ。なにしろ、固い職業ですから」

「そうかな。でも他人の職業は、みんなよく見えるんじゃないのかな」

二人が、そんな話をしていたときである。静かな朝の空気をふるわせて、

「ズおーん」――さらにつづいて、「ズおーん」

魚雷の命中音だ。腸（はらわた）にズシンとこたえてくるあの音、あの響きであった。あっと思い、見ると左前方を走っていた「愛宕」と、そのすぐ後をつづいている「高雄」の舷側に、ものすごい水柱と黒い煙が吹きあがっていた。

静かな海、美しい空と、ついさっきまで、この甲板で籠上水と話し合っていたのに、その美しい海の下に敵潜がひそんでいて、チャンスをうかがっていたのだ。

まったく一瞬のできごとであった。それにしても、敵潜のいることがキャッチできなかったのだろうか。

「ウーム、畜生、やられたか」

無念というほかに、いいあらわしようがない。いま決戦場に向かおうとしていると き、なんということであろうか。しかも栗田長官が坐乗している旗艦ではないか。不吉な予感が思わず背筋を走り、ゾォーッとする。

警備護衛の駆逐艦が、急に増速して、周辺の海面にたいして爆雷を撒きながら、敵潜を追いかけまわす。

「ドカーン」「ドカーン」

投下される爆雷が、水柱をあげて炸裂する。静かであった海面が、たちまち煮えたぎる湯のようになって、ものすごい様相に変わってしまった。

駆逐艦は、波のうねりの中に突っ込んだかと思うと、ポカリと向こうに浮かんでくるように駆けまわっていたが、敵潜の消息はどうなのか、よくわからない。

あれほど警戒していたにもかかわらず、敵からの先制攻撃を受けてしまった。ショックはまことに大きいものがあった。

旗艦「愛宕」はまもなく沈没してしまい、「高雄」は航行継続不能となり、艦隊から落伍して、ブルネーに引きかえすことになる。精鋭の二巡洋艦を失うことになってしまったのである。

「スワッ、敵潜水艦だぞ！」

艦内の緊張が極限にたっしたときであった。

突然、「大和」の直前を航行していた、巡洋艦「摩耶」が攻撃を受けてしまった。

「ブォアーン、ドォーォー」

海の底から湧きあがったような、ものすごく大きい高い水柱が、目の前に吹き上がった。「摩耶」の右横っ腹に、魚雷が命中したのである。海も裂けるかと思うような轟音が、とどろいた。そして海面に落下し、とどろいていた音も海中に消えたかと思ったときには、「摩耶」の姿はかき消されたように、海面から見えなくなっていた。

「アレッ」

「ないぞ、『摩耶』がいない」

血の気がスーッと引いていくのを覚える。恐怖の頂点であろうか。呼べど探せど、「摩耶」は、まったく一瞬の間に沈んでいったのである。

轟沈であった。

「轟沈」――いままでに何回も耳にしてきたことばであったが、その状況を目の前にするのは、はじめてであった。「瞬間に沈むのを轟沈というのだ」とか、「水柱が高くあがって、その水柱が消えるのと同時に沈むのをいうのだ」とか、いろいろ聞いていたが、実際に目の前にして驚愕した。

おそらく、魚雷が艦の弾火薬庫に命中して、大爆発を起こしたものであろうが、一万トン級の重巡が、数秒のあいだに波間に没して見えなくなってしまったのであった。

肝心の海戦の前に、第四戦隊は、つづいて三艦を失ってしまったのであった。残ったのは「鳥海」だけだから、同艦は第五戦隊にくわわることになった。

旗艦「愛宕」が沈没したために、以後の戦隊旗艦は「大和」にうつされ、ぶじであった栗田司令長官も「大和」に移乗して、「大和」のマストに高々と長官旗がひるがえることになったのだ。「摩耶」のものか「愛宕」のものかわからないが、円形の機銃座が、兵員三から五名を乗せたまま、「大和」の右海面三百メートルくらいのところを、盥に乗ったようなかたちで、逆方向に流されていくのを発見した。爆沈のときの衝撃で、艦体からポッカリとはずれて吹き飛ばされ、運よく、うまく水面に落下したものであろうか。元気に、さかんに両手を挙げて振っているのが見えた。

「生きてがんばってくれよー」

心中で叫ぶ。海軍では、「九死に一生」とか、「死中に活あり」とかよくいったものである。「九十パーセントの死の中で、十パーセントの生を求めて最善の努力をせよ。絶対あきらめたり、なげやりになってはいけないのだ」という教訓であったように覚えている。ことわざにも、「神は、みずから助くるものを援く」というのがあったように思う。

その想いが、しぜんと相手の健闘を祈るときに、「がんばれよー」となって出てくるのである。もちろん、機銃座に乗って漂流していった彼らが、その後どうなったのかは知る由もない。

敵潜がねらっている海域で、救助活動もできなかったのであろうか、しだいに遠ざかっていくのを見ているばかりだった。

わずか三十分たらずの時間に、虎の子とたのむ重巡三艦が、波間に没したり、落伍してしまったりで、前途の多難を思わせるのに十分であった。一段落した戦場を後にして、艦隊は救助できた者を分乗させ、陣容を立てなおして、さらに北上をつづけ、レイテ突入を目指したのであった。

潜水艦の先制攻撃を受けてしまい、痛い傷を受けた艦隊を、これからさき、待ちうけているものはいったいどんな運命であろうか。おそらく日本艦隊の兵力、針路等について、詳細にわたって哨戒中の潜水艦から、本隊に報告がとどいていることだろう。戦機いよいよ熟すか。海中には潜水艦が待ち受けており、空には航空機の大群が乱舞して、来襲のチャンスをねらっていることであろう。

胸が引きしめられるように、痛くうずくのを覚えた。

十月二十四日午前八時すぎ、パラワン水道をぶじに通過して、シブヤン海を東進中の艦隊が、敵の索敵機に、ついに発見されてしまった。各艦の主砲が、轟然と砲口から火を吐いて威嚇（いかく）する。

「大和」も主砲を斉射した。が、敵機は射程距離外にあるということで、撃ち落とすことはできなかった。おそらく逐一、艦隊の行動、兵力を通信しているのであろう。

「にくい野郎だ」と歯がゆい思いであった。

レイテ突入を目前に、ここシブヤン海を舞台にして、死闘を展開する公算がきわめて大きくなってきた、という予感が、ますます強くなる。動物的なカンというべきか。身の危険を察知する本能的なものだろうか。

なぐり込み艦隊

敵の偵察機に確実に発見されてしまい、わが方の兵力、針路等をすべて知られてしまった以上、敵の大編隊の艦上機からの攻撃は必至であろう。

「大和」を中心にして、右なめ後方に「武蔵」が、左ななめ後方には「長門」がつづいている。さらに、巡洋艦や駆逐艦が周囲をかこむ輪形警戒陣を布いて、ミンドロ海峡、ダブラス海峡を抜けてシブヤン海に入るのである。

機動部隊をまったくともなわない裸の艦隊が、マンマと仕掛けた網の中に入った魚群のように、シブヤン海に入るのだから、敵機にとっては攻撃がまことにしやすいだろう。

レイテ突入をひかえながら、私たちは、ついに死の関所を通らなければならなくなってしまったのである。

シーンと静まりかえった配置に身をひそめていると、なにか薄気味わるい感じである。戦闘の開始はいつになるのか、わずか数秒のときが、じつに長い長い時間に感じられる。

上出班長が、声を張りあげて全員につたえる。

「各自配置はいいか、落ち着いてやれよ！」

刻々迫る戦闘のとき、なんともいえない不安感が、敵機より先に襲ってくるのであった。死の恐怖の前で、情けないと思いつつ両足がふるえ、カタカタ靴が鳴るのを押しとどめることができない。

午前十時を過ぎたころであったろうか。予期していたとおり、ついに第一波の攻撃をうけてしまった。

「右方向！　敵機の大群がくる！」

「こちらに向かってくる！」

「大和」は増速して避退のかまえに入る。機関のひびきが身体につたわって、小刻みに震動する。

「右方向より来襲する」

「対空戦闘！」

「右砲戦！　向かってくる敵機」

「撃ち方はじめ！」

やつぎばやに号令がとぶ。

「大和」の火器がいっせいに火を噴いた。

「グヮーン、グヮグヮーン」

「ダッ、ダッ、ダッ、ダ――」

何万発もの火線が、両舷の対空火器より噴きあがっていく。

敵機の落としていく至近弾が、艦の前後左右に無数の水柱をあげる。その水柱の滝の中をくぐりぬけるように駆け走る艦、たたきつけるように落ちてくる滝のような水が、川のように甲板を洗って海に流れていく。

ＴＢＦアベンジャー雷撃機、ＳＢ２Ｃヘルダイバー急降下爆撃機の来襲であった。

隙間もなく撃ち上げる砲火をかいくぐって襲いかかってくる。

「キューン、キュールン」

甲高い音をひびかせながら、勇敢に、しかも執拗に攻撃をくりかえしてくる。F6Fヘルキャット戦闘機やTBFアベンジャーもくわわって、すさまじい攻防戦の展開である。爆弾と機銃弾の雨だ。海中には魚雷の白い波紋が走る。

「大和」には長官旗がはためき、おまけに巨体であるので、敵機にとっては、いい目標である。おそらく「お首(しるし)頂戴」とばかりに、ねらってくることを覚悟しなければならない。太陽を背にして、一直線に突っ込んできては、機銃を撃ち込み、爆弾を投下して、反転上昇していくのである。

やつぎばやに魚雷と爆弾を回避するので、艦体の動揺、傾斜ははげしい。

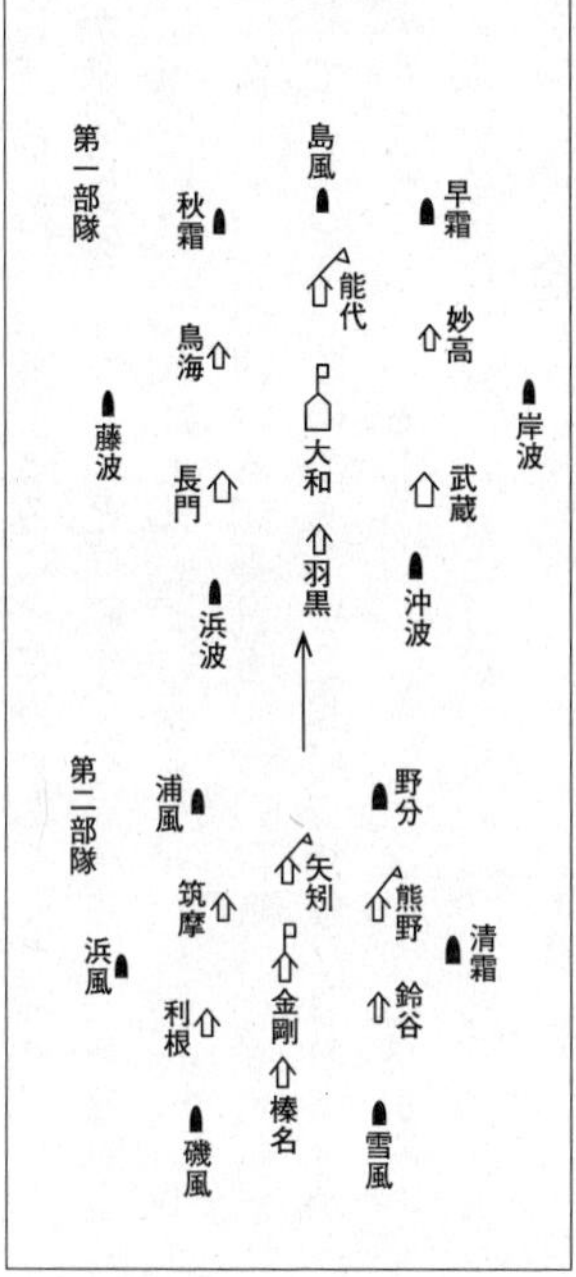

栗田艦隊の輪形陣図
(対空警戒航行)

「やられたのではないか」と、ときに思うくらいである。しかし、操艦技術においては、当代随一の名人、森下艦長である。世界一の巨艦を意のままに、「面舵」「取舵」とみごとにかわしてくれる。

戦闘が熾烈になってゆくのと同時に、不思議に、恐怖感が自分の中から消え失せているのに気づいた。これは正常心というよりも、一種異常な神経になるためであろうか。狂気なのか。艦のゆれも、轟音も、敵の機銃弾の音も、すべてがマヒしたように気になってしまっているのである。そして、自分たちの砲身から順調に発射されている弾丸の音を耳にしていると、なんともいえない安心感が湧いてくる。

僚艦の戦闘状況は、いったいどうなっているのだろうか。どうか、ぶじでいてくれと祈るのみであった。

約二十分間あまりの対空戦闘であったが、それ以上に長い時間に感じた。敵機は、潮の引くように彼方の空へ去っていった。

「おい。大変だったね」

「アメ公、なかなかやりやがるぜ」

「食うか食われるかだからね」

「ねらって撃てるというもんじゃないね」

「何機ぐらいいたたいたかな」

「おい。すぐに第二波がくるぞ。弾丸の用意をいそげよ」

19年10月24日、シブヤン海で空襲をうけ艦首に爆弾が命中した瞬間の「大和」——レイテ沖海戦では「武蔵」が沈没、不沈艦の名は永久に消えた。

戦闘の切れめというのは、格別いそがしいものである。整備や弾丸の準備、打ちがらの整備など、かたづけなければならぬ仕事が山積みしている。機銃員は、焼けた銃身を冷やさなければならないし、負傷者の収容もある。いちばん危険な配置の機銃であるから、どうしても下士官や兵に死傷者が多い。

艦橋にいる太田兵長もぶじでいてくれるかな、どうか生きていてくれと、心に祈る。

「大和」と「武蔵」——巨大戦艦の二艦を主目標に攻撃してきたのであろうが、さいわいに「大和」は、被雷も被弾もなかったもようで、無傷であった。

「あんなに多くの飛行機から、魚雷や、

爆弾が撃たれ、落とされたのに、案外、命中しないものなのだなあ」と不思議に思うほどであった。敵も存外、同じことを思っているかも知れない。

第二波の来襲があったのは、十二時すぎであったろうか。昼食をとる暇もない。

第二波は、雷撃を主体とした攻撃であった。一機が魚雷を葉巻き煙草でも落とすかのように投下すると、魚雷は海面でジャンプでもするかのようにしてから、一文字に突き進んでくる。まるで生き物のようであった。高角砲と機銃が死にもの狂いに弾丸を撃ちあげる。銃身も焼けよとばかりに、機銃群も奮闘しているのが見える。

敵機も、なかなか勇敢で、操縦桿を握っているパイロットの顔かたちが視認できるところまで突っ込んでくるのである。「大和魂」をもつ日本兵は、世界でいちばん勇敢だと、ことあるごとにきかされてきたが、米兵もたいしたものであると思わざるを得なかった。ただ、ふしぎに悲壮感は感じられない。なにか曲芸じみているようにも思えてくる。

こちらは、上空を護ってくれる味方機を一機も持たない裸の艦隊である。相手のなすがままにまかせて応戦するしかないのが口惜しい。

「みんな、ひるむな、あせるな、とにかく弾丸を撃ちつづけるぞ」

だれにいうのでもないが、黙っておれない心境になる。なかば無意識に叫んでしまうのであった。自分の生命が、なおつづいているのを確認するためなのかもわからない。

突然、「ピャーン」と、敵機の放った機銃直撃弾が一発、私たちの塔内に、覆いを撃ち破って飛び込んできた。

「ううむ」うめき声がして、みると、伝令の伊藤一水がうずくまり、顔をしかめて激痛をこらえている。鮮血がタラタラと手首を伝って床に流れおちている。飛び込んできた銃弾が、床に当たって跳(は)ね返り、上にあげていた伊藤一水の手の甲をぶち抜いたのだ。戦闘服の左袖が、赤黒く染まってきたが、戦闘中であり、友の傷を見ても介抱してやることができない。「許してくれよ。しばらく辛抱していてくれな」心中、詫びながら、どうすることもできないわが身がうらめしくなる。弾丸の命中した個所は、小豆ほどの穴しか開いていないが、弾丸の出ていった方の穴は、それこそ、ザクロが開いたような、大きな傷口になっていた。

ついに五番高角砲塔内でも、一名の傷者が出てしまったが、さいわいに、傷は掌であり、生命に別条はないようであった。もう少し左に寄って跳ねていたら、おそらく頭をぶちぬかれて即死していたであろう。

「伊藤一水、痛むだろうが、がまんしてくれ」

「ハイ、大丈夫です、このくらいの傷」と健気に答える。

たえ間のない轟音と硝煙のにおい、数知れない水柱。気が変になってしまいそうな塔内であった。砲声がピタリとやんで、爆音が消えると、「ああ、まだ生きていたか」とひと安心する。ながくつづいた轟音のためか、耳の奥がガンガン鳴りっぱなしである。

ようやく、第二波攻撃がおわった。攻撃の去った上空には、もくもくと黒い煙のかたまりが、まだ浮かんでいた。海は肩で息するように大きく波立ってゆれている。

「伊藤一水をすぐ応急処置室へつれていけ」

上出班長が四番砲員に命じる。

「大丈夫、ひとりでいきます。あとをおねがいします」

伊藤一水は、左手首をかかえるようにして走っていった。第三波までに、はやく処置してもらわないと大変である。

私たちも塔内のかたづけや揚弾作業をおこなった。砲塔のある配置で戦闘をつづける私たち高角砲とちがって、無蓋の配置で戦う機銃員や艦橋勤務員は大変だろうと思った。

敵機の機銃弾をまともに浴びたり、至近弾の滝のような水を浴びせられたり、強烈な爆風をまともにうけて、木の葉のごとくはね飛ばされたり、破片でたたかれたりして、死傷者がどうしても続出する。いつも死と隣り合わせの戦闘配置といえよう。

私たちは、自分の塔内の整理を終わったあと、機銃員の傷者や死者の収容に手を貸すために甲板に出た。甲板に出ると、鮮血がいたるところを染め、肉片が四散して胴体を離れた腕が散乱している。

銃身は焼けただれて、赤茶けて、見る影もない、艦橋付近をふり仰ぐと、二つに折れた兵の肉体がテスリにぶらさがっている。血痕だろうか、ネズミ色の艦体が黒くなって汚れている。塔内ではわからない、すさまじい戦闘がおこなわれたことの証左である。

重傷を受けて倒れている兵もいた。

「おい、しっかりせい、生きてるんだぞ。死ぬんじゃないぞ」

生死を忘れ家族を忘れて、闘う人、人、若い人の群像である。治療室の方へ収容させる。

私たちは、散乱した肉片を、一つひとつ、ひろってあるき、オスタップ（大きなたらい）に入れて集めた。素手のままである。血のりがベッタリと手のひらについて離れない。応急処理作用を終わって自分の配置にもどった。

「ご苦労」と、上出班長が労をねぎらってくれた。

戦闘食が配られていたので、さっそく胃袋に入れることにする。「腹がへっては戦はできぬ」戦闘中でも、胃袋の方は食い物を要求している。血で汚れた手で、戦闘食のにぎり飯つかんでかぶりつく。血と油で汚れた手でつかむ真っ白い握り飯は、たちまちドス黒く汚れてしまうが、だれ一人、言葉をかわす者もなく、無我夢中で胃の腑に詰め込んでいる。

艦の上部にいるわれわれも、命がけで戦闘をつづけているが、主計科の兵員もまた、熱気の中で奮闘しているのだ。彼らが「がんばれよ」の願いをこめて、つくってくれたにぎり飯だと思うと、ひと粒も無駄にはできない気持になる。すべて、つぎの闘いのエネルギーとしなければ、主計兵たちに相すまない、と思った。

現在の自分が、狂気であるのか、あるいは正常なのか、自分でもよくわからない。戦闘は人間を追いつめ、人間の心を、変にしてしまうのであろうか。自分でも自分がわからなくなってしまうのであった。

油と血で汚れた手で、平然とにぎり飯をくい、煙草に火をつける。かろうじて生の世界に踏みとどまって吸う煙草の味は格別であった。「ああ、うまい」思わず、叫んでしまうほどであった。

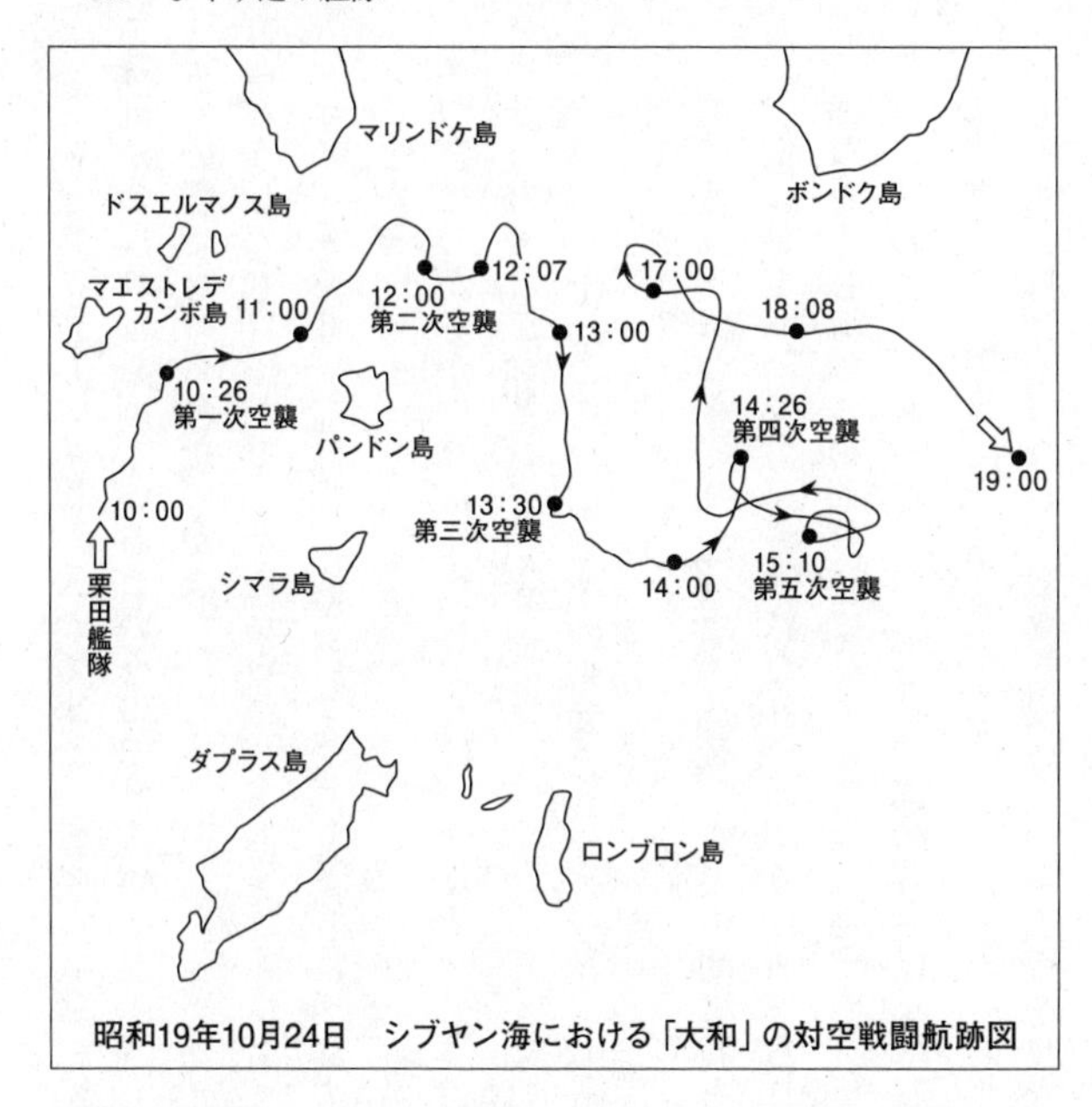

昭和19年10月24日　シブヤン海における「大和」の対空戦闘航跡図

昭和19年10月24日、戦艦「大和」「武蔵」の被害状況					
第一次空襲	30機	10時10分～	武蔵	魚雷1	
第二次空襲	30機	12時7分～	武蔵	魚雷3	爆弾2
第三次空襲	80機	13時30分～	武蔵	魚雷1	爆弾4
			・大和		・爆弾2
第四次空襲	25機	14時26分～	武蔵	魚雷4	
			・大和		・軽爆弾1
第五次空襲	100機	15時15分～	武蔵	魚雷15	爆弾15

このとき、悲しい情報が入って来た。僚艦「武蔵」が魚雷と爆弾の集中攻撃をうけ、隊列から遅れはじめているというのである。

「あの艦でもやられたのかな」

「どうしても目標がでっかいからね」

「オイ、みんな、『武蔵』がやられるということは、『大和』もやがてはそうなるということだぞ」

「つぎはわが身か。なにくそ、そうはいかんぞ」

「そうじゃ。『大和』は沈めんぞ」

十三時三十分ごろ、第三波の来襲をつげるブザーが鳴った。「よし、やったるぞ」いそいで配置についた。

第三波は、傷つき弱りかけた「武蔵」を集中的にねらってきた。野性の動物のように、傷ついて弱った方が犠牲になり、血祭りにあげられてしまうのか。

艦首を少し海中にのめり込ませている「武蔵」が、望見できた。速力はとても出せない状態のようであった。おそらく前部の各室は浸水してしまっているのであろう。

「『武蔵』よ、なんとしても頑張ってくれよ」

しだいに隊列をはなれ、攻撃を受けている僚艦を見ながら、一所懸命に健闘を祈った。生き残った銃火器が撃っているようであるが、弾丸はむなしく空をきり、弾痕をあらわす黒い煙が、不発の花火のように、パッパッと打ち上がっているだけであった。おそらくあのままでは敵機の好餌となって、シブヤン海に眠らなければならないだろう。満身創痍の「武蔵」の奇蹟の生還を祈るばかりであった。

敵機は、「武蔵」に集中攻撃をくわえながら、「大和」にも来襲の手をやすめない。

「ドカァーン、ドカァーン」

前部に爆弾が落下したのか、衝撃がつたわってきた。二回つづいたようであった。

「落ちたな。爆弾らしいショックだ」

その間も、「武蔵」への攻撃は休みなくつづけられている。まず、機銃で主なポイントをたたき潰しておき、抵抗力をなくしてから、爆弾の雨を降らせて被害を大きくしていくやり方なのだろう。

十四時三十分ごろ、第四波が襲う。やはり、「武蔵」に集中しているが、「大和」にも思い出したように攻撃をくわえてくる。油断できない。また爆弾一発を許してしまった。

十五時十五分、第五波が大編隊でやってきた。ほとんど戦闘能力をなくしかけた「武蔵」へ群がって、攻撃を集中しているようである。艦首をぐんと海中に突っ込んで奮戦、力闘していた「武蔵」の姿が眼底に焼きついて消えない。

魔のシブヤン海での戦闘では、思わぬ長い時間を費やしてしまい、そのうえ、多くの僚艦を失ってしまった。しかし、目的はあくまでもレイテ湾内への突入である。連合艦隊司令部からの避退命令がとどかないかぎり、残った艦隊で陣形を立て直して、サンベルナルジノ海峡をめざさねばならない。

世界に誇る巨艦も味方掩護機のない海上で、あとから、あとから来襲してくる艦上機の執拗な攻撃には、手の施しようもなく、「武蔵」は、ついにシブヤン海に沈んでいったのであった。

「大和」は、けっきょく、爆弾二発と軽爆弾一発を受けただけですんだ。森下艦長の絶妙な操艦技術と、乗組員全体が、力を合わせて応戦につとめた結果であったというべきであろうか。それにしても、近距離の南方から、レイテ突入の別行動をとった「山城」「扶桑」「最上」ら第三部隊や、囮部隊として内海を出撃し、敵機動部隊を北方にさそう役目をになったわが機動部隊は、いったいどうなったのであろうか。その情報は、まったく知ることができなかった。

空母隊の「伊勢」には、師徴同期の川島洋五や藤岡薫が乗っており、「日向」には、師徴同期の橋本正明や同郷の友人である西久保幸夫が乗っている。どうか元気でいて欲しい。

サンベルナルジノ海峡をぬけて、艦隊は暗い太平洋を、サマール島に沿って南下をつづけた。夜が明ければ、ふたたび敵機が乱舞来襲してくることは必至なので、厳重な警戒態勢をとっていた。

主砲の初弾命中

明けて十月二十五日、午前七時ごろであった。

「敵の艦隊発見！」という情報が艦内に流れた。艦内がふたたび、あわただしくなった。

射程距離の長い「大和」の主砲である。相手より、五千メートルは早く射撃可能だ。艦隊同士であれば、まず負ける気づかいはない。

「グォワーン、グォワーン」

主砲が轟然と火を吐く。「大和」の主砲斉射を合図に、各艦とも主砲をぶっ放しながら、いっせいに、猛然と敵艦隊に向かって突撃態勢に入った。

距離二万メートル以上は主砲の受け持ちである。一万メートル以上になると副砲であり、高角砲と機銃は一万メートル以内となっているので、私たちは、もう少し接近するまで待機である。

「グォワーン、グォワーン」

いつものことであるが、ものすごい轟音と爆風を残して、一発の重量一・五トンの鉄塊である主砲弾は、空気を引き裂いて飛んでいった。前部二基の斉射である。六発の弾丸の弾着を待つ。緊張のひとときがつづく。

「どうか命中してくれよ」

しばらくすると、

「初弾命中」という情報があり、艦内が、いっせいに喜びの声にわき立ったのはいうまでもない。敵艦は、巨大な弾丸を受け、黒煙につつまれているだろう。

「さすが『大和』の巨砲だ」

いままでの海域では、主砲が撃ち出す機会にめぐまれないまま、その威力をしめすときがなかったが、このレイテ沖で、はじめて、その威力を発揮し、敵艦に初弾一発を命中させたのである。思わぬ遭遇戦で意気あがり、なお追撃をゆるめなかったが、敵はすばやく煙幕とスコールの壁にまもられて遁走してしまった。そのうえ、魚雷二本が、「大和」に向かってきたのであった。

「雷跡二本、向かってくる」

艦は大きく転舵して魚雷をかわしたが、態勢をととのえたときには、敵艦隊との距離は、あまりにも離れすぎ、長蛇を逸してしまったのであった。

しばらく航進をつづけていると、さきほどの初弾をくらった敵艦が、薄緑色の艦体を横転させて沈没しかけているのに出合った。「大和」は、そのかたわらを駆けぬけた。沈みかけた艦体の一部に、多くの敵兵がつかまっているのが目に入る。

私たちは甲板に出て見下ろした。

「ザマー見やがれ」

これまでの「うらみ」「怒り」「憎しみ」が一度にこみあげてくるのを覚えた。と、そのときである。

「ダッ、ダッ、ダッ、ダァ――」突然、どこかの機銃が火を吐いた。

「撃つな！」という声が発せられた。

機銃はすぐやんだ。あまりの怒りに、つい引き鉄にかけた指に力が入ってしまったのであろうが、しかし、敵兵はすでに戦闘能力を喪失してしまっている。戦意を失っている者に銃口を向けるのは、わが身にもふりかかってくる不幸でもある。

「人命尊重のアメリカだ。すぐ救助されるよ」

だれかが、つぶやいていたのが印象的であった。

その後、艦隊は追撃を中止して、北上をはじめ、レイテに向かったのである。ところが途中で作戦が変更され、レイテ湾内より味方の機動部隊に誘い出されて北方にいる敵主力艦隊と対決する、ということで、さらに北進をつづけたのであったが、残念なことに、めざす艦隊に遭遇できないまま日没をむかえてしまった。ふたたび作戦を中止して、サンベルナルジノ海峡をぬけてシブヤン海に入り、ここにレイテ湾突入作戦は事実上、おわりを告げたのである。

十月二十六日、シブヤン海をブルネーに向かって避退中、「大和」は、敵B24の爆撃機編隊に襲撃された。

「主砲だけで応戦する。他の砲は待機せよ」とのことで、私たちは配置について固唾(かたず)をのんで待つことになった。

「撃ち方はじめ！」

主砲がふたたび火を吐いた。天地も裂けるような轟音がシブヤン海を圧する。

「三機撃墜」

しかし、執拗なB24は、なお「大和」の上空ちかくに到達して、爆弾を落としてから退いていったのである。艦は転舵して、これらの爆弾をかわしたが、二発の至近弾が前方の海中で炸裂し、この衝撃をうけて、右舷中部の機銃員のなかから、死傷者が出てしまった。ここまで帰りながら、戦死していった機銃兵は、さぞかし無念であったろうと胸が痛くなった。

私たちは、ただちに甲板に出て、機銃員死傷者の収容作業を手伝った。倒れた兵の傷口からは、なおも血が流れ出ている。血のりに滑りながらの作業であった。息を引きとる間ぎわに、かすかに「お母さん」と唇を動かす若い兵もいたと聞かされ、ジンとして涙があふれ出るのをどうすることもできなかった。

二十八日の夜になって、多くの僚艦を失った艦隊は、ようやくブルネーにたどりついた。そして、戦死者にたいする水葬が行なわれた。

前にも述べたように、艦内には、それぞれの艦名で呼ばれる神社が祀られており、「大和」には、「大和神社」が祀ってある。しかし、艦内で死亡者のでたとき、その葬儀にさいしては、どんな宗教の家に生まれ育った者でも、すべて祭壇に安置され、仏式の読経をあげて、水葬にふされることになっていた。

屍は、戦闘服装または白い事業服につつまれ、毛布にくるんでロープで巻かれ、模擬砲弾がくくりつけられる。そして、いったんクレーンで吊り上げられてから、静かに海面におろされるのである。甲板では、手のあいている者たちが一列にならんで、別れを惜しむ。

この模擬砲弾を、しっかりしばっておかないと、日時を経過してから、ポカリと浮上してくることがあり、再度、沈めなおすのに苦労しなければならないのである。

いつだったか、浮上した屍体を発見し、ふたたび沈める作業員として出たことがあった。屍体は倍ちかくにふくれあがっているし、すでに腐りはじめているので、力を入れて扱うことができない。おまけに、屍臭がすごい。ボートに積んでいった砲弾を、屍体にしばりつけて、沈めなおしたのであったが、ほんとに大変であった。

「おい、はやく逝ってしもたな……。なんでまた浮いてきたんだ。こんどは迷わず三途の川とやらをわたってくれよ」

「貴様の仇はきっと取ってやるぞ」

「お前だけ逝かしゃせん。みんなあとからいくよ」

そんなことを心中、かたりかけながら、作業をするのであった。

しかし、一度、嗅いでしまったきつい腐臭は、一週間くらい鼻先にまとわりついていて、閉口したものである。

しかしながら、明日はわが身である。いつ、どこで敵弾の餌食になるか、まったくわからないのである。今日はぶじであっても、明日のことはわからない。だから、他人ごととは思われず、こうした屍体処理作業には、自発的な参加者が多かった。

ともあれ、このレイテ沖海戦において、艦橋で勤務していた師徴同期の太田幸雄水兵長は、右眼失明という重傷をおって、シンガポールの海軍病院へ送られるため、「長門」にうつったという。一日もはやく元気になってくれ、と祈るばかりであった。「鉄帽に防弾チョッキだけの危険な配置だから、いつやられるかわからないと、つねづねいっていた彼であったが、至近弾の破片を、右の顔面に受けたものらしかった。また、私たちの配置では、左のてのひらに貫通銃創をうけた伊藤一水も、徹底治療のため、退艦していった。

「おたがいに死ぬときはいっしょになあ」といい合いながら、戦ってきた仲間であったが、こうして弾雨のなかを何回もくぐりぬけてみると、その人、その人の生まれながらの運命があり、なかなか思うようにいかないことを思い知るばかりであった。

同級であったが、一年おくれて「大和」に乗り組んできた十四分隊の谷本一水は、無傷で頑張っているようすであった。また、中井兵長をはじめ、そのほかの師徴の同期の桜組は、みんな、ぶじでいることがわかり、安心した。

レイテ沖の海戦は終わった。長く暗いトンネルを通りぬけて、やっと明るい世界に出た感じであった。「ああ、生きていた」と、ホッとしたものである。死は覚悟していても、やはり生きていることは、ありがたいと思うものである。額には、汗が蒸発してできた白い塩のスジが残っていた。

「みんな、よくがんばってくれた。ご苦労だった。おたがい、ぶじでよかった」

上出班長から、ねぎらいの言葉があった。

かくして、レイテ沖海戦もまた、大きな損害を受けて、わが方の敗北に終わった。開戦時の艦艇の大半はすでに失われてしまい、残るは、わずか第二艦隊だけとなってしまった。レイテ沖海戦後、フィリピンを奪回した米軍の勢力は、ますます増強されて、台湾、そして沖縄をへて、わが本土をねらってくる日も遠くはないだろう、という思いがしきりとする。

例によって、勇壮なテーマ音楽が艦内に流され、ラジオが、「大本営発表」のニュースを流していた。その内容に聞き入っていた私たちは、一様に、「あれ!」と顔を見合わせたのである。おかしい、そんなはずはない、自分たちが戦いの第一線の現場で命を賭けて戦闘してきたのだから、自他の損害は、もっともよく知っているはずがあるが、発表されている数字はどうも腑におちない。

日本の被害数は実際よりも少ないし、相手方の損害は実際より多くなっている。

「おかしいぞ、この戦果発表はどうかしているぞ」

「ウン、こうであって欲しいという願望の発表で、大本営が、われわれに皮肉を発表しているんだろう」

「これが大本営発表とは、チョッと困るな」

「国民の耳はごまかせても、われわれの眼を覆うことはできんよな」

「でたらめな数字をならべて、国民の士気昂揚をねらっているのかな」

「それにしても、いい加減な大本営発表だな、そろそろさき行きが不安になってきたね」

私たちは、あまりにも結果のちがう発表を聞きながら、この戦争の帰結を、うすうす感じはじめてきていたのであった。

ちなみに、発表されたわが方の損害は、戦艦一、巡洋艦二であったが、実際は、戦艦三（「武蔵」「山城」「扶桑」）、重巡六（「愛宕」「摩耶」「鳥海」「最上」「鈴谷」「筑摩」）、軽巡四（「多摩」「能代」「阿武隈」「鬼怒」）であった。

第六章　沖縄特攻

はじめての帰郷

「大和」は、レイテ沖海戦のあと、ブルネーに帰港し、内地帰還の命令がないまま、いつでも出撃可能な態勢で待機していたが、昭和十九年十一月八日、スル海に出て、レイテへ物資を輸送する船団を護衛せよという命令を受けた。

しかし、レイテ沖海戦後の整備も不十分であり、くわえて燃料も不足のとき、完全な作戦の遂行は大変であった。そのため、十一日には、ふたたびブルネーに帰ることになった。

そして、レイテ沖海戦の反省の上に立って、連日、いっそうきびしい各科の訓練が実施されたが、まもなく十一月十五日、内地への帰還命令が出された。七月に内海を出撃してから五ヵ月ぶりの内地帰還であった。

翌十六日の午前十時ごろのこと、「大和」にB24爆撃機の編隊が襲いかかってきた。

「空襲警報配置につけ！」

いよいよこのブルネー海域も、敵機の行動圏内になってきたのかと思った。

「主砲で応戦、他の砲はそのまま待機」

まもなく主砲のすさまじい射撃があった。私たちの肉眼では認めることはとうていできないが、先頭の機を三機撃墜し、他のB24は避退していったもようであった。

やがて、「空襲警報解除」の令が出されたが、今日は内地へ向けて出港というやさきだけに、なにやら不吉な予感をおぼえた。

ともあれ、午後から出港準備にかかり、夕刻、ブルネーをあとに、内海西部に向かって出港したのである。「大和」のほかに、「長門」「金剛」「矢矧」と、駆逐艦四隻という陣容であったが、途中、風浪はげしい日も何日かあり、大きな波浪のかげに、ときとして見えなくなる駆逐艦の姿に、ハラハラさせられたものである。また、台湾東北部の海上を通過したさい、「金剛」と駆逐艦一隻が、敵潜の魚雷を受けて沈没するという大損害が発生してしまった。二十一日、夜明け前のことである。

しかし、「大和」は、十一月二十四日、内海の西部を通って呉港に入港する。ひさしぶりにあおぐ母港の空であり、懐かしい呉の街であった。しかし、みんなが待っていた上陸許可は、なかなかおりず、毎日いそがしい各部の整備がつづき、上層部では人事交代があった。

艦長は、森下大佐から有賀幸作大佐にかわり、不肖私も、十一月一日づけで、海軍二等兵曹に進級した。いよいよ下士官になったのである。

また、二十四日、「大和」はドック入りとなり、破損部分の修理と、主として対空火器の増強が行なわれたようであった。両舷の副砲二基が撤去されて、そのかわりに、高角砲を六基十二門、二十五ミリ機銃三連装を二十一基で六十三門、単装二十六基で二十六門が増設されたのである。

甲板一面には、いろいろなホースやコードなどが引きまわされ、足の踏み場もないくらいで、鋲を打ち込む音、ハンマーの甲高（かん）い音、機械のうなり音などがドック内にこだまする毎日であった。

マリアナ沖海戦、レイテ沖海戦、そしてショックをうけたシブヤン海における「武蔵」の沈没と、いかに巨艦であり、巨砲を搭載していても、雲霞（うんか）のごとく来襲してくる艦載機と、見えない潜水艦にたいしては、対応する能力に限界があることを身をもって知らされた。

巨砲は近距離になると撃てないし、無理に発射すれば、味方の高角砲や機銃の活動を殺いでしまうことになり、かえって火力を弱体化させてしまう。ことに機銃の無蓋銃座員は、主砲の轟音で耳をやられ、爆風で吹き飛ばされる心配さえ生じてくる。それに訓練時とちがって、戦闘という特殊条件のもとでは、まったく不測の出来事が、海上にも、艦内にも、とつぜん発生することがある。スコールとかガスとか、自然現象による障害なども起こり得る。

以上のように、いろいろな教訓を得たので、その反省をいかして、一艦よく万機の敵に対応できるように重装備をほどこし、対空、対潜火器の増加搭載、乗組員の増員となったわけである。このために、十九年十一月二十四日から二十年一月三日の出渠まで、一ヵ月あまりの整備作業期間が与えられたのであった。

この間、十一月二十九日、空母「信濃」が回航中に、本州の太平洋岸で、敵潜水艦によって撃沈されたり、十一月二十四日には、東京が空襲を受けたりして、本土への防御体制の強化を必要とする事態が、つぎつぎと発生してきたのであった。戦雲まさに急、銃後も前線と同様、戦火の中におかれるようになってきたのである。

この改装作業の期間中に、「大和」乗組員にたいして、一時帰休が許可されることになった。海軍では、「休暇は前期にとれ」とよくいわれていた。それは後期になると、事態の急変などがあって、休暇が短縮されてしまったり、場合によっては取り消されたりすることが起こる可能性があるからであった。ことに戦時下、しかも、いつどんな命令がくだされるかもわからないときであれば、なおさらであった。

私は、十二月のはじめに前期休暇の許可をもらって、海軍二等兵曹、つまり下士官の服装で故郷に帰ることになった。

入団以来、一年八ヵ月ぶりに帰るふるさとへの道であった。見なれた道であり、山や海岸の景色であるが、眼に異常なほど新鮮にうつったのは気持のせいだろうか。長いあいだ、異国の海や樹林を見ていたためかも知れない。海の水がとても青黒く感じられた。一時間でも早く到着したいと思いながら、大阪・天王寺駅で乗りかえ、紀勢西線の列車上の人なった。ここから郷里五郷村まで約十時間の旅だから、夕方に着ければいいほうだろう。家には、なにも連絡していないから、さぞや驚くことだろう。

短い休暇を、どう有効に使えばいいものか。車中、いろいろと計画をめぐらしてみる。墓参と氏神詣で。母校と勤務校訪問。入団のとき世話になった森村久一氏への報告。海兵団まで面会にきてくださった杉本夫妻への挨拶等、けっこう多忙なスケジュールになりそうである。

列車は予定どおり終点の木本駅（現熊野市駅）構内に入った。ここから、五郷行きのバスに乗りかえるホームに降り立ったとき、思いがけない人たちに出合った。同じ汽車に乗っていたらしい。海軍の兵が三人、他の車輌から降りてきて、挨拶してくれた。

「あなたたちも休暇できたのか」

「はい。そうであります」

「そうか。艦はどこかね」

「『大和』であります」

「ええっ。じゃおなじだ。おれは坪井だ、五郷へ帰るところだ」

「そうですか。自分は飛鳥神山（あすかこうのやま）の大矢一水です」

「自分は井戸の谷口上水です」

「自分は新鹿（あたしか）の坂本一水です」

「じゃ、帰艦もおなじだ。ゆっくり休んできたまえ。ひさしぶりのわが家だからな」

おもわぬ出合いにびっくりした。七日

大矢伸七一等水兵。著者と同郷の彼は、兵隊にゆくなら海軍ときめ、志願したという。

に、またここで落ち合うことを約して別れることにした。

なかで、飛鳥神山出身の大矢一水のみは、私とおなじバスで、おなじ方向に帰るのである。

道中きくところによれば、大矢一水は、十八年に志願兵として入団し、「大和」に乗艦したとのことであった。それまでは、阪神地方に出て、川西重工で働いていたが、おなじ兵隊にゆくなら、海軍ときめていたので、徴兵検査を受ける前に志願兵を申し出たのだという。

いろいろ語り合っているうちに、バスは私の勤務校区に入り、大矢一水の下車するバス停も間もなくである。

私の勤めていた日進国民学校は、静かな暮色のなかに沈もうとしていた。バスの窓から見ると、校庭は慰問文に記してあったように、芋畑に変じてしまっている。明日、訪ねることにしようと心にきめる。

やがて、神山のバス停である。大矢一水は降りていった。あるいは、これが最後になるのかもわからない両親との団欒(だんらん)である。十分、孝行してきてくれとねがった。

それから三十分あまりゆられると、五郷村であった。ひさしぶりに踏む懐かしいふるさとの土である。終点のバス停に降り立って、しっかり踏みしめて感触を味わう。

著者が勤務していたころの日進国民学校の全職員——後列の右から、陰地恒治教頭、南木辰次郎校長、著者、前列の左から二人目が福田栄子先生。

一キロほどの田舎道をほとんど駆けるようにして、わが家の庭に立ったのであった。

「ただいま」

戸口を開けた。

「おお、平次。休暇か」

両親はおどろき、やつぎばやの質問であった。

「一時帰休があっての。ひさしぶりじゃし、無理して帰ってきたんじゃ」

「そうか、よう帰れとれ」

「うん、ちかくの人も三人ほどいるしの。四人で帰ってきたんさ」

下士官の軍服姿で、久しぶりに帰った息子の姿を、父も母もジッと見つめているようであった。

（すっかり海軍の軍人になったなあ）

そんな目で見ていたのであろうか。マリアナ沖海戦、つづいてレイテ沖海戦と、哨煙のなかをくぐりぬけてきた身だから、すこしは、たくましく見えたのであろうか。

食後は両親と、そして兄弟姉妹たちと、入団以来の生活について、戦艦「大和」について、参加した海戦のようすなど、ときのたつのを忘れて説明したり、質問に答えたりしたのであった。

翌日は、朝はやく起き、氏神詣でや、先祖の墓参等をすませたあと、母校やお世話になった方々を訪ねて挨拶にまわった。

勤務校では、南木校長をはじめ、職員、児童がおおいに喜んでくれて、講堂において、生徒たちに挨拶を述べた。ことに、戦地で受けとった慰問文は大変うれしかったと、強く礼を述べた。

職員室に入り、あらためて、先輩同僚に挨拶とお礼を述べ、今後いっそうの非常時局をむかえるときで、前線も銃後もない、大変な局面がやってくるであろうが、おたがい頑張りあおうと話し合った。栄子先生も、緊張した表情で話を聞いてくれていた。

校区内の地域でも、働きざかりの男たちは、みんな出征し、老人と子ども、婦女子ばかりになり、わずか一年あまりの間に、すっかり様変わりしているのには一驚した。

南海大震災

帰休の日数は、あわただしく過ぎて、十二月七日、帰艦しなければならない出発の朝を迎えた。

出征のときとおなじように、両親たちは家の入口に立って見送ってくれていた。私は、川をへだてたバス停のところから、手旗信号で、「イッテキマス」と送った。実兄が軍隊経験者であるから、解読してもらえるだろうと思ったし、あるいは、心の片隅に、これが最後の別れになるかも知れないという気持も湧いたからかも知れない。とにかく手を振ってみたかった。家の者一同も、さかんに手を振って応えてくれていたのが、いまも眼底に焼きついている。

バスに乗り込み、ふたたび故郷を後にして、木本駅に向かった。途中、神山で予定どおりに、大矢一水が乗り込んできた。車中、おたがいに実家で過ごしたことを話しながら、ときをすごす。

木本駅では、新鹿の坂本一水、井戸の谷口上水とおち合った。二人には、見送りの人びとがいたので挨拶をする。

やがて別れのときを迎える。

汽車は静かに新宮方向に向かって走り出した。あるいは、これが見おさめになるかもわからないふるさとの山であり町である。

四人は向かい合って席をとる。ひさしぶりのふるさとの香りを満喫した喜びを語り合うとともに、今後、自分たちを待っている試練について、十分に心を決めておかなければならないことなどを話し合った。

坂本一水は、十八歳のとき志願兵として海軍に入り、海兵団の新兵教育を終わって、戦艦「大和」に乗り組み、高角砲員として、左舷の配置をあたえられているという。私の反対舷にいるのだ。

谷口上水は艦橋勤務で、海戦のときは、もっとも危険な配置である。いざ実戦となると、生きた心地がしないと、虚心に話していた。

語り合っているうちに、汽車は三重県・阿田和付近にさしかかった。左に海岸を眺め、右が緑の小山がつづく平地を走っているときであった。

突然、汽車は大きく軋んだかと思うと、急ブレーキの音をたてて急停止した。私たちは、なにごとが起こったのかと急いで窓を開けた。どの窓からも不審気な顔がのぞいている。

「事故でもあったのか」「なんだろう」

　別に人をはねた様子もないし、敵機の空襲でもないようである。三分間ほどたってから、汽車はふたたび走りはじめたので、ひと安心したが、車掌の案内で原因がわかった。

「ただいまの急停車は、大きな地震が発生したためでした。これからさきの状況は、いまのところまったくわかりませんが、この汽車は新宮までは行けそうであります」

　どうやら大地震に遭遇したらしい。大変なことになってしまった。われわれ四人は、なんとしても広島・呉(くれ)までゆきつかなければならない。このさき、交通が途絶(とぜつ)していたらどうなることかと、心細いかぎりであった。

　せっかく、休暇をもらい、楽しいときを過ごして帰艦という矢先に、思わぬ出来事に遭遇して、「ついてないな」と落胆したが、自然の災害では、いかんともすることができない。汽車が転覆しなかったのが、不幸中の幸いといわなければならないところかも知れない。

　新宮駅に到着して、さきほどの地震の規模の大きさが理解できた。新宮の街は、予想以上の被害をこうむっていた。家屋は倒壊し、電柱までがへシ折れて電線が垂(た)れ下がっている。石垣や塀が無残に崩れている。群衆が右往左往している。

駅員を訪ねて聞いたところ、列車は、この新宮で上下線とも運行ストップ、回復の見通しはまったくたっていないとの話であった。海岸ぞいの線路に津波の被害もあって、ズタズタにやられているらしい。これが〝南海大震災〟と歴史に記録される大地震である。

帰艦時刻までに帰らなければ軍法会議ものの私たちにとっては、一大事が出来（しゅったい）したわけであった。

「どうするか」

「もう一度、木本（きのもと）まで引き返したらどうだろうか」

詮議（せんぎ）したすえ、われわれ四人はいそぎ木本まで引き返すことにした。

木本にまいもどると、有井村役場に駆け込んで、実情を説明して、なんとか援助をおねがいした。

そして、木本の成田山上に施設されている海軍の無線局をたずね、「大和」の乗組員であることを名乗った上で、帰休を終わって帰艦途中、大地震のため列車の運行がストップし、いまのところ復旧の見通しがたたないこと、そのため帰艦時刻に間に合いそうにないが、どうしたらよいか、指示をねがいたい、というようなことを、「大和」に連絡してほしいとつたえた。

無線局では、万事了解してくれた。「大和」を呼び出して、事情を説明してもらったところ、「大和」からはすぐ返事があり、

「大地震に遭遇したそうであるが、ぶじでよかった。帰艦時刻に遅れることがあっても、やむを得ない。できるだけの手をつくして、はやい帰艦を待つ」という指示を受けることができた。

これでひとまず安心だが、これからが大変である。ふたたび有井村役場へもどった。

「ただいま無線局から、『大和』へ連絡をとってもらって了解を得たので、これから線路づたいに歩いていきます。なんとか弁当とワラジを用意していただけないか」

無理を承知でおねがいしたのであるが、吏員たちは、こころよく引き受けて、にぎり飯や草履を用意してくれた。私たち四人は、厚く礼をいって出発したのである。どこまで歩くことになるかわからないが、道路や線路を歩きつづけることにした。道路がよいときは道路を歩き、線路を歩く方がよいときは線路を歩いて、ひたすら大阪にちかづくように努力したのである。

和歌山県・勝浦（かつうら）を過ぎ、串本駅の手前、田原（たはら）駅まできたとき、ここからは汽車が通っていることを知って、ヤレヤレと胸をなでおろした。約五十キロあまりの道程を踏破するという難行を、若さと軍人としての使命感でもって、強行完遂したのであった。

田原駅から、ようやく汽車に乗ると、足の裏が熱をもち、長い強行軍の後遺症を訴えているようで、靴をぬいで足をやすめた。

「有井村役場のかたがたのおかげだ。ありがたかったな」

四人は、まず吏員たちの厚意に感謝した。

大阪からは、なにごともなく汽車で呉へ向かい、やっと呉駅に到着した。もう大丈夫だと深い安堵をおぼえた。「大和」は、第四ドックにいたので陸つづきで帰艦できた。

「坪井二曹ほか三名、ただいま、帰艦いたしました」

「よく帰艦した。大変だったろう」

舷門で副直将校が、私たちの労をねぎらってくれた。「大和」では、さきの無線局からの連絡のおかげで、すでに事情をわかっていてくれたのであった。既に帰ると、

「坪井兵曹は大地震でヤラれたのかと、心配していたぞ。よく、ぶじだったな」

「思ったより、はやく帰艦できてよかったな」

あとは、ひとしきり〝南海大地震〟の話に花が咲いたのであった。ほかの三人の者も、きっと各班に帰って、話題の主人公になったことであろう。

　さて、「大和」は一月三日、各種の整備を完了してドックをはなれ、四日から港内碇泊となった。諸物品の整理、兵器の点検整備、各砲の弾丸搭載も完了して、いまや次期の作戦命令を待つだけとなった。とはいっても、肝腎(かんじん)の燃料が、しだいに底をついているときで、すこしの無駄も許されない。「大和」は、とくに燃料消費量の多い艦であるためか、従来のように航進しながらの訓練もなくなって、港内にどっかり座ったままの砲戦訓練や、総員が不意に配置につく即実戦的な訓練などが、連日にわたって実施された。

　私たち高角砲は、九番高角砲に右舷の砲員が集合して、各砲毎の競争訓練が実施された。実戦を体験した者たちばかりだから、訓練ひとつにも、これまでとちがった空気がただよっている。見ている分隊士の顔にも、いままでと異なる真剣な表情をみたように思った。その結果、全照明灯を消した状態でも、「総員配置につけ！」の号令を受けてから、「配置よし！」までに要する時間が、三千余名の将兵をようする巨艦でありながら、わずか一分半で完了するまでになったということで、能村副長より、訓示の中で賞められたことがあった。

　私たちの心境は複雑であった。レイテ沖海戦のさい、シブヤン海で僚艦「武蔵」が沈んでゆく姿を目のあたりに見ているので、遅かれ、はやかれ自分らにも、あのような運命が訪れるのだろう、その場にのぞんで、けっして見苦しい闘い方にならないように、という気持が強く湧くと同時に、絶対に沈むはずがない、大丈夫と信じていた巨艦でも、やはり沈没まで追いやられるのか、という不安もまた、心のどこかに顔をのぞかせるのであった。そして、つぎの出撃命令があれば、絶対、生きていることはなかろうという空気が、いつしか艦内をつつんでゆくように感じるのであった。

二月十九日、米軍は硫黄島に上陸し、マリアナ諸島北限まで制空制海権を伸張し、わが本土攻略の輪を大きくちぢめてきたとの情報が入る。

三月のはじめごろであったと思うが、分隊長より、「長男である者、または、自分が一家の中心とならねばならない事情を持つ者は、申告せよ」という指示があった。思うに、これもつぎの海戦を予期しての艦長、副長のあたたかい配慮によるものであったのだろう。

三月二十四日、ついに連合艦隊司令部から、「出撃準備命令」が出された。「準備」がついているけれども、やがて行動開始の命令がくることは、間違いなしである。いよいよきたるべき決戦のときがきたのである。つぎに米軍がねらうのは、沖縄方面であることは、まず間違いなかろう。われわれの決戦海上はおそらく、沖縄近辺であるということは、私たち下士官でも、うすうすと感じとっていたのであった。

有賀艦長の配慮があってか、二十五日から二十八日までのあいだ、「大和」では全員にたいして、交代で自由上陸が許可された。おそらく最後の上陸で、必要な挨拶、身のまわり品の整理、妻子との別れなどをすませてこいという上陸許可であったろうか。刻下非常のときであり、普通の上陸許可でないことは、全将兵、以心伝心で百も承知である。

私も、おなじ下宿にいる他の二人とともに、お世話になっている下宿を訪れた。五十歳をすぎた夫妻と、娘さん一人の家族構成であった。静かな環境で、家の庭にはいろいろな植木が繁り、近くの畑には柿の若木も育っていた。二十歳の私たちからは、ずいぶんと老けた感じがする夫妻であった。

出撃を覚悟の上陸であるが、真実を告げることはできない。軍事にかんする話はご法度（はっと）であった。けっきょく、あたりさわりのない世間話をかわすしかなかった。帰艦時刻の午後九時の門限より少しはやめに、下宿の夫妻に別れをつげた。

「こんど出港したら、しばらく帰れないと思います」

「お元気で……」

いつものように簡単な挨拶で別れたが、伝えたいことを正直に話せない苦しさを味わいながら、下宿を後にしたのであった。

とくに、このときの同僚の一人は、下宿の一人娘と婿養子として婚約しており、つぎの上陸のときには、挙式する予定になっていたのである。「『大和』は特攻出撃します。私もその戦闘要員の一人です」とは、軍の機密保持のうえから、絶対にあかすことは許されない。許婚者にたいして、彼の胸のうちは、どれだけ苦しくつらいことだろう。

そして、彼ら二人は死に、私だけが生き残ったのである。後日、生還して、下宿を訪問したとき、「他の二人の方は戦死されました」とは、どうしても言葉として出てこなかった。

「少し遅れて、きっと帰ってきます」としか、伝えることができなかった。その後、間もなくして、私は呉海兵団付となってしまったし、六月二十二日には呉の大空襲があり、さらに七月二十四日、二十八日とつづけて空襲を受けたので、下宿の方たちがどうなったのか、ついに知ることができずに終わってしまった。

ともあれ、帰艦する途中、街なかをすこし散歩していると、路地で手相見をやっている初老の女性を見つけた。小さな古びた机に布をかけて、チョコンと座ってお客を待っている。

「出撃前だし、見てもらうか」

「よかろう」

私たちは手相見の女性の前に立った。海軍の兵隊が三人も前に立ったので、彼女もすこしびっくりしたようであったが、すぐに心得顔になって、

「手相ですか。どなたから」

私が先ずみてもらうことにし、右手をさし出して、女性の顔をみつめた。彼女は、しばらく型どおりに天眼鏡をかざして、私のてのひらをのぞいていたが、

「兵隊さん。運勢が強いですよ。絶対、死ぬことはないです。将来は、カマを二つ持つ相ですよ」と説明してくれた。戦争中の兵隊にたいして「死ぬ」ということは、たとえ死相が表にあらわれていたとしても、禁句であっただろう。しかし、「カマを二つ持つ」という意味は、いまもってわからない。同僚たちの手相はどうだったか、現金なもので記憶にない。

神風「大和」になりたい

さきに、われわれが体験した「レイテ沖海戦」は、「国軍決戦実施の要域は比島方面とす」という大本営陸海軍部の「捷（しょう）」号作戦の発動によるものである。そして、こ

のフィリピンをめぐる海戦の敗北は、日本本土と南方資源地帯との連絡を決定的に遮断し、近代戦の遂行に必須な作戦機能の破壊をもたらしたともみることができる。

以後、米軍の進攻はすさまじく、二十年二月十九日、硫黄島に上陸を開始し、三月十六日には完全に占領した。ついで三月二十六日には、沖縄の慶良間列島に手をかけてきた。そして四月一日には、ついに本島の嘉手納海岸に、第一波二万の大軍が殺到し、上陸を開始したとの報が入った。

ここにおいて、大本営は、「航空戦力を徹底的に集中発揮し、進攻米軍主力を撃滅する。この間、極力皇土防衛を強化す」という、あらたな方針をたてた。すなわち、本土決戦決意の表明であり、その準備期間をかせぐために、沖縄本島に敵をひきつけておくという思想が読みとれる。

九州の各基地から発した特攻機が、連日、嘉手納沖に碇泊する米艦めがけて突入するなかで、とうじ、横浜の日吉台にあった連合艦隊司令部は、「菊水一号」作戦を下令する。つまり、ふたたび、われわれに出動命令がくだったのである。

われわれ「大和」と、軽巡「矢矧」および駆逐艦八隻よりなる水上部隊を、沖縄本島の海岸に突入せしめて、擱坐させても要塞と化して、砲弾がつきるまで撃ちつづけるという文字どおりの〝特攻〟であった。

しかし、この飛行機の直衛もなしに、帝国海軍のシンボルともいうべき「大和」を、危地に投げ入れるという上層部の処置は、すでに、先の「捷」号作戦のさい前例がある。このときすでに、上層部の頭には、無為に自滅させるよりは、帝国海軍の死に花をいっきょに咲かそうという一種の終末思想が宿っていたとみるべきであろうが、今度の「菊水」作戦は、さらにその気配が濃厚であった。今日では、大本営が、本土決戦を明確に打ち出したのを知った連合艦隊司令部が、内海で「大和」が敵手にかかり、鉄屑と化すのを見るに忍びないとして、このような〝特攻〟作戦を実施したのだという説がとられているようだ。ともあれ、このときのわれわれとすれば、その作戦がいかに困難であっても、〝承詔必謹〟命令どおりにしたがうほかなかった。

これよりさきの三月二十九日、「大和」は呉において、出撃のための弾薬や食糧等の搭載作業をはじめ、各砲火器や機関、レーダー等の点検整備をとどこおりなく実施し終え、いったん緩急あったさいは、豊後水道を一気に南下できる位置にある内海西部の三田尻沖に向け出港したのであった。

静かに前進をはじめた「大和」を見て、在泊艦船の乗組員たちが、さかんに帽子を振り、両手を上に交叉しながら、激励と惜別の挨拶を送ってくれている。慣例になっている出港時のたんなる挨拶のつもりなのだろうか。燃料が底をつきかけたおりから、陸にあがった機関科兵も多いときくから、白い航跡を残して前進する「大和」の英姿に、羨望(せんぼう)の眼を向けているのかもわからない。

「貴様たちは出撃できていいなあ」

「起死回生のため、大きな働きを頼むぞ」

「ぶじ目的地まで到着して大暴れしてくれよ」

「おれたちの分もたのむぞ」

征くも死、残るも死である現在、見送る在泊艦船の人びとの気持は複雑なものであったろうし、見送られる、われわれ三千の将兵の心境もまた複雑なものであった。

「いくぞ！　せいいっぱい闘うから戦果を待っていてくれ！」

「われらのなき後を頼むぞ！」

「大和」の甲板に出た手あきの兵たちは、そろって手や帽子を打ち振って、彼らにこたえたのであった。別れの交換は、いつまでも、いつまでもつづいていたように思う。

三田尻沖までの航行中、これまでのように各砲ごとの訓練が実施された。

「対空戦闘、右三十度、来襲する敵機」

「撃ち方はじめ！」

海戦の体験を活かした、実戦さながらの訓練である。

「こらっ、四番砲員、弾丸がおそいぞ！」

「信管手、いいか！」

右に左に旋回しながらの砲戦訓練の実施にも、気合がこもる。私も信管手の配置なので、動きのはやい指示針を、眼を皿のように見ひらいて見すえ、一所懸命に追針を合わせ、

「信管よし！」と大声で応答したのである。

十中八九、ふたたび眼にすることができないであろう呉の街や島々の緑などをあとに、艦は航進する。レイテ沖海戦で負傷し、退艦した伝令に代わって、新しい伝令が配置について頑張っている。

三田尻沖に着くと、すでに、近道の狭水道を通って先着した巡洋艦「矢矧（やはぎ）」をはじめ、駆逐艦「雪風」「冬月」「磯風」「浜風」「涼月」「初霜」「霞」「朝霜」の姿があった。

ついこのあいだ、日本の興亡、日本海軍の浮沈をかけて闘ったレイテ沖海戦に、ともに出撃して、ともに死線を踏み越えてきた懐かしい僚艦ばかりである。

四月五日の十五時十五分であった。艦内放送が、最後の命令を伝えたのである。

「総員集合、前甲板！」

当直配備員以外は、すべての将兵が集合しなければならない命令であった。いよいよ沖縄方面への決死行のときがきたのであろうか。全員にたいする自由上陸の許可があったこと、各個人の身上調査書の提出や私物の整理など、いままでの艦内生活で経験したことのない命令処置がひきつづき行なわれていたので、心中ひそかに期するものはあった。

作業服を着用した者や戦闘服装になっている者、はたまた軍装の者ありで、各個まちまちの服装のまま、全員がいそぎ前甲板に集合した。さすがに「大和」の甲板は広い。三千余名の全将兵が整列を終えても、前甲板のすべてを埋めつくすことはない。

私は、みなに伍して甲板上に立ちながら、ピーンと張りつめた艦上の空気を肌に感じるのであった。咳(しわぶき)ひとつしない。

やがて、有賀幸作艦長が姿をあらわした。臨時に設けられた壇上に立たれ、全員の敬礼にこたえられたあと、連合艦隊司令長官の訓電を、一語一語、噛みしめるように読み上げられたのである。

「……茲(ここ)に特に海上特攻隊を編成し、壮烈無比の突入作戦を命じたるは、帝国海軍海上部隊の伝統を発揚すると共に其の栄光を後世に伝えんとするに外ならず……」

胸中ふかく食い込んでくる一言一言であった。連合艦隊長官の訓電は、われら「大和」以下が〝特攻〟であることをかくしてはいない。「生を絶対に考えることなく、敵陣に突入するという特攻隊出撃」であった。なんという悲壮な作戦計画であろうか。一種の戦慄が背筋を走り、ピクピクと顔面の皮膚まで震えるのをおぼえた。

いかに一身を国に捧げて殉ずる覚悟ができているといっても、最初から生還を期することなく、掩護する航空機の一機もない裸のまま、敵地に突入するんだ、といわれて、緊張しないでいられる者はおそらく皆無であろう。

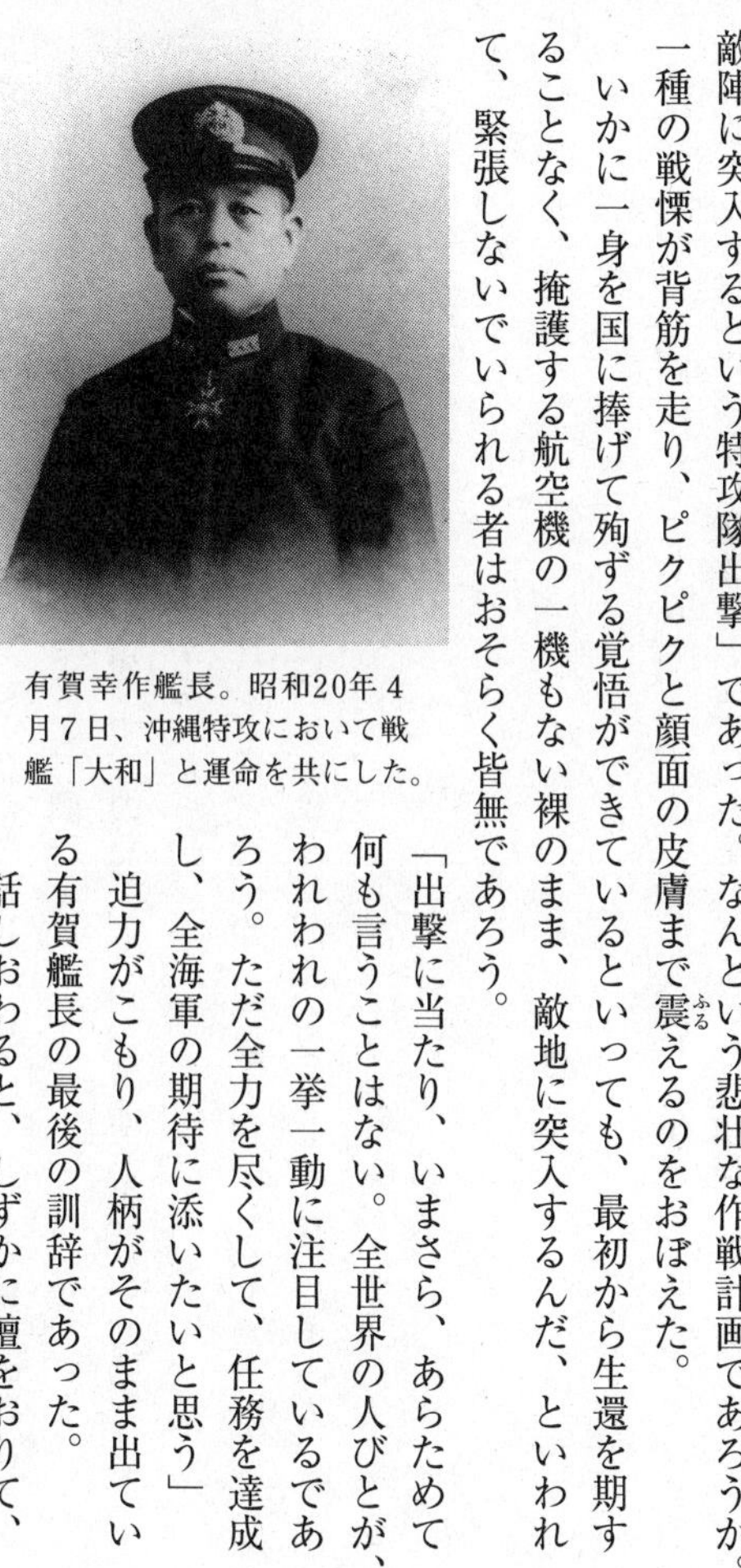

有賀幸作艦長。昭和20年4月7日、沖縄特攻において戦艦「大和」と運命を共にした。

「出撃に当たり、いまさら、あらためて何も言うことはない。全世界の人びとが、われわれの一挙一動に注目しているであろう。ただ全力を尽くして、任務を達成し、全海軍の期待に添いたいと思う」

迫力がこもり、人柄がそのまま出ている有賀艦長の最後の訓辞であった。

話しおわると、しずかに壇をおりて、

ひとり艦長室の方に歩み去っていった。私たち将兵の視線は、じっと艦長の背に注がれて、さきほど読み上げられた命令文と、訓辞を反芻(はんすう)していた。

「われらが生命は、この艦長にお預けするのだ。『大和』と運命を共にして闘うぞ」

つづいて、能村次郎副長の訓辞があった。

「日ごろの訓練結果を思う存分発揮し、戦勢挽回の〝神風大和〟になりたい」

平素は温厚な副長の顔も、今日は別人のように固く、きびしい表情であった。

すでに死する覚悟はできていたものの、ついに決死行の決定がはっきりしたのである。

「くるものがきた」

「死なばもろともだ」

「よし、『武蔵』の仇討ちだ」

艦内いっぱいに闘志が満ちあふれ、熱い血が思わず五体を駆けめぐるのをおぼえた。

「解散」の令があり、みんなは、それぞれの配置に帰った。

ただちに各部点検、確認をはじめ可燃物の処理、私有品の下甲板格納など、つぎつぎに出される指示により、船内かたづけ、出撃準備作業が進められた。作業のひまを見つけては、各自、下着をはじめ、服装をすべて清潔なものに着替え、さっぱりとした。

最後の宴

日没後の午後六時ごろだったろうか。

「各部隊、酒を受け取れ」

「酒保開け」という艦内スピーカーの声が流れた。

「大和」の最後の出撃に当たって、乗組員三千三百三十二名の者に、壮行の宴を開いてよろしいという有賀艦長、能村副長のあたたかい配慮であった。日ごろから訓練また訓練で、起床から就寝まで、緊張の連続の生活をくりかえしているわれわれにとって、「酒保開け」の今は何にもまして、ありがたくうれしいものである。

酒、ビール、菓子、罐詰など、いろいろな品が各班にとどき、やがて宴がはじまった。私たちの砲塔では、酒盛りに先立って、まず、「お神酒」を砲塔内に供えて一発必中と全員の健闘を祈願したあと、上出班長の挨拶めいた話ではじめられた。

「今度の出撃は特攻突入を覚悟で、燃料も沖縄までの片道分しか積んでいないときく。当初の目的どおり沖縄に突入して、浮き砲台となり、各砲弾のすべてを敵陣にそそぎ、弾丸が尽きれば、陸戦隊となって突撃を敢行するとのことである。いずれにしても、生きて還ることはできないものと覚悟しなければならない。そのつもりで、闘いぬいていこう。『大和』とともに五番高角砲の健闘を祈って乾杯したいと思う」

一同のコップに、酒が満たされる。

「おたがいの健闘を祈って乾杯」

乾杯の声が、塔内いっぱいに満ちる。みんなの顔を見回すと、これがこれから死地に赴く若者の顔なのかといぶかしく思えるほど、淡々とした表情なのであった。

酒やビールをくみかわし、あるいはアルコールの駄目な者は菓子に舌つづみをうち、やがて歌って踊っての無礼講(ぶれいこう)となる。

「おれがやられたら、後を頼むぞ」

「なあに、みないっしょじゃ。心配するな」

「一人や二人殺(や)られたって、へこたれるなよ。弾丸(たま)のあるかぎり撃つんだぞ」

「おれたち射手、旋回手、伝令の配置は、身体丸だしだから危ない。殺(や)られたら、すぐに代わってくれよ」

酒がまわるにつれて、みんなの声も大きくなってくる。

「さあ、元気づけに歌をやれ！」

「だれか、お故郷(くに)自慢の民謡(うた)でも出せ！」

「だれからでもいいぞ、それいけ！」

むろん、歌の上手下手など、このさいまったく関係がない。この世での最後の酒盛りの機会になるかもわからないのだから、階級の上下もとっぱらってしまい、一同、鯨飲、放歌放吟し放題である。自分の生の声を一回でも、一声でも多くこの世に残しておこうとでもいうように、われさきにと順番の取り合いである。

ギンバイ（食糧品をうまくもらってくる）上手な籠上等水兵は、この日も、その特技を遺憾なく発揮して、いつの間にか、いろんな酒肴を集めてきて、得意満面、みんなに感謝されている。

「大和」は呉鎮守府関係だから、その乗組員も愛知県から山口県までの出身者がほとんどを占めていた。したがって、民謡も関西のものが多く唱われて、東北や北海道、九州のものはあまり出てこないようだった。

むろん、民謡以外にも、流行歌あり軍歌あり、さらには浪曲も出る。いずれも、歌うというより、がなり立てるというか、わめくというか、全身のエネルギーを爆発させるような歌い方であった。

日ごろは多少照れ屋なところのある私も、この日ばかりは、ふるさとの民謡を大声はりあげうたいまくった。

〽主は鬼ヶ城　雄々しき姿　私ゃ恋がれて　散る女浪　ヨイヨイヤンヨー　フリコメサー
〽腰の軍刀にすがりつき　連れていかんせ　どこまでも　連れていくのはやすけれど　女は乗せない　軍艦
とうとう踊りだす者も出てきた。歌に合わせて、車座になって、仲間のまわりをくるくるまわりながら踊る。自己流に振り付けをして、手を振り、足をあげ、腰を振って、みんなを笑わせる。

日ごろは、剽軽者でとおっている籠上水も、しんみりと思い入れたっぷりに、〝ラバウル小唄〟を聞かせてくれた。

「うまいじゃないか、いいぞ」

まわりの者がはやしたてる。

「万歳、万歳」

わけもなく大きな声を張り上げ、万歳を叫びながら、デッキを跳びはねている兵もいる。

〽貴様と俺とは　大和の兵士　五番高角砲の　砲員だ　血肉わけたる仲ではないがなぜか気が合うて忘られぬ

腕を組み、肩を組んで、声を合わせて同期の桜の替え歌をうたうのであった。「大和」勤務の最初にして、おそらく最後の経験となるであろうが、若者の集団は思いっきりはめをはずし、歌い踊りして騒いだ。が、〝怒り上戸〟や〝泣き上戸〟は一人も出なかった。

やがて二十一時、艦内スピーカーで副長の令が放送された。

「今日はたいへん愉快であった。よろしい、もうこれでヤメヨ」

すると、いままであんなに騒ぎ、歌いくるっていた艦内は、この瞬間にピタリとやんで、もとの静けさにもどったのであった。

私は、ひとりで甲板に出ていった。

春の夜空はよく晴れて、今宵もまた、変わらぬ星がまたたいている。酒にほてる頰面を撫でるように気持よく海風が吹いて通り、甲冑を思わせるような艦橋が、ドッシリと夜空にそびえ立ち、左右に出された二十一号電探が、さかんに動いて敵を警戒している。右舷六基の高角砲の砲身も、おなじように角度をそろえて、星空を向いていた。明日か明後日は、この甲板もあの艦橋も、肉塊や肉片、そして鮮血で染められてしまうかもわからないのだ。全身に「ハリ」を持ったこの「ハリネズミ」のような「大和」をめがけて、おそらく飢えた禿鷹のように敵機が来襲してくることであろう。

シブヤン海の「武蔵」のようになってしまうのではなかろうか。

「坪井兵曹じゃないですか」

「………」

ふり向くと、岡山県出身の師徴兵である広岡兵曹が立っていた。

「やあ広岡兵曹。ちょっと酔いをさましていたんだ」

「いい風ですね」

「ここであの空を見ていると、教え子や同僚教師の顔が浮かんでね。大きな星は先生方の顔に、小さな、たくさん光っている星は子どもたちの顔になってね」

「坪井兵曹は何年生を教えていたんですか」

「五年生の元気なやつをね」

「そうですか。子どもっていいですね」

彼、広岡兵曹は、私より少し遅れて「大和」に乗艦してきた温和な人で、生まれながらにして、教師としての素質に恵まれたようなタイプであった。身体は大柄であったが、軍隊という特別な世界には、なかなか馴染めないので、苦労していたように見受けられた。

「広岡兵曹のような方なら、子供たちに慕われただろうな」

「一年間の経験だったから自信ないんですけど、ただ、私は子供たちが好きですね」

彼も星を見上げながらいった。世が世であれば、同じ教育畑を歩んでいた二人であった。


思うことの何分の一も語り合えぬまま、砲塔にもどった。

「酒保開け」が終了したあと、燃料搭載作業が指示にしたがい、夜を徹してつづけられた。この作業と併行して、病人、戦闘配置に不慣れな補充兵、それに乗艦まもない少尉候補生が退艦していった。出撃を前にして、艦を離れてゆくこれらの人たちは、どんな心境であったろうか。


四月六日、午前中は配置に待機して、それぞれの受け持ち兵器の各部の点検を綿密に行なった。大事をむかえてから、つまらないミスのために奉公できないことになっては申し訳ないと、徹底的に磨き、注油もして、動きの状態をたしかめたのである。

それが終わると、手あきになった者から、自由に家族や友人への最後の便りを書いてよいことになった。なかには、爪や頭髪を切って、手紙の中に入れ、戦死のさいは、故郷の墓地に埋めてもらえるように手配する者も多かった。手紙は午前十時までに提出するようにとの指示であった。

私も故郷の両親あてに、簡単な便りをしたためて送った。そして、頭髪を切りとって白紙につつみ、歌一首を添えて、それとなく死地に赴く心境を伝えた。

身はたとい　南海(みなみ)の果てに　水漬(みづ)くとも
永久(とわ)に護らん　産土(うぶすな)の祖国(くに)

平次二十二歳記

生還後、一番さきにこの手紙をさがしたが、とどかなかったのか、あるいは焼き捨てられたのか、ついに見つけ出すことができなかった。

さて、十六時四十五分、「大和」は、決死の覚悟を胸に秘めた三千三百三十二名の将兵を乗せて、泊地を後にした。いま、出撃する「大和」の勇姿。おりから、満開の桜花が、そこかしこに点在する島々から、われわれの出撃を見送ってくれた。

われわれは、「神風特攻隊」と書かれた白い鉢巻をキリリとしめて、重大なときにのぞんで悔いを後世に残さないように、さらに配置各部の点検と、各自の任務についてもう一度たしかめ合った。

出撃の艦は、つぎのとおりであった。

旗艦＝戦艦「大和」、巡洋艦「矢矧（やはぎ）」、駆逐艦「冬月」「雪風」「涼月」「磯風」「浜風」「朝霜」「初霜」「霞」。

夕食のあと、当直の者以外は前甲板に集合して、能村副長より最後の訓示をうける。訓示につづいて、総員、皇居の方角に向かって遙拝する。それから、「君が代」の斉唱があったあと、万歳の三唱が行なわれた。すべて、能村副長の号令で行なわれたのである。

戦闘服に凛々（りり）しく身をかためたわれわれは、夕闇せまる甲板上に、しばらく立ちつくし、両手を高く挙げて、ちぎれんばかりに振っては、祖国の土に、見えない父母弟妹に、妻や子に、恋人に、最後の別れを惜しんだ。

陸岸がしだいに艦尾の方向に消えてゆく……。

生きて、ふたたびこの山野を見ることができるだろうか。それぞれ自分の故郷と思う方角に向かって、帽子をとり、心静かに別れを告げる。期せずして、だれからともなく歌がはじまった。

〽さらば祖国よ　栄あれ

はるかにおがむ　宮城（きゅうじょう）の
空にちかった　この決意

〽海ゆかば　水漬く屍
山ゆかば　草むす屍
大君の辺にこそ死なめ
かえりみはせじ

暗くなりかけた海の彼方へ、大合唱となって広がっていくのであった。

「大和」出撃

特別攻撃艦隊は、「矢矧」を先頭にして、「大和」をしんがりに、一列縦隊となって内海西部、三田尻沖から九州佐賀関半島と四国佐多岬の間の速水瀬戸（はやすい）（豊子海峡（ぶんよ））をぬけて、豊後水道の水路をめざして航進をはじめた。
私たちのように、高角砲塔内にいる者には、周囲の事情はなにもわからないが、水道は屈折した狭い水路であり、「大和」のような巨艦の操艦の苦労は、なみたいていではないだろう。そのうえ、敵の敷設した機雷にたいする用心もしなければならない。

レイテ沖海戦のさいに、シブヤン海で、僚艦「武蔵」を失いながら、東にぬけて外洋に出るとき、サンベルナルジノ海峡を一列縦隊でぬけたことがあったが、そのときと、なにか相似た水路のように思え、前途多難をいまさらのように感じるのであった。

豊後水道を出ると、こんどは敵潜水艦にたいする極度の警戒が必要であった。このころになると、日本の近海においても、制海制空権はすでに敵の手中にわたっていた。

私たち砲員は戦闘配置についたまま、いつでも敵襲に即応できるように態勢をととのえて待機していた。九州の東海岸にそって南下をつづける艦内の部署配置にあって、見えない敵にたいする闘争心と不安からくる極度の緊張感が、私たちをすっぽりとつつんでいた。

見張員やレーダー関係の兵員が、全神経を集中しての監視態勢に入っていることは、いうまでもない。張りつめた艦橋の空気が、しぜんと私たちの配置にまで伝わってくるのであった。敵潜水艦を警戒し、あるいは機雷をさけるため、艦隊はときおり、方向を変えながら進む。いわゆる「之字運動」をくりかえし、針路をボカして南下をつづけているようである。

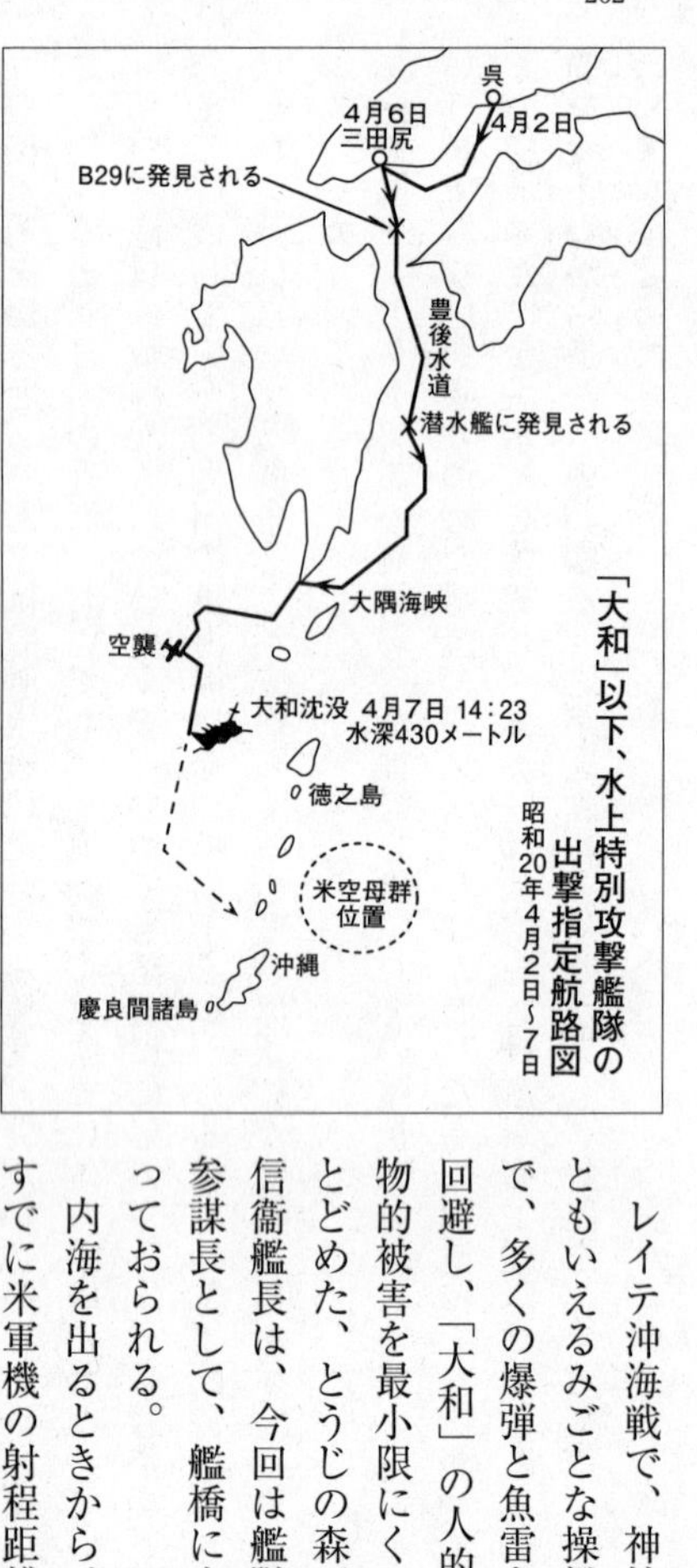

「大和」以下、水上特別攻撃艦隊の出撃指定航路図
昭和20年4月2日～7日

レイテ沖海戦で、神技ともいえるみごとな操艦で、多くの爆弾と魚雷を回避し、「大和」の人的、物的被害を最小限にくいとどめた、とうじの森下信衛艦長は、今回は艦隊参謀長として、艦橋に立っておられる。

内海を出るときから、すでに米軍機の射程距離外偵察触接を受けており、おそらく、わが艦隊の針路や速力、兵力などが、すでに詳細にわたり報告されていることは確実であろうと思われた。

夜半ごろであったろうか、「敵潜水艦らしきもの発見」の情報があって、「スワッ会敵か」と、一時、騒然となったこともあったが、その後なにごともなく、ふたたび静かな航進状態にもどった。

「艦内哨戒第二配備」つづいて「警戒通路を開け」という艦内放送があった。二直配置の警戒配備となって、いままでの緊張感から解放され、ほっとした気持になり、休息に入った。このとき、主計科の心づくしの夜食が配給された。配食罐の中味は甘い汁粉(しるこ)であり、遠くふるさとのおふくろを思い出す、なつかしい味の夜食であった。

「第二配備」というのは、総員を半分に分けて、第一直と第二直として、第一直の当直員を「甲直哨兵」、第二直の当直員を「乙直哨兵」と呼んで、甲直、乙直が交代して警戒に当たるのであった。

「警戒通路を開け」というのはつぎのようであった。ひとたび戦闘状態に入ってしまうと、艦内いっさいの通路は、すべて厳密に閉鎖されて、水一滴、煙一条も通さない状態となり、なによりも防災防水のそなえが優先されて、兵員の通路はまったく閉(と)ざされてしまうのである。そこで、警戒を少し解いた場合には、

「通路開け」といって、最小限必要な通路のみ、扉や蓋を開いて通行を許可するのである。扉は水平歩行の通路にあり、蓋は上下、すなわち垂直通行の階段や通路に取りつけられている。

敵の後方司令部は、潜水艦や飛行機から送られてくる刻々の情報を集め、明日の艦載機による攻撃の計画を綿密に練っていることであろう。だいたいにおいて、米軍が

これまでとってきた戦闘形式を検討してみると、夜戦は不得手のようであった。夜戦は日本の古来からの伝統的な攻撃方法なのかもしれない。

私たちは、汁粉の夜食に舌つづみをうちながら、

「もっと欲しいなあ」

「おいしいなあ、こいつは」などと、一口一口、じっくり味わったのであった。そして、それぞれの配置についたままで休息をとることにした。

昼間の航行であれば、九州の春の山野の緑を右手に楽しみ、あるいは、行きかう船舶にも逢うことができて、無聊(ぶりょう)をすこしでも慰めることもできたことであろうが、隠密航行中の水上特攻隊の身だから、黒い闇のベールで覆いかくされた日向灘を、灯火管制で南進中なのである。

配置についたまま仮眠をとっている二十歳前後の戦友たち。死を間近にひかえた顔とは思えぬ、平素と変わらない安らかな表情を見せて眠っている。

なんのために、だれのために、命を賭けてまで修羅(しゅら)の場に赴かなければならないのだろうか。それぞれが持っている無限の可能性を踏みにじっていく、戦争という魔神の足である。不惜身命は、果たして、ひとりひとり真実の心なのだろうか。闇の中に身を置いて、私の思考は、ひとりかけめぐるのであった。

砲側周囲に目をやると、揚弾されてきたすべての砲弾の弾頭部には、ピカピカ光るまあたらしい信管が取りつけられており、整然と一列に立てて、ベルトでしっかりと壁に固定されている。対空戦闘準備は完了していた。あの信管に、私のこの手によって、秒時を記憶させて、敵機を落とさねばならないのだと思うと、責任の重大さを感じ、眠ろうとしても眼が冴えてくるばかりであった。快調に進撃をつづける「大和」の機関の響きが、静かに目を閉じた私の胸の鼓動と重なり合っていた。過ぎ去った幼き日の想い出やできごとを、アルバムのページをめくるように、回想していた。

山深い五郷村で、農家の二男坊として生を享け、牛好き、山好きの父のうしろ姿を見ながら育ち、小学校上級生のころには、田んぼの稲づくり作業や、奥山から冬の薪はこびの手伝いやらをよくやってきた。飲料用の水は、家のちかくを流れる大丈川からくんでくるのであったが、天秤棒を肩に、水桶を前後にぶらさげて家まではこぶのも、毎日の受け持ちであった。とくに、木製の大きな風呂桶に水を満たすのが大変だった。子どもであった私など、九荷も十荷（一回運んで一荷という）もはこばないと、火を焚きつけてよい水量にならなかったものであった。

「平次。フロの水を汲んだか」

牛の飼葉になる藁束を、〝押し切り〟という切断装置で切りながら、母は私にむかって、よくそう催促したものであった。

「これから汲むよ」

「はようせな、おったん帰ってくるぞ」

幼少年時代の私は、父のことを「おったん」と呼んでいた。

そのおったんは、鮎獲り技術はさほどうまくはなかったが、獲りに出かけること自体は、めっぽう好きであった。知り合いのグループで、下流の北山川までよく出かけていた。私も夏休みがくると、鮎獲りにゆく父たちのあとにくっついていった。大人たちにまじって、見よう見まねで水鏡という箱目鏡で鮎を追う実戦を重ねているうちに、すこしずつ技術も上達してゆくようであった。

父の実弟になる叔父は、村一番の鮎獲りの名人であり、つねにグループのリーダーでもあった。彼のことを、私たち兄弟も母も、「隠居のおいさま（お兄さまの意）」と呼んでいたが、漁場につくと、私はなるべく、そのそばからはなれず、鮎獲りの技術を学んだのをおぼえている。

竹の皮をつかって編んだ魚籠を一杯にして家に帰る途中、明日はどこへ獲りに行くのかなあなどと考えながら、八キロも十キロもある山道を登り降りして、父たちに遅れないようにふうふういいながらいそいだものであった。

大きな自然のふところのなかで、父や叔父たちといっしょに鮎獲りなどに興じた夏の想い出が、いま出撃途中の私の頭の中をめぐり、砲塔内の壁面に父たちの顔が浮かんでくるのであった。

艦隊は都井岬を右に見ながら、大隅半島南端の佐多岬と種子島の間、大隅海峡にさしかかった。四月初旬は、ちょうど「菜種梅雨（づゆ）」の時期で、雨や雲が多いときである。このあいだのレイテ沖海戦でも、垂（た）れこめた暗雲とスコールの壁に邪魔されて、敵機動艦隊を撃ちそこねたのであったが、いままた、そのときのにがい記憶がよみがえるのであった。「神よ、われらに力をあたえたまえ」「雨雲のない海上で思い切り撃ちたい」と祈るうちに、私はいつか眠りに落ちていた。

四月七日の朝をむかえた。暗雲が低くたれこめ、波浪のうねりも高い。雲は、あくまで厚く、艦隊が敵機を早期に捕捉して攻撃するのには、まったく条件がよくない状態であった。

艦隊同士の砲戦とちがって、上空から来襲する艦上機との決戦が予想されている今回の特攻出撃であるから、厚い雲の壁は、ただただ、うらめしい。世界に誇る四十六センチ巨砲をそなえていても、使えなかったら無にひとしいではないか。せっかくの対空三式弾が、その威力を充分に発揮できないではないか。最大射程距離四万二千メートルだから、この雨雲さえなければ、四万メートルの彼方にゴマ粒ほどの敵機の姿を発見すると同時に、三式弾で対抗していけば、艦隊上空に一機の敵機も寄せつけることなく、予定どおり目的地にゆきつけるはずである。

三式弾というのは、一発の弾丸のなかに、六千余の焼夷弾がつまっており、空中で炸裂すると、この弾子が飛散し、長さ千メートル、幅四百メートルの円錐形に拡がって、そのなかに入った敵機をすべて粉砕する威力を秘めた弾丸であった。特攻出撃に当たり、「大和」には、この弾丸が、一砲塔に九十発ずつ、合計二百七十発が搭載されているといわれていた。しかし、その反面、自分の腹中に爆弾を抱いているのとおなじで、戦闘開始となれば、これほど危険なことはない。両刃(もろば)の剣であった。

午前六時半ごろ、搭載していた飛行機一機を、カタパルトより発進させる作業があった。機は翼(つばさ)をふって別れを告げ、北方をさして消えていった。一機でも貴重なとき、いつまでも搭載しておいて、戦闘の犠牲にしては大変である、という艦長のはからいであったろうか。ぶじ、基地に着陸してくれることを祈ったのである。

午前七時すぎだったろうか、大隅海峡をぬけて、雲が低く、視界がきわめて不良な東シナ海に入った。輸送船一隻とすれちがうと、さかんに信号を送ってくれていたが、「健闘を祈る」とでもいってくれているのだろうか。しだいに小さくなり、遠ざかっていったが、白い航跡が後ろに一筋、帯のように引かれていたのが印象に残る。

午前八時十五分、ついに三機の敵機に発見されたらしいという情報が入り、各配置とも、いっそう警戒を厳重にする。

「さあ、いよいよ来たか」

すでに覚悟を決めていても、現実となって刻々とせまってくると、やはり特別な心境になってしまう。人間だからであろうか。いや、そうじゃない。野犬でも野犬狩りの車がちかづくと、身の危険を察知して、一匹も姿を見せなくなってしまうのだ。自己の生命を護(まも)るために、神は生きとし生ける者すべてに、危険予知の本能をあたえてくれているのであろう。

沖縄の敵艦船群への突入を前にしながら、征途なかばにして、決戦のときをむかえる可能性がしだいに濃厚となってきたようである。

このとき、不運にも駆逐艦「朝霜」が機関に故障を生じ、隊列から落伍してしまった。敵機の攻撃圏内で、故障して漂流する艦船の末路はどうなるか。おそらく蝟集(いしゅう)する敵艦上機の好餌となることはまちがいなかろう。艦長以下、乗り組み将兵の心中を思って、切歯扼腕するもいたし方がない。なんとか、死中に活路を開いてくれるよう祈ったのであるが、その後どうなったことだろう。

どうやら、「敵陣内突入」の成功は、無理な望みになってきた感が強くなって、どこまで敵陣に接近できるかが課題となってきたようである。嵐の前の静けさというのか、識らず知らずのうちに、脂汗がベットリと両手のてのひらににじんできた。

接敵するまでに、腹ごしらえをせよというのか、十二時まえに昼食がとどけられてきた。一人あたり握り飯三個とタクアンふた切れ、それに罐詰の牛肉ひと切れであったと思う。これが「大和」における最後の食事になるということを、誰がわかっていたであろうか……。三千三百三十二名の戦闘員にもれなくとどくように、細心の注意と、まごころをこめてつくってくれた主計科のかげの苦労に感謝の心をいだきながら、口にはこんだのであった。

八時すぎに三機の敵機に接触されてから、すでに四時間ちかくが経過してしまった。「いまくるか、もうくるか」と胸の高鳴る興奮を覚えながら、どうやら午前中はことなく過ぎたようである。

「午前中はどうやら弾丸もいらなかったな」

「こう緊張ばかりじゃかなわんよ」

「どうせ来るんなら、はやく来ればいいんだ」

「雲が邪魔してつらいな」

「シブヤン海の『武蔵』の二の舞いみたいだぞ」

「援護機はないからダルマさんだよな」

「どうせ本艦（『大和』）に集中するぞ」

「そうだろう。ねらうは本艦だろうな」

「うん懸賞金がついているんじゃないか」

「とにかく撃ちまくってやるだけじゃ」

それぞれ配置についたままであるが、思い思いの話をして、ときを待つ。なにかをしゃべっている方が、気持が落ちつくのである。静かにしていると、かえって恐ろしいような気持に襲われてしまうのであった。

しかし、このころ、すでにわれわれの上空、厚い雨雲の上には、敵艦上機の大群がしのび寄っていて、いまにも攻撃にかかろうとしていたのであったが、神ならぬ身、なにも知らずにいたのである。「身を鴻毛(こうもう)の軽きにおいて、お国のために滅私奉公する」ことを最高の道として教え育てられてきた私たちであるから、いまここで死を前にして、何も思うこともないし、何もいうこともない。静かに死のときを待つだけであった。

海軍では、自己の配置を死守することがもっとも大切で、ひとりひとりが、あたえられた任務を完全に遂行することによって、艦全体の機能が発揮される。だから、上は艦長から下は一水兵にいたるまで、あたえられた配置の任務をまっとうしなければならない。そのことによって艦をまもり、ひいては、おたがいの生命をまもりあうことにつながっていったのであった。階級には差があっても、配置は、みな同じ重さをあたえられているという考え方でもあった。

主砲弾一千百七十発、副砲弾一千六百三十発、高角砲弾一万三千五百発、機銃弾百五十万発を搭載して、沖縄をめざす動く要塞「大和」であるが、果たして、その威力と効果を、思う存分に発揮できるであろうか。

敵機の乱舞

四月七日十二時十五分、ついに戦いのときが訪れたのであった。

「対空戦闘、配置につけ!」

戦闘準備の命令が艦内にひびきわたった。

「大和」の将兵三千三百余名は、総員配置についた。艦も急速に増速して、機関の音がいちだんと高くなった。ついに、敵艦載機大群の第一波の来襲をむかえたのであった。

自分の配置で兵器各部の点検と、そして完全戦闘服装の各部の紐類をもう一度しめなおして、「撃ち方はじめ」の下命を、いまか今かと待っていた。雲はやはり低い。無念である。

戦闘服装は、つぎのとおりであった。戦闘帽をアゴ紐でしめ、上衣には左胸に白布をつけて姓名、血液型、階級などが書き入れられてある。上衣の裾をズボンの中に入れてベルトで締め、両方の袖口を細紐で強くしめる。これらの処置は、有毒ガスや熱気が侵入して皮膚をいためたり、万一、沈没しても、冷たい海水が急激に入って、肉体を過度に冷やさないための用心でもあった。ズボンも脚絆で裾をしめて、靴下を二足かさねてはき、軍靴の紐を平常よりつよく締める。もちろん、ガスマスクも用意して、万一にそなえた。

「敵機め、とうとうきたか」

「こしゃくなやつ、いまに見ておれ！」

「くるなら、こい！」

「いざ、闘わん！」

意気いよいよさかんな五番高角砲塔内であったが、十二時三十五分、

「敵機上空、突っ込んでくる！」

見張員の叫ぶ声がひびく。雨雲がおおう九州南方洋上において、米機動部隊の艦上機と熾烈な戦闘の火蓋が、ついに切られたのであった。

「撃ち方はじめ！」

有賀艦長の戦闘宣言であった。

「ダッダッダッダッ……」

この令を待ちかねていたように、先頭を切って機銃群の火線がいっせいに火を吐いた。負けてなるものか、遅れてなるものかと、高角砲群もこれにつづいた。つい、さきほどまでは静かな春の海であったが、一瞬にして、轟音と硝煙が渦巻き、爆弾の落下による大水柱が林立する修羅の場と化したのであった。

「大和」の両舷の対空火器から撃ち出される弾丸は、逆さスコールのように、あるいは火スダレとなって、艦隊上空に乱舞する敵機群に向かって吹き上がっていくのであった。雨雲に邪魔されて、巨砲の咆哮は、まったく聞くことができない。高角砲と機銃の射撃が主となって、敵機の襲撃に応戦した。

敵空母群から発進された敵機群は、爆撃機としてはカーチスSB2Cヘルダイバーなど、雷撃機としてはグラマンTBFアベンジャーなどで、さらに戦闘機もくわわっている。

グラマンTBFアベンジャー攻撃機（写真）の空襲により、不沈艦「大和」も14本の魚雷を受けて、ついに海底に没した。

「ダァーン、ダァーン」
「ピューン、ピューン」
「ドォーン、ドォーン」
「ピュンッ、ピュンッ、ピュンッ」

敵機は急降下で爆撃、銃撃、雷撃を交互におこなってくる。至近弾は艦の前後左右に無数の水柱の林をつくる。「大和」は、その水柱のあいだを駆けぬけ、転舵しながら命中をさける。滝のような水が、甲板に容赦なく叩きつけてものすごい。レイテ海への突入に先立ってシブヤン海の戦闘を経験したが、ふと、あのときの光景を回想した。そして、しだいに恐怖の心が薄れて、異常な心境に変わっていくのをおぼえた。

三番、四番砲員が懸命に、つぎつぎと弾丸を搬送して、二番砲員にわたしている。

「いいぞ。その調子でがんばれ」と心に祈った。

一発二十三キロの高角砲弾が、敵機をもとめて撃ち出されていく。

「ダァーン、ダァーン」

空薬莢を後部にはね飛ばしながら、勢いよく射出されていく。「命中してくれよ」と心に祈る。

「ガチャーン、ガチャーン、ガラガラーン」

砲塔下の空間に、空薬莢が転がり落ちて音をあげ、騒々しい。

「敵機よ、墜ちろ!」

のろうような、祈るような気持で信管を切る。隣りの十一番高角砲塔も、休みなく撃ちつづけてくれるので心強かった。

「十一番砲。ともに闘おうぜ、たのむぞ」心中に叫びつづけ、祈りつづけるのであった。

敵機は、獲物をねらって舞い降りてくる鷲か、禿鷲のように、交互に艦上の火器や指揮所をねらって撃ってくるのだ。火勢を弱めてから、爆撃をやろうと企んでいるのであろう。

航空眼鏡をかけた、トンガリ鼻をした赤い顔が、はっきり見えるところまで突っ込んできては、艦スレスレにものすごい爆音を残して、反転上昇して雲の中に消えていくのである。

「クソッ、この野郎！」と思う間もなく、また、つぎの機体が襲ってくる。

それにしても、米兵の勇敢な攻撃ぶりは、まことに敵ながらあっぱれであった。前にも感心したが、悲壮な戦闘というより、命知らずのスポーツショーでもやっているみたいな、そんな表情を彼らに感じたのである。

「やるな、こん畜生！」

「こんどきたら、撃ち墜としてやるぞ」

「ああ、ピストルでもあったら撃ってやるのに、残念だなあ」と思うくらいに近くまで突っ込んでくるのだ。

「大和」は、おびただしく投下される爆弾や走ってくる魚雷を避けるべく、その大きな艦体を右に左に傾けているようである。それこそ、一瞬のゆるみも、躊躇も許されないギリギリの状態がつづいているのであった。

艦の揺れは大きく、射撃は大変である。甲板で頑張っている機銃群の戦闘員は、さぞかし苦労しているのであろう。おそらく、必死の形相で、憑かれたように撃ちつづけているのであろう。

「グヮシーン、ドドォーン」

十二時四十分ごろか、腸の中までこたえる衝撃を、艦の後部に受けた。おそらく直撃爆弾であろう。キナ臭い匂いと赤茶色の煙が、砲塔の後部空間に流れ込んできた。

「心配するな、大丈夫じゃ」

「みんな、ひるむでないぞ」

だれかが大きな声をあげて叫んでいるが、弾丸の発射音にかき消されてしまう。手先信号の方がはやく通じそうである。

手先信号というのは手話のように、手や指で合図し合うのである。「上甲板」を表現するときは、右手の指をそろえて伸ばし、親指を額にあてるし、「中甲板」なら胸、「下甲板」ならヘソのあたりに当ててしめす。「防毒面をつけろ」というときは、右手のてのひらを口と鼻にあて、左手をアゴから下へダラリとさせて、ホースをしめす。「負傷者あり」というときには、前とか後の場所を指でしめして、右手を耳のあたりにあてて、枕をして寝ている格好をする。「急げ」は両手を腰にして、駆けあしの動作でしめす。

これらの手先信号は、戦闘中の艦内では、どうしても必要であった。耳をやられ、ノドをやられてしまうので、通信は目の前にいる相手にも手先信号を使うのであった。細かく揺れ動いている信管指針を見すえ、手にベットリと脂汗をかきながら懸命に針を合わせる。全神経を一点に集中しての作業で、まわりのようすにかまっておれない。

いまのところ、さいわいに五番砲塔内の全員は、元気いっぱいで戦闘を継続中で、弾丸もきわめて快調に砲口をはなれて飛んでいく。

「撃て！　撃て！　撃ちまくれ！　弾丸の補給をしっかりやれ！」

四番、三番砲員は、荒い息を吐きつつ、中腰の姿勢で小走りに弾丸を運びつづけている。敵弾に殺られる前に、心臓が参ってしまうほどの重労働であった。

「きついだろうが、頼むぞ」

「ガラーン、ガチャーン」

打ちがら薬莢が勢いよく後方にはねている。

「グォワーン」

突然、にぶいイヤな音がとどろいたかと思うと、艦全体が、ブルブルとふるえるのを感じた。どうも反対舷の方向に魚雷を受けたようである。そういえば、十八年十二月二十四日の夜、トラック島に入港する直前に受けたあの魚雷攻撃のときのショックと同じだと思い出した。とうとう魚雷を受けてしまったのか。

十二時五十分ごろだろうか。執拗な艦上機群の第一波の攻撃がやっと終わった。ホッとひと安心する。敵機は津波の引き潮のように、厚い雲の中にかくれていった。

「さあ、つぎにそなえろ」

だれかが叫んだ。

地獄の様相

二百機を越すという大群によって、第一波の攻撃をうけ、魚雷を左舷に一発と、爆弾を後部電探室の付近に二発くらってしまった。そのため、電探室に勤務していた全員が散華したということであった。一瞬のうちに一片の肉塊も一滴の血も残さずに、戦死していった状況を耳にして、そのすさまじさに身の毛がよだつ思いであった。散華というのは、もともと仏教の言葉で、僧侶が蓮花を形どった紙片を道に散らしながら行列、読経して歩くことをいうらしい。蓮の花片のごとく散っていく状況をいうのであろうか。海軍で花のように散るというときは、桜の花を連想したものである。

爆弾による弾片や破片が四方八方に飛散し、その破片などにうたれ、たたかれて、手足がちぎれ飛び、頭を割られたり、首が切られたり、あるいは強烈な爆風をもろにうけて身体を鉄壁にたたきつけられ、目玉が飛び出したり、頭がつぶれたりで、死者や重傷者が続出したという。目も当てられない惨状だったろう。

艦橋付近も機銃弾でねらわれて、死傷者が多数出ているという情報も入ってきた。艦橋の配置では、私と同じ三重県近在の井戸出身、谷口亀三上水も奮闘しているはずである。温厚な人で、日ごろは大きな声でモノをいわなかった谷口上水であったが、どうか、ぶじでいて欲しいと祈らないではおられなかった。

谷口亀三二等兵曹（写真は水兵時代）は、戦闘時、もっとも危険な艦橋勤務であった。

前にも書いたように、敵機のやり方は、まず機銃弾を要所要所に撃ち込んで中枢機能を破壊し、指揮系統をマヒさせようと狙っているにちがいないのだ。たしか、シブヤン海の激闘のときも、そうであったように思う。だから、射撃指揮所のある艦橋がまず攻撃されるのである。

私たちは、つぎにくるであろう襲撃に

昭和20年4月7日「大和」被害状況

攻撃	時刻	機数	被害
攻　撃 第一波	12：35 12：50	260機	左舷魚雷　1 後部爆弾　2 兵員戦死　多数
第二波	13：18 13：34	120機	左舷魚雷 3 高角砲員 } 1 戦死 機 銃 員 } 4 左へ傾斜　8度
第三波	13：35 〜	150機	右舷魚雷　1 左舷魚雷　3 爆　　弾　多数 兵員戦死　多数 左へ傾斜　15度 速　　力　18ノット
第四波	14：07 〜	150機	右舷魚雷　5 爆　　弾　15 左へ傾斜　18度 速　　力　7ノット 左旋回をはじめる
第五波 〜 第八波	14：25	各100機	通信網寸断 左へ傾斜　30度 艦尾舵故障 左旋回となる 左舷魚雷　1 左へ傾斜　35度 90度まで傾いて爆沈する 沈没＝徳之島の北方200カイリ、水深430メートル

米軍発表による資料から。使用した航空魚雷200発。
爆弾＝大型100発。小型200発

そなえて砲塔内の整理を全員であわただしく行なった。散乱している打ちがら薬莢を邪魔にならない場所へうつしたり、新しく砲弾を揚げて信管を取りつけたり、それぞれ手分けして手ぎわよく進めていった。

敵機が投下した爆弾は数十発もあったらしいが、その中で命中弾は、わずかに二発であった。十秒ごとに撃ち出す私たちの高角砲弾も、むなしく消えていく方が多いのであるが、敵機の落とす爆弾や魚雷も、なかなか命中しないものである。おたがいに、ものすごいスピードで動きまわっているからであり、それだけ「大和」が回避転舵の妙を発揮しているということだろう。百発百中とはよく聞く表現であったが、実際、経験してみて、彼我ともになかなか言葉どおりにいかないことがわかった。

僚艦の「矢矧」も、集中猛攻をうけて瀕死の深傷をおいながらも、死闘を続行中であるとか、駆逐艦群は、つぎつぎと魚雷、爆弾にやられて、沈没してしまったとかいった最悪の情報が入ってきて、重苦しい空気が漂う。「矢矧」や駆逐艦が苦闘しているころ、「大和」も直撃弾や至近弾、それにくわえて魚雷や銃撃を受けて、艦体各所や兵器に、甚大な損害を受けていたわけである。

十三時十八分、第二波の来襲が告げられた。艦隊を遠巻きにするようにして接近し、攻撃にうつってくる。第一波で味方機が撃墜されたためであろう。スピードをあげて一直線に突っ込んでくると、魚雷を投下し、反転上昇していくのである。艦が転舵し、回避運動をするために動揺が大きく、射撃がむつかしい状態になる。第一波の攻撃で、僚艦が沈められたり深傷をこうむったりして、敵の攻撃目標は、しだいに「大和」一艦にしぼられてきたようであった。

左舷を中心に、銃撃と雷撃を敢行してくる。機銃群の被害は大きく、撃ち出す弾丸も衰えを見せていく。そこを再度ねらって攻撃してくる。左舷から右舷からと、艦橋中枢部へ突っ込む。それこそタテ、ヨコ十文字に群れとぶ飛燕のように襲ってきては銃撃をくりかえすのである。

空中で炸裂してできた弾痕の黒い雲をくぐりぬけては、突っ込んでくる敵機であった。こうなったら、一機だけをねらっていては、とても駄目で、無数に弾丸を撃ちあげて艦体周辺に弾壁をつくり、敵機が侵入できないように妨害するしかないようであった。

あいかわらず雲が低く、突然、雲の中から突入してくる敵機への対応が思うようにいかないので、残念でたまらない。

「アッ、星のマークが」と思ったときには、機銃弾を撃ちながら反転上昇して、雲間にかくれていくのである。

「ああ、しゃくにさわる」

「くそヤロー」

全身に思わず力がはいり、痛くなるほど歯を食いしばって弾丸を撃った。少しでも

左舷に攻撃を集中された「大和」は左に傾きはじめた。左舷側には白く至近弾の水柱。また煙突右側には著者らが奮戦中の五番高角砲塔が見える。

上空が明るくなってくれたら、こんなに苦戦をしなくてもいいのに、歯がゆい思いであった。「大和」のような巨体は、こんなときは、かえって敵のあつらえ向きの目標になっているのであろう。

魚雷を受けて苦闘中であった軽巡洋艦「矢矧」が、ついに沈没してしまったという。無念というほか、言葉もない。

艦船を屠る(ほふ)のは、すでに艦船ではなくなったのだ。航空機の時代が到来したことを世界にしめしたのは、だれであろうか、日本である。真珠湾奇襲攻撃における飛行機の活躍、マレー沖海戦においてプリンス・オブ・ウェールズ、レパルスの二大英戦艦を沈めたのも、また飛行機であった。それがいま、日本海軍の至宝である「大和」が、米艦上機の攻撃にさらされながら、一機の掩護機も持たず、死闘をつづけなければならない。なんという皮肉、運命のいたずらであろうか。

「キューン、キューン」

空気を引き裂く音とともに、敵機の銃弾があたりに飛びかう。艦橋付近や、前後部の甲板が、爆弾と銃弾で徹底的に破壊されているようである。命中弾のたびに、耳を聾するような轟音がドロローンと遠雷のようにとどろき、不気味な震動がつたわってくる。

神州不滅と誇りをもっていたのに、ついに、神風は吹く気配もみせず、弾丸の消耗よりも兵員の死傷が多く、反撃の火力は衰えるいっぽうであった。左舷には、魚雷がさらに命中しているようである。

「ズズァーン、ズズォアーン。シャー」

筆舌にはつくしがたいイヤな響きが、そして、衝撃が、何回となく腹腔にまでこたえてくる。敵機はどうやら、左舷に集中して攻撃をくわえているようである。「痛めたところを狙え」という勝負のかけひきか、勝つためのコツであろうか。敵機は右舷の健全な火器を避けるようにして、左舷のみをねらって執拗な攻撃をくりかえす。

左舷の高角砲塔内では、私と同郷の志願兵、十九歳の坂本定春一水が、配置をまもっている。どうか健在でいてくれと願わずにはいられない。一時帰休からの帰途、ともに「南海大震災」に遭い、汽車不通の線路を五十キロも強行軍して、「大和」に帰艦した粘りと根性を思い出して、どうか頑張って欲しい。

直接命中しなくても、砲塔を突き破って飛び込んだ銃弾が、塔壁をつたって、ラセン状に回転しながら暴れ回り、たった一発の銃弾で連鎖的に数名の死傷者を出すことがあるのだ。至近弾の水柱が四十メートル以上もあがって、ものすごい勢いで落下し、甲板に配置する機銃員をたたき伏せ、あるいは海中へ跳(は)ねとばすこともある。

傷ついて、おとろえた配置を狙って、いっそう烈しい攻撃をしかけてくる。しかも、ときをへるにつれ、しだいに大胆となり、至近距離から的確な銃撃や爆撃をくわえてくるので、被害はさらに大きくなっていくのであった。

集中攻撃を受けた左舷の破壊口から浸水したためであろうか、艦がすこし左に傾いたように感じられた。

「おや、左に傾いてきたぞ。左舷の配置は相当やられているな」

「大丈夫かな。もしかしたら、沈むんじゃないかな」

不吉な予感が頭をかすめるのであった。浸水したさいは、反対側にある注水タンクに同量の水を入れてバランスをとるが、それだけ重量がくわわって、艦足(ふなあし)が重くなり、回避転舵の行動がにぶくなって、ますます攻撃を受けやすくなり、ために損害は加速度的に大きくなってくる。

爆弾による火災が発生しはじめた。炎と硝煙が艦内各所に流れ、しだいに焦熱地獄の様相を呈してきた。

私たちの五番砲塔のちかくにも、もうもうと黄茶褐色の煙が充満してきた。キツイ臭いが鼻孔を刺激してくる。ついに、最悪の事態をむかえたわけだ。「もう少しようすを見て、防毒マスクをつけなきゃだめだな」と思う。

至近弾が落下したのか、銃弾にやられたのかわからないが、となりの十一番砲が急に静かになって砲声がしなくなった。

「となりの砲塔はどうした！　だれか見てこい！」

上出班長の凛然(りんぜん)とした声がひびく。

「ハイッ」

四番砲員がのぞきに走る。

「班長、全員戦死しています！」

じつに悲しい内容の報告がかえってきた。

「ナニッ、やられた。そうか」

班長は、それ以上は、なにもいわず、あとは無言のまま敵機の姿を追って照準鏡をのぞくのみであった。

きっと至近弾による爆風をまともに受けてしまったのだろう。さっきのキツイ臭いと猛煙は、その爆弾がもたらしたものだろう。いまだ健在な火器が応戦しつづけているので、周囲は騒然としており、軽爆弾が近くに落下していても感じないのかもわからない。十一番砲塔員十二名は、全員ひと言も残さずに戦死してしまった。一滴の血も残さないで散華してしまっているから、おそらく爆風によるものであろう。あっという間の一瞬の出来事であった。

梅屋栄兵長——機関科兵として水線下の配置であったため班長以下全員とともに戦死。

私たちのすぐ下方に見える甲板の機銃群も、徹底的な攻撃を受けたようである。迎撃のために撃ちつづけている銃身は、過熱し、いつしか赤茶色に焼けただれ、あの黒光りしていたおもかげは、まったくなくなっていた。なかには猛烈な熱気のために、溶けて飴のように折れまがって、連続射撃による苦闘、激闘のあとを如実に物語っているのもある。兵員の死骸がそこかしこに横たわり、肉片が散乱して、眼も当てられない惨状である。甲板は一面に鮮血が散って、赤黒い模様をえがいていた。

「どんな事態になっても、気をたしかに持つんだぞ」

「撃てるうちは撃とうぜ」

「弾丸は隣りからもらえ！」

私たち五番高角砲塔内は、全員、なお健在である。おたがいに配置をまもりあって、臆することなく、射撃を続行している。ありがたい。

「アメ公に負けてたまるか！」

左舷の被害は、かなりひどいものになってきているらしく、高角砲や機銃員の戦死傷者が続出しているという情報が入ってきた。左舷の配置で奮闘しているであろう同郷の戦友、坂本定春一水や大矢伸七一水、谷口亀三上水の安否を気づかうが、激闘のさなかであり、どうすることもできないのがうらめしい。自分が撃たなければ相手に撃たれる。戦友がたおれても介抱もしてやれない。配置を勝手に離れることは絶対に許されない。これが戦争というものなのか。

魚雷命中の破裂口からは、海水が容赦なく滝のようになだれ込んで、水線下に配置された将兵を閉じ込めている。きつく閉じてある防御扉蓋の中で、刻々と水かさを増してきて、ついに水中に没してゆきながら、配置をまもりつづけて殉じていった兵も数多くいたのではなかろうか。

同郷、大井出身の梅屋栄兵長も、機関科兵として水線下の室内に配置をもっているのだが果たしてどうしているだろうか、気がかりだ。

「おれは『大和』が大好きや。おれの好きなのは、『大和』と班長や。だから死ぬときは、『大和』といっしょでいいんだ。『大和』といっしょに死ぬことができたら本望じゃ」

志願して海軍に入り、「大和」に乗り組んでいた梅屋兵長の口癖であったが、親おもい、姉おもいの心やさしい男である。どうかぶじで闘っていてくれと祈った。

第二波の攻撃は猛烈で、どうやら、「大和」に致命的な損害をもたらしたようである。死傷者や兵器の被害は甚大で、各治療室は重傷者でいっぱいであり、浴室は臨時屍体収容所となり、数多くの屍体が運びこまれているという。

左舷の甲板上には、爆撃や銃撃のために、胴体からちぎれ飛んだ手や脚が散乱し、頭だけなくなった胴体も横たわり、甲板は血で染まり、まさに血の池地獄の様相で、目をおおうばかりであるという。

甲板にとどまることができず、爆風のために木の葉のように舞い上がって、海に吹き飛ばされた兵員も多く、至近弾であがった水柱の林が砕け落ちる水にたたかれて、流された者も多いことだろう。

戦争という行為は、こんなにまで悲惨なものなのか。こんな状態に相手を追い込み、殺傷するのが「手柄」であり、「勲章」ものなのだろうか。あまりのことに、背筋の血が冷えてくるのを覚えた。

悔いはない

第二波が去って、ホッとする暇もなく、つづいて第三波の来襲が告げられた。

「撃ち方はじめ！」

なお健在な高角砲、機銃が応戦の火を吐きつづけている。「大和」がだいぶ弱ってきたとみてとったのか、米機の攻撃は、いっそう激しさを増してくる。ようやくいまになって、雲の切れ目があらわれてきたが、ときすでにおそい。わが方の損害は甚大で、ほとんどもう主砲や副砲が撃てる状態ではない。わずかに右舷の火器だけが健在であった。弾丸に不足はないが、兵員と火器が足りなくなってしまったのである。

浸水と注水のために艦体の重量が極度に増え、艦足がさらに遅くなってしまった。これは致命的であった。敵機は、動きの鈍くなった「大和」に、ここを先途と集中攻撃をくわえてくる。沈没を確認するまで、手をゆるめないつもりなのであろう。

左に傾き、半分は海中に身を沈めながら、「大和」は、なお全力を振りしぼって、下命に忠実に南進をつづけ、沖縄を目ざそうとしていたのであるが、敵機は、あいかわらず傷ついた左舷ばかりをねらい撃ち、猛攻の手を休めない。残存している全火器をつかって応戦するのだが、もはや敵の魔手に翻弄されるままの状態となってきた。最後のときが無意識のうちに感じられるようになってきた。

魚雷が左舷に命中しつづけている。いままでとちがって、衝撃の音が身体に直接こたえるようになってきた。その衝撃が、しだいに多くなってくる。「ドン、ドン」と跳ねあげられるように、突きあげられるように伝わってくるのである。

もしかすると、わが「大和」も、さきにシブヤン海に沈んだ僚艦「武蔵」のようになるのではなかろうか。覚悟はしていたけれど、いま現実のこととして、死の世界が刻々、身に迫ってくると、なんともいえない気持であった。

艦の傾斜がさらにくわわってくると、速力も眼に見えて低下した。艦橋をはじめ、各砲戦指揮所がめちゃくちゃに破壊されてしまったうえ、指揮官を失ってしまい、砲側照準射撃にかわった。

「こりゃ、大丈夫かな」

「傾きがだいぶ、ひどくなったな」

「弾丸が倒れないよう、バンドをしっかり締めておけよ」

「信管、大丈夫か」

「打ちがら薬莢に打たれないように注意しろ」

思いおもいに言葉をかわしながら、たがいの健在を確認しあう。このころ、私たち五番砲塔員は、みんな健在であった。

傾斜はますますくわわってくる。艦の安否を気にしながら、配置をまもり、射撃をつづけていた。入る情報では、左舷の高角砲と機銃は、ほとんど全滅にちかい状態らしい。

だがしかし、われわれの配置も、いつまで安全でいられるか、きわめて疑問である。このまま傾斜がくわわってくると、高角砲の射撃が不可能になってしまう心配がでてくる。注水タンクがすべて満たされてしまうと、つぎの手段として、兵員が勤務している罐室や機械室に、やむなく注水がおこなわれる。もちろん注水予告があるが、三分間ほどのあいだに配置を離れて脱出しなければならない。九死に一生の海軍では、十パーセントの活路をあたえてくれる。

「グォーン、グォーン」

魚雷の命中は相変わらず左舷に集中している。一発また一発、そのショックが身体に伝わってくるのでよくわかる。もはや、どうすることもできない事態となってしまった。

第三波の敵機が、ようやく去っていった。しかし、艦の方は、傾斜度をジワジワとくわえて、速力はさらに低下してしまった。だんだん不安がつのってくる。

通信網もズタズタに切断され、破壊されてしまったらしい。連絡が途絶えがちになってきた。これでは自分のおかれた状況をきくことができないし、知ることもできない。これほど不気味で不安なことはない。

左舷の損害はきわめて大きい。戦闘能力もほとんどなくなってしまったようである。「大和」に、ついに終焉が訪れたのだろうか。予想した特攻出撃ではあったが、あまりにも早すぎた。もっと敵陣に斬り込んで、本懐を遂げたかった。われわれ乗り組みの者は、みんな心を一つにしてよく戦いつづけたのであるが、雲は低く艦上にかぶさって視界をさえぎり、ただ敵機の攻撃に裸身をさらす結果となって、満身に創夷をうけ、実力を充分に発揮することもなく、終焉のときをむかえようとしているのである。左舷に主として魚雷が命中し、直撃弾も数しれず、操舵室にも浸水し、滝つ瀬のような水に、総員が溺死寸前とのことである。十四時七分、第四波がさらに来襲する。

「撃ち方はじめ！」

わずかに健在な火器が、いっせいに火を吐く。私たち五番高角砲は、上出定光班長（射手）の指揮にしたがって、一糸乱れずに、なお懸命に撃ちつづけた。ここまできた以上、弾丸のあるかぎり撃ちつづけなければ気がすまない。しかし、敵機は撃ち上げるわれわれを尻目に、左舷に魚雷と爆弾をなおもたたきこんでくる。にくいかぎりである。

「ナニクソッ、沈められてたまるものか」

私たちは、傾いた砲塔から、なお弾丸を撃ちつづけた。

「ギャーッ」

突然、異様な叫び声が砲尾の方で起こった。

「どうした」

「だれだ」

一瞬、五番砲塔内は緊張した。

「痛イッ、痛イッ。ウワーッ」

だれかわからないが、床にうち倒れ、頭をかかえてのたうっている。見ると、左三番砲員の籠上水である。両手で頭をおさえたその顔は、苦痛で引きつっている。敵弾にやられた気配もない。至近弾も受けていない。それなのに、籠上水ひとりがたおれ、苦しんでいるのは不思議であった。

「どうしたんだ」

「籠上水が、薬莢を頭に受けてしまいました」

「安全な場所へ退避させろ」

「戦闘をつづけるぞ！」

「みんな臆するな」

戦闘熾烈なとき、戦友の傷を診てやれない、介抱もしてやれない。見殺しにする気持はさらさらないが、なんともしてやれない。

（許してくれよ籠！　がんばっていろよ籠！）

籠上水は、どうやら自分の砲を撃ち終わった瞬間、飛びはねてくる薬莢で、側頭部を強打されたようであった。

あれほど注意しあい、警戒していたことが、いま目の前で現実となった。犠牲者第一号が仲間のなかから出たのである。これまで、この作戦において、一人の負傷者、事故者もなく健闘してきた五番砲塔であったが、ついに、事故者を出してしまった。四番砲員が、ただちに三番をかねて、二人分を働くことになる。

応援をたのみたいが、各配置とも、死傷が多く、人員が不足がちなので、なにもうつ手がない。

舵が故障したのか、艦はついに、左へ左へと一方的に旋回をはじめたようである。敵機は、傷ついた左舷をねらって、なおも魚雷を投下する。その魚雷が、艦内ふかくくい込んでは炸裂するのだ。

「グォーン、グォーン」

不気味な震動が身体をゆする。艦体の傾斜はさらにくわわって、砲側に立ててある弾丸の倒伏が心配になってきた。

私たちの高角砲も、しだいに仰角をかけたように天を向いてしまい、射撃が困難な状態となってきた。これ以上傾斜がくわわると、もう駄目になる。

機銃の健在なものだけが、なおも応戦をつづけているが、弾丸はむなしく空に消えていくばかりであった。

敵機の攻撃は、なおもつづく。一発、一発のショックが、ズシーンとわが身にこたえてくるのでよくわかる。

「籠上水は大丈夫か」と、上出班長の心配そうな声がする。

「少し元気を回復したようです」

「それはよかった。休ませておけ」

籠上水の打撲は、軽い脳震盪であったのか、元気を取りもどしてきたらしい。

不沈戦艦として、その名を謳われた「大和」も、ついに姉妹艦「武蔵」と、同じ運命をたどることになるのだろうか。敵艦上機の魚雷と爆弾と銃撃の餌食となって、敵陣地を見ることもできず、無念の最期を遂げるときがきたのか。

私は砲塔内の配置に座ったまま、信管の把手を固く握りしめながら思った。掌中には、ベットリと脂汗がにじんでいる。

艦は、さらに傾斜をくわえてきた。身体が左に倒れるような気がして、ますます、不安が大きくつのるばかりである。

籠上水も、心配で休んでいられなくなったのか、砲側にあがってきているが、青ざめた顔色をしている。

左舷の浸水は、いっそうひどくなり、傾斜は、さらに角度をくわえて、身体も安定をかくようになり、自然と左の方へ倒れかかるようになってきた。

「いよいよ駄目だ。沈みそうだ」と、確信に近い気持をいだくようになってきた。しかし、「退去せよ」の命令はまだない。命令があるまでは、勝手に配置をはなれることはできないのだ。

せっかくの巨砲も、ついに最後まで存分の射撃の機会にもめぐまれず、搭載した弾丸をそのままにして終局を迎えるのか。なんともいいようのない気持に襲われてくる。

主砲や副砲の弾火薬は、搭載量そのままに、ほとんど使われることもなく眠っている。万一、敵の魚雷や爆弾が、それら弾火薬庫に刺激をあたえて、誘爆でも起こそうものなら、それこそ大変である。いかに巨艦「大和」といっても、ひとたまりもない。大爆発を起こし、瞬時にして沈没はまぬがれないだろう。

「ああ、とうとうおしまいか」

「やるだけはやった。悔いはないぞ」

左舷に、さらに魚雷を受ける。いちだんと強いショックが身体につたわってきた。

傾斜は、なにかにつかまっていないと倒れそうな角度にまでなってきた。弾丸の倒伏が、ますます心配になってくる。

第七章　戦艦「大和」死す

総員最上甲板！

白い雷跡が、断末魔の「大和」をねらいうちするたびに、炸裂音が身体にずしんと伝わってくる。私の部署である傾斜した砲塔内からは、外のようすは見えないが、連続して起こっている命中音と、しだいにくわわる傾斜から、艦の沈没は必至であろうと思った。すでに傾斜三十度にちかい。死闘、まさに死闘、力のかぎり闘ってきたが、ついに最悪の場面を覚悟しなければならなくなった。悪い気象条件が重なってしまって、精神力だけではどうすることもできなかったのである。

結果の明白な作戦を強行した不条理にたいするいきどおりが、グッとこみあげてくる。

「大和」の実力を出して欲しかったのに、それもならず、無念の涙が頬を伝うのである。

った。

すでに戦闘能力を失った「大和」にたいして、敵機は執拗な襲撃をつづける。どうやら、「大和」が沈没する最後の瞬間を確認するまで、くりかえして攻撃をしかけるかまえなのだろう。

憎くて、憎くてたまらないが、負け戦さの身であるから、どうすることもできない、護衛の駆逐艦もつぎつぎと沈没していったもようで、健在な艦は、ごくわずかであるらしい。

傾斜はさらにひどくなって、三十五度をこした。どうしようもない。ついに訣別のときがちかづいたようだ。生き残っている兵員は、なお士気さかんであっても、「大和」はすでに任務遂行ができる状態ではないのだ。

艦の傾斜は、だんだん速度をくわえてくる。すでに、三十五度を越しているのだ。

「ザァーッ」

突然、砲塔の窓から海水が流れ込んできた。

「もうだめだ、沈むぞ！」

「よし、こちらへ集まって来い！」

窓から海水が入るようになったからには、もう駄目だ。傾いた砲側を壁につかまりながら、全砲塔員は、出口の方へ集合して避退にそなえた。「大和」が、おれたちの「大和」が沈むのか。

なんともいえない気持になる。戦いに敗れた口惜しさか、「大和」を沈める惜別の情か、わが命の終焉を知る悲しさか、流れおちてくる海水を浴びながら立ちつくす寸秒間、涙が頬をとめどなく流れつたわる。

「総員最上甲板！　総員最上甲板！」

ようやく艦内放送が、総員退去の命令が下されたことを伝える。伝令の声が、沈みかけようとする艦内に響いたのである。沈没が寸秒の後に迫ってきたとき、総員退去の令は下ったのである。

艦も将兵も、ともに最後のときまでよく闘った。戦いぬいて二時間余、なお生き残って配置をまもりつづけていた将兵も、いまようやく配置をはなれて、傾いた「大和」の右艦腹につぎつぎとはいあがってきた。

私たち全員は、砲塔を後にして、ときおり浸入し流れくる海水をかぶりながら、一人また一人と、おたがいの健闘をたたえながら、励ましあい助けあいして、ようやく艦腹に立つことができた。傷を負った籠上水も、脱出に成功し、みんなといっしょだ。

青黒い南海のうねりの中で、「大和」は大きな艦腹を空にさらして、横になろうとしていた。赤い腹が、とくべつ大きく目に映った。過ぐる日、呉の第四ドックで、「高いなあ」と驚嘆して見上げたあの艦腹に、いま私たちは立っているのだ。しかし、脱出できずに、船底ふかく閉じこめられている戦友も多くいるはずなのであった。「総員最上甲板！」を耳にしながら、固く締め閉ざされた防御扉蓋の中では、いかんともすることができないで、課せられた配置を、なお守って苦闘している幾百の戦友たちが、この艦内のどこかにいるにちがいない。

また、あるいは、こんなに大きな艦であるから、魚雷の命中した衝撃を、主砲発射とまちがえて、「主砲よ頑張ってくれ」と叫んでいた者もいたかも知れないのだ。「大和」乗組員として、誇り高く祖国防衛の任務についた三千三百三十二名の将兵は、二時間余にわたる奮闘に力尽き、いまここに、艦とともに南海の底ふかく永久に眠ろうとしている。

すでに艦腹にあがった者たちは、最後のビスケットを分けあったり、恩賜の煙草を吸ったりしていた。灰色の雲の下、波浪高い九州の南で、「大和」の右舷艦腹に立った千人余のものたちの口から、紫煙が空の彼方へと消えていった。死を直前にして吸う煙草のうまさは格別で、「ああうまい」という嘆声が思わず口から出るのであった。十四時二十五分、傾斜はさらに増して、四十度を越した。巨艦「大和」は、静かに枕を北に沈みはじめたのであった。あの甲冑を想起させるような艦橋も、半分以上、海に入り、白い波に洗われている。刻々と沈むわが「大和」――白い波が、猛獣の牙のように艦腹を噛みはじめた。

「バンザーイ」

「バンザーイ」

なにもつかまるものがない艦腹を滑り込むように、万感の思いをこめた叫喚と怒声を残して、一人またひとりと、傾斜きびしい赤い艦腹をすれすれに、青黒い海底めがけて落ちていくのが見える。破壊された兵器や器物の破片などが、音をたてて甲板に残っていた屍体とともに転がり落ちてゆく。

海水が戯れるように、私の足もとまで迫ってきた。私は戦闘服装のままであった。軍靴もそのままつけていた。

二十余歳のわが生命。祖国の楯として、いまここに終焉を告げようとしている。生きたいとも死にたいとも思わない。不思議である。妻も子もいない身軽さからなのだろうか。精いっぱいの闘いをしてきたいま、悔いることもないからなのだろうか。

伊藤整一第二艦隊司令長官は、艦とともに殉ずるため、司令長官公室に入られたまま施錠され、有賀幸作艦長はロープで身体を艦の一部にくくりつけられ、浮上を防い

「大和」が沈没した瞬間――巨大なキノコ雲が帝国海軍の終焉を象徴するかのように見える。有賀艦長以下、多くの乗組員が艦と運命を共にした。

で殉じていかれたという。艦をあずかる艦長としての責を一身に負って、果てていったのであろうか。他にも艦とともに殉じた将校たちが、艦橋にいたという。生還をすすめても聞き入れず、割腹、あるいは、おたがいに身体を縛りあって沈んでいったのであろう。

艦は、急速度に沈下をはじめる。あたかも、グン、グンと節をつけるようにして沈む。四十五度の傾斜、大きな渦となって流れ込む海水の轟々とひびく音。艦の周辺にわき立つ白い波。ああ、われもついに沈むのか。波が迫ってきた。足元にひたひたと寄せてくる冷たい海水。膝まで水があがる。股間まで冷たさを感じてきた。衣服が水分を吸いあげている。飛び込むというより、ズルズルと海の中に滑り込み、潜り込むように引きずり込まれていった。

戦闘服に身体をしっかりつつんでいるのであるが、その服に海水が重く浸み込んできた。腰まで、腹までと、だんだん水に浸る。足が浮きはじめてもう立っていられない。もうこれまでだ。これ以上はどうしようもない。

「ウワーッ」

思わず声をあげながら、巨体の沈下するドデカイ渦に巻き込まれ、吸い込まれる瞬間があった。無念無想。五尺余のわが身が、南海の底ふかく引きずり込まれはじめた。耳がゴーゴーとなっている。速い沈下である。くるくる木の葉のように回転する身体。両手両足で夢中に水をかきわけ、水を蹴ろうとするが、効果はまったくなかった。「大和」が沈下するための大小無数の気泡が、おびただしく目の前を白い球となってあがっていくのがはっきりと見える。水がきれいなのだろう。無数の気泡が衣服からわきあがる。私の身体は気泡につつまれて沈んでいるのであろうか。しだいに呼吸が苦しくなってきた。空気を少しずつ吐きだしてきたが、もう限度である。息を吸えば、海水を腹腔に呼び入れて溺死する以外にない。柔道の首締め技をこらえるように、口を閉じ、顎をしめて、息をこらえた。しだいに苦しさが増してくる。とうとう頭がボンヤリとしてきた。

「ナムアミダブツ」

これまで、神仏を拝んだことのあまりなかった私の両手が、自然に胸の高さで合わさっていた。いよいよこの世ともお別れかと思った刹那（せつな）、私は無意識の中で仏様にすがりついていたのである。それが最後であった。私は気を失ってしまったのだ。このころ、艦内にいた幾百人の戦友たちは、灯の消えた真っ暗闇の室内で、海水を浴び、油と海水がまじったドロドロの中で、艦と運命をともにしたのであろう。

漂流

どれだけの時間が過ぎたのであろうか、ふと突然、われにかえった。浮いている。自分の身体が浮いているではないか。呼吸もしている。物も見える。空が、青黒い海が、波も見える。重油まじりの黒い波のうねりである。不思議である。ついさきほど、仏様にすがりついて死の門前に立っていたはずの自分の身体が、いつのまにか、ふたたび生の世界にもどっている。仏が大慈悲の心で救ってくれたのであろうか。死の門扉を閉めて、中に入れてくれなかったのであろうか。

しかし、いまはそんなことを考えているときではない。とにかく浮いて、泳いで、残っている力を生きることに使うことだ。生きたい、あるいは死にたい、そんなことをまったく考えていなかったはずだったのに、急に猛然と生にたいしての執念が湧いてきたのであった。

「よーし、生き残ってやるぞ」と思った。

「大和」から流れ出た重油のためであろうか、海面は真っ黒い油の層になっている。そのために、波はないが、うねりは大きい。漂流しやすい海面であるが、うっかりして重油を飲んでは大変だから、よほど注意が必要である。

ともに戦っていた他の艦はどうなったのだろうか。視界に見える艦影はない。沈められたのであろうか。この広い海の中で、救助してくれる艦がなかったら大変だ。救助に来てくれるまで泳ぎつづけていなければならない。そんなことが冷たい海の中でできるだろうか。寒さの襲来、そして、鱶がやってくるかもしれない。眠気がおそうことも考えられる。

浮遊しながら、近辺に浮いている木片などを集めて、腹の下に当て、無駄な体力の消耗を少しでも防ごうとした。泳ぎながら、周囲を見まわすと、あちら、こちらに、おなじように浮いている戦友（とも）の頭や顔が見える。能村副長の顔も見えている。山田上水も泳いでいる。たしか副長の従兵をしていたはずである。

艦長は艦と運命をともにして、殉じていったが、副長は最後まで生き残って状況報告をしなければならない任務があるのだ。しかし、四十歳代の副長が、若い二十歳前後の者と同じように死中に活を得て、漂流の苦しさに耐えている。さすがであると敬意をおぼえた。

私の体は、波のうねりに合わせて、高くあがったり、低く沈んだり、重油のために頭も顔も真っ黒く汚れている。きっと白い歯と光る眼だけが目立っていることだろう。海水を口に入れないように、とくに注意しながら漂流をつづける。

ここは、ついさきほどまで、彼我の攻防をかけて死闘がつづいていた海面である。いったい、どれほどの戦友が漂流しているのだろうか。西瓜のような黒い頭が、波間に見えかくれしているが、数の見当はつかない。艦腹に上がっていたときは、千人あまりいると見たが、その後の経過のなかで、どれほどの犠牲者が出たろうか。沈没して浮上、そして漂流、この間にどんなことが起こったのかは私にはわかっていないが、沈没したさい、艦の下敷きになったり、煙突付近に飛び込んだ者は、おそらく駄目であったろうし、泳ぎのできない者は、たちまち溺れ死んでいったことだろう。いずれにしても、少なくなっていることは確かである。

命あるかぎり、戦いつくして、なお、いまも生命の灯を残しつづけている顔、顔、顔である。もう死ぬことを考えてはいけない。生き残り、つぎの闘いのために、まだある力を出し切らなければならないのだと思った。

四月の海はまだ冷たい。この冷たさでは、とても長い漂流には耐えられないだろう。完全武装の身体であるために、衣服は海水を充分に吸い込んで重く、身体の動きは鈍いので、ただ波にまかせて漂うだけであった。

上空では、なおも敵機が舞い、ときどき思い出したように、漂流しているわれわれに銃撃をくわえてくる。泳ぎながら敵機を見ていると、チカッ、チカッと光る。機銃発射だなと思い、いそいで身をかわすと、音を立て、水しぶきをはねあげながら、一列縦隊に弾丸が跡を残していくのである。

「この野郎！　漂流者に何するか！」

無性に怒りがこみしげてくるのであった。

レイテ沖海戦のとき、「大和」の主砲が火を吐き、初弾一発で敵艦を沈めた。私たちは、少し時間をおいてそのちかくを通りながら、沈む艦体に寄りついている多くの米兵を眼にした。だれかが、機銃を発射しかけたが、すぐに、「撃ってはいけない」と制止されたことを思いうかべた。すでに戦意をなくして無抵抗な者に銃口を向けてはいけないという艦長、副長の心根であった。しかるに、いま米機は、漂流しているわれわれを狙って撃ってくるのだった。

だいたい海軍の場合は、艦をねらい、飛行機をねらって射撃し、沈めたり墜(お)としたりすることがあっても、人間をねらって撃つことは、まずないはずである。

無抵抗な漂流者を救助しようともせず、銃口を向けて威嚇(いかく)し、殺傷しようとする敵の操縦者にたいして、腹が立ったのは私だけではなかろう。

「この野郎、なにしやがるか」

去って行く敵機を思わずにらみつける。「貴様らのヒョロヒョロ弾丸に殺(や)られてたまるか」と思ったりもした。

「気をしっかり持て！」

「准士官以上の者は、付近の兵を把握して漂流にそなえよ」

「眠っては駄目だぞ」

いろいろな激励やら命令が、波間に交錯(こうさく)する。だれか漂流した体験をもつ強者(つわもの)が、ちかくにいるようだ。心強く思った。漂流者は、なるべく小集団をつくって、おたがいに元気を維持できるようにした。バラバラでいては、発見もおくれるし、元気づけ、助け合うこともできないからである。

海水は、しだいに肌に浸みて、肉体の熱がうばい取られていき、身体が冷えてくる。

空腹と冷え、そして、疲労と眠気が、じょじょに襲ってくるのである。鮫よりおそろしいのが、漂流時の睡魔である。ここで眠ってしまえば、それこそ永久の眠りとなってしまう。どうせ永久に眠るのであったら、「大和」の中にいて、いっしょに沈んだ方がよい。絶対に眠っては駄目だぞ、と自分にいい聞かせながら泳ぐのであった。

寒さのためだろうか、尿意をおぼえる。こらえている方が体温を保持するのにいいのだろうが、たいがいこらえ切れない。なかば自然に放出されてしまう。冷えきった身体をなんともいえない温もりが、身体の下からフワッとつつんでくれた。幼き日、実家のすぐ近くを流れる大又川で、水浴びしながらよく放尿したが、あのころは裸だったので、こんな温もりは感じなかった。尿がこんなにも温かいものであるとは知らなかった。まるで、風呂に身体を沈めたように気持のよいものであった。

口を開ければ、重油まじりのにがい海水が容赦なく入ってくるので、歌をうたうこともできない。小学校時代の国語の文章の中で、難破し漂流する人びとが、歌をうたい合って気持を落ちつけあい、救助されるのを待ったという文章を読んで、なるほどと思って感動したことがあったが、自分がこうして漂流してみると、なかなかそうはいかないことがわかった。ちかくに浮いているだれかの頭を見ながら、おれも泳ぎつづけるぞ、と勇気をつけるだけで精いっぱいであった。眼にも海水が入っているのであろうか、少し痛い。おそらく充血して兎の目のように真っ赤になっているのであろう。

漂流をはじめてから、どれほど経過したのであろうか。冷えこんでくる身体に鞭うちながら、がんばる。下腹にあててある浮遊物のおかげで、あまり手足を動かさなくても沈まないので助かる。ともに浮いていた戦友のなかから、しだいにくわわる疲労に負けるのか、あるいは、身体のどこかに負傷しているためだろうか。一人また一人と、黒い頭が水中に没して消えていくのであった。夕暮れせまる広い洋上で、心細さと不安が入りまじって、一種異様な感情がおそってくるのであった。

「大丈夫かな。もつかな」

「果たして救助してもらえるのだろうか」

暮れ方ちかい灰色の空を眺めながら、小学校五年生のとき、父や叔父の鮎獲りにくっついていったとき、溺れたことを思い出していた。私が五年生、いとこの吉一郎君が六年生だった。二人ともまだ泳げなかったのであるが、父たちのグループが、川の淵に網を張って魚を取り囲む「チョンカケ」という漁法で鮎を獲（と）っていた。私たち二人は、その場所からすこしはなれた淵で、石投げをして遊んでいたのだが、しだいに退屈をおぼえ、

「お前、向こう岸まで、よう泳ぐか」と、いとこが私にむかっていいだした。

「〝チャボチャボ〟じゃったらいくよ」

負けぬ気も手伝って、私はいった。

「へたら（それじゃ）、泳いでみよ」

「よし、見よってくれよ」

〝チャボチャボ〟という方言は、顔面を水中につけたまま、手と足をバタバタさせて、水をたたいて泳ぐ泳法をいった。

ひっ込みがつかなくなった私は、背のとどかなくなるところまでは歩いていき、ポンと足元を蹴ると、チャボチャボで泳ぎだした。しかし、途中、呼吸をするコツを知らなかったのだから、吸い込んだ息がなくなればもうおしまいである。半分も行かないうちに苦しくなって、ヒョイと顔をあげたのが悪かった。とたんにズボズボと深みに沈んでしまい、したたかに水を飲んでしまった。さあ大変と川底を思いきり蹴（け）って浮上するが、すぐまた沈んでしまう。浮いたり沈んだりしながら、川しもに向かって流れはじめた。

これを見ていた吉一郎君は、さあ大変、と飛びこんで助けにきてくれたのであるが、彼もまた、泳ぎの未熟なことにかけては私と五十歩百歩、たちまち彼自身、溺れかけて、救助するどころか、私にしがみついてきた。

二人は浮き沈みしながら、流されていった。大人たちは、鮎獲りに夢中で、私たちのアクシデントに、すぐには気づかない。二人が相当グロッキーになったとき、やっと気づいて、鮎獲りを中断して救助してくれたのであった。あのとき、もう少し大人たちの発見が遅れていたら、二人は確実に溺死していたであろう。

いまこうして、私は東シナ海を漂流しているのであるが、果たして、あの幼き日のように救助してもらえるのだろうか。そんなことを思いながら、戦友の多くが波間にかたまって見えかくれしている方へ泳ぎ寄っていった。せっかく、あの恐ろしい地獄絵の世界から脱出して、浮上しているのであるから、なんとか助かるための努力をし、チエを使わなければならないと思ったのであった。

むろん、戦ったのは、なにも私一人ではない。いま、この海面に浮いている戦友は、みんな、それぞれ死中に活を得た者ばかりである。なかには負傷し、その痛さや苦しさに耐え、血を流しながら漂流している気の毒な者もあるかもわからないのだ。それを思えば、さいわいに自分の身体は、傷らしい傷は受けていないようである。どこも痛まないし、関節も不自由なく動いている。水中に漂流をはじめたのもみんな同じだ。苦しいのは、みんないっしょである。いまへこたれたらおしまいだ、と決意をあらた

にしたそのとき、

「オーイ駆逐艦がきてくれたぞ」とだれかが叫んだ。

「『雪風』が来てくれるぞ」

「『冬月』も来てくれた！」

「オーイ、ありがとう。頼むぞ」

「オーイ、オーイ」

とたんに、いままでの不安感が消えて、ふつふつと気力が湧いてきた。

「こっちだ、こっちだ」

「たのむぞ」

一同、大きな声を張り上げて、救助をもとめて叫んだ。すると、「雪風」から、

「しばらく待て」

手旗信号が送られてきた。やっと確認してもらえたのである。甲板で手を振って励ましてくれる兵もいる。

上空には、まだ敵機がいて、射撃してくる。駆逐艦をねらって撃っているのであろうか。「雪風」と「冬月」は、あれだけの戦闘を、なお生きぬいて健在であったのだ。歴戦の名駆逐艦「雪風」は、やはりこの海戦でも生き残ったのである。

これから沖縄へ突入するぞ！


二隻の駆逐艦は、私たち漂流者の周辺を大きく円を描きながら、ちかづいてきた。

「あまり近寄るな、危ないぞ！」

「スクリューに気をつけろ！」

暗黒の世に光明を得たようなよろこび、あるいは地獄で仏に出逢ったうれしさとは、このことであろう。二艦が周辺を一周するうちに、散らばって泳いでいた漂流者は一ヵ所に集まってきた。

「しばらく辛抱せよ」

「もう少しだ。がんばれ！」

駆逐艦からの励ましの声が、メガホンを通して頭の上から聞こえてくる。

集まってきた中には、知っている戦友の顔を見つけることはできなかった。あるいは、別のグループの方に行っているのであろうか。そうであればよいのだが、上出班長も、籠上水の顔もない。同郷の者の顔もない。師徴同期生の姿も見えない。「死ぬときはいっしょに」といい合い、戦ってきたのに、自分だけが生きてここにいるのであろうか。そんなはずはない。かならずどこかに、ぶじでいてくれるにちがいないと思った。

艦はやがて停止にちかい状態になって、ただちにロープ、縄梯子を幾条か投げおろしてくれた。後部では、カッターも降ろしている。元気のある者は、ロープや梯子で、負傷した者や体力の消耗のはげしいものは、カッターの方へ、それぞれ近寄っていった。なんといってもまだ敵中での救助作業だから、いそがなければいけない。短い時間に、一人でも多くの者を救助しなければならない。

私も、みんなとおなじように、最後の力をふりしぼって、なんとか救助者の仲間入りができるようにと、「雪風」の方へと近寄っていった。二時間余の死闘、さらに二時間余の漂流で、疲労は極度にたっしていた。しかし、ここまで生きながらえた生命である。あと、もう一息の頑張りだと自分を叱咤したのであった。

甲板からおろされていた一本のロープをめざして泳ぎ寄ってゆく。ロープに近寄ってみると、すでに二人の者が泳ぎ着いて、ロープを登ろうとして一所懸命に頑張っている。重油のためにロープ自体もツルツル滑って、たやすくは握ることができない。隣りかといってロープの下で、いつまでも立ち泳ぎをつづけていることもできない。

にかおろされたロープに一人の兵がとりすがり、なかばまで登りつめていたが、力尽きたのかずるずるとまたもとの位置へ滑り落ちてしまった。そして、そのまま海中深く没して、ふたたび浮いてはこなかった。自分の身体をロープでしばってしまえば、上から引っ張り上げてくれるので助かるのだが、長い間の疲労が蓄積して困憊の状態、頭も平常のように働いてくれないのである。

危険がいっぱいの海域での救助作業だから、いつ打ち切られるかもわからない。私は先客二人の後で順番をいつまでも待っていることはできなかった。ここで待ちつづけることは、自分の死を意味するのである。私は我慢できなくなって、もたついている二人の背後から手を差しのべて、ロープをつかんで引き寄せた。重油で汚れて滑るロープを、両方の手で持った。もう金輪際離さないぞ。ここでロープを放してしまったらおしまいだ、という切羽つまった感情にかられた。私は、とっさに、最後の力をふりしぼって、右の手首にロープを巻きつけたのである。そして、力いっぱいに腕を曲げてみた。すると、海中にある私の身体は、一瞬、軽くなって、艦の方に寄っていった。

「しめた。よし、やれるぞ！」

私は、左手首にも同様にロープを巻きつけた。どんなことがあっても放すものか、命をかけたロープである。両手首をロープにしっかりと巻きつけ、渾身の力をこめて腕をまげた。戦闘服に浸み込んだ海水がしたたりおちて、私の身体はべったりと艦腹にくっついたのである。

「引き上げてくれーッ！」

甲板をふりあおいで、大声で叫んだ。

「よーし、がんばるんだぞ」

両方の手首をロープでくくりつけたまま、引っ張り上げてもらうのである。少しずつであるが、海水を落としながら、身体が上がりはじめた。手首に巻いたロープが容赦なく食い込む。六十余キロの体重を支えているのだ。とそのとき、私の足にしがみついてきた者があった。私は、見栄も外聞もなく、足を振ってその手を逃れたのである。生死の関頭に立たされ私のエゴであった。気の毒だが、やむを得ない。許してくれよと、心中でそう詫びた。

手首はきつくしまって、ちぎれるばかりに、痛い。これでは、とても甲板まで持たないように思われた。なんとか手首を休ませてやりたいが、いい方法はないものだろうか。引き上げてもらいながら考える。痛い、切れてしまうのではないかと思えるほどに痛い。「よーし。こうなったら、使えるところは、みんな使うんだ」と、私はロープに嚙みついた。そして、両手と口を交互につかって身体を支え、引き上げてもらったのである。上から心配そうに覗きこんでくれている駆逐艦の乗組員たちの顔が、しだいに大きくなってきた。

おそらく、自分の生涯でもっとも真剣になったときだろう。「あきらめるな、がんばれ」自分を励ましつづけながら、とうとう「雪風」の甲板上へ引き上げてもらった。

「やった、もう大丈夫だ」

そう思った瞬間、張りつめていた気持ちがゆるみ、これまでの疲労が一度に襲ってきたのか、私はその場に膝から崩れるように座りこんでしまったのである。

そのとたん、

「馬鹿者。甘ったれるな！」

頭の上から大声で怒鳴られたのである。

「何くそ」

私は反射的に、ふらふらと起きあがった。

「いいか。『大和』の生き残りの者は、よく聞け。戦闘はまだつづいているぞ。『雪風』の戦死者にかわって配置につけッ！」

「まだこれからだぞ！　沖縄へ突撃するぞ！」

殺気をふくんだ怒声が続けざまにとんできた。まごまごしてたら、もう一度、海の

幸運艦として有名な「雪風」――この艦に救助された。しかし、敵機の跳梁する危険な海域での作業のため、全員を収容することができなかった。

底へ投げこまれそうであった。

「よし、やったるぞ」

　心の中ではそう思ってみても、空腹と疲労の極限にきている身体は、もうとてもいうことをきかない。私は「すまないなあ」と思いつつ、機銃座を左手に見ながら、その場をはなれて、兵員室の奥深くに歩いていった。

　私より先にロープ下に着いていた二人は、あれからどうなったのであろうか。ついに確かめることもしなかったが、短い救助の時間内に、果たして救助してもらえただろうか。力つき、そのまま水中に没していったのではなかろうか。せっかく浮上し漂流をつづけながら、救助の艦を目前にしても、救助されることなく溺れていった者は多くいたことであろう。

兵員室へ行く途中に浴室があった。応急治療室に当てられていて、多くの負傷者を軍医二人が懸命に手当していた。おそらく、「大和」をはじめ各艦の負傷者であろう。隅には、屍が、うず高く積み上げられていた。肌寒い感じになる。疲労が極限にたっしていたのであろう、吊床が、いっぱい立ててある場所までたどり着いた私は、倒れるようにして吊床の間の隙間(すきま)に座りこむと、そのまま、深い深い眠りの世界に落ち込んでいったのであった。

どれほどの時間が過ぎたであろうか。ふと眠りから覚め、われにかえった。艦は走っているようであった。どこへ向かって走っているのだろうか。私の周囲には、だれもいない。静かな暗い艦内であった。動こうにも勝手がわからず、私はそのまま休むことにした。

「ありがとう『雪風』」私は心中で叫んだ。

「なぜ人間同士が、こんな戦争をしなければならないのであろうか。なんのために、だれのために。憎しみ合い、殺し合い、奪い合い、血を流し、悲しみを残す、ああ、もうこりごりだ。もうどんなことがあっても動かないぞ。こんど沈んだら死んでやる」

私はボンヤリした頭の中で、そんなことを思っていた。ロープで締めた両方の手首に、赤い筋がつき、ズキズキと痛む。力まかせにロープを噛んでいた歯は、浮いたようになって顎の骨がおかしい。疲労からだろう。まだ動く気がしない。

「雪風」「冬月」によって、漂流者の多くが救助されたが、なおも残存する漂流者をそのままにして、「雪風」「冬月」の両艦は決戦場を離脱し、しだいに速度を増しながら、針路を北にとっていたのである。

「大和」は、ついに沈んだのである。世界に誇る巨砲をそなえながら、その威力を十分しめす機会にもめぐまれないまま、南海の底ふかく、軍艦旗と三千名の将兵とともに、永久の眠りについたのであった。時に昭和二十年四月七日、十四時二十五分。南西諸島徳之島の北方二百カイリ、水深四百三十メートルの地点である。総員三千三百三十二名のうち、生存者二百六十九名であった。雷爆撃を受けて浸水し、沈没途中、海中において弾火薬庫の大爆発を誘発し、自沈したのであった。

三重師範の同級で、生存し得た谷本清兵長の話によると、彼がいちど沈み、浮きあがった瞬間に大爆発があり、紅蓮の炎と弾片破片が数知れず吹きあがり、落下するのを見た。その弾片の大きいものは畳一枚もあり、落下する弾片や破片で、浮き上がっていた兵員がたたき潰され、多くの者が沈んでいった。艦はたしかに真っ二つになったのではないかと思った、と話していた。

私は、沈下中の自分の身体が、なぜ浮上していたか、仮死状態の自分がなぜ蘇性したか、彼の話を聞いて納得できたのであった。沈下中、自爆した爆風のショックで活が入って、心臓が、ふたたび動き出し、また、その爆風で海面まで押し上げられたことを知った。

南の海は、私の生命を奪うことなく、ふたたび、この世にもどしてくれたのであった。

第二艦隊の特攻作戦における損害と残存艦は、戦死者総数三千六百八十五人、負傷者総数四百五十九人、沈没したのは戦艦「大和」、巡洋艦「矢矧」、駆逐艦「浜風」「朝霜」（「磯風」と「霞」は大破のため自沈した）で、残存艦は「雪風」「冬月」「涼月」「初霜」であった。

みんな逝ってしまった

四月八日午前十時、駆逐艦「雪風」は、沈没した各艦の生存救助者を乗せて、佐世保港に入った。

入港とまったく時をおなじくして、空襲を知らせるサイレンが響きわたった。やがて、爆音がきこえ、軍港付近の工場に爆弾が投下されたらしく、黒煙がもうもうと湧きあがり、しばらくすると、赤い炎も見えてきた。

しかし私には、燃える工場を眺めていても、べつだん、なんの感情も湧いてこなかった。ただボンヤリ眺めているだけであった。全身の力をしぼりつくして戦い、はては九死に一生を得た末の虚脱感だったろうか。

いまさら、たった一発の爆弾くらいで、なにをうろたえ、騒ぐことがあるというのだろうか、という気持もある。

上陸後、ただちに「大和」の生存者にたいして、総員集合がかけられた。まちまちの服装をした生存者が、それぞれ思い思いの感慨をいだいて集合を終えた。

能村副長が中央に進み出て、静かに一同に視線をおくってから、

「貴様たちは、大きな戦闘をして、ホッとしたような顔つきをしているが、あれくらいの働きがなんだ。本当の戦争は、まだまだこれからなのだ。百戦錬磨の貴様たちの力を欲しいのは、いまからであるぞ。おれについてこい。いいか」

気合いを入れようというのだろう、小柄な能村副長の身体から、全力をふりしぼっ

た生存の証明というべき第一声が、居ならぶ将兵に放たれたのである。

だがしかし、全員は特別の反応もみせようとせず、ただ冷たい視線を返すだけであった。

「いまさら、どうしようというのだ。負け犬が吠えてもどうにもなるものか」

私個人は、そんな気持が腹の底から、むらむら湧きあがるのを感じた。

一同解散して、繃帯を受け取り、浦頭分院の方へ進んだ。道路脇には、満開の桜並木がつづき、吹く風に花弁が散っていた。

病舎に入って汚れた戦闘服を脱ぎ、白衣に着替えて、順番に診察を受けたのである。

軍医が、

「どうだ。どこか痛むか」

「はいッ。腰部と左耳に少し痛みがあります」

「口を開けて。耳を見せて、よし背中」

「よし、別にこれという外傷はない」

診察は、かんたんに終わった。私の戦傷名は結局、つぎのように記されたのである。

「仙骨部挫傷、左鼓膜損傷」

いまにして思えば、「大和」とともに海中ふかく沈下したとき、息苦しくなり、もう駄目か、自分の生命もここまでと思って合掌した瞬間、「大和」の自爆にあい、焦熱と強烈な爆風を身体に受けて浮上した、あのときの衝撃で腰と耳をやられたのだ。

よくこれだけの負傷で終わったものだ。もしもあのとき、もう少し水面ちかくにいたらどうなっていたろうか。おそらく、吹き飛ばされて即死していただろう。あるいは、腹部に衝撃をうければ、たちまち内臓破裂でまいったことであろう。自分の運がよほど強かったのだな、とふと千人針のことや、出征のさい母が神仏を念じていると伝えてくれたことばを思い出すのであった。

おかげで、あまり苦痛も感じないし、歩行するのにも、会話するのにも支障をおぼえないほどの軽傷に終わったのだ。

その後も健康状態の回復は早く、一日ごとに身体が軽くなるようだったのが嬉しかった。負傷者の中には、片足切断という重傷の兵もいたが、よくたえてここまで命を保ちつづけたものだと感心した。その兵の名前を失念してしまって、思い出せない。残念である。

この浦頭分院で、同郷の谷本兵長と再会したのであった。

「谷本、貴様も生きていたか」

「オー、坪井か、生きておったか」

谷本清兵曹——「大和」乗り組みでは、生存する唯一の同級生。写真は三重師範時代。

沈没、そして救助、この浦頭までくる間、だれが生きており、だれが戦死したのかまったくわかっていなかった。

「よかったな、よくがんばったな」

おたがいのぶじをよろこび合う。

「佐々木や中井は見当たらんぞ」

「そうか、永井や星野にもまだ逢っていないんだ」

「そうだ、大橋も乗っていたはずだ」

「すると、自分たち二人だけが生き残ったのか」

「まだ確かめてみないとわからんがね」

「それで、怪我の方は」

「ああ何ともないようだ」

「それはよかった。悪運が強いのう」

「そうじゃ。死にそこないだよ、まったく」

「いや、おたがいにのう」

白衣のわれわれは庭園の木陰に腰をおろした。そして、私は訊いた。

「君は沈没のとき、どうしてたんだ」

「おれの配置は十四分隊で運用だろう。だから艦の後部にいたのさ」

谷本兵長は静かな調子で話しはじめた。

「『大和』が、左舷に集中攻撃をくらい、左から沈み出したから、駄目だと思って、上甲板に出た。そのときには、艦は横腹をさらけ出し、さらに左に回転するように沈みかけていたよ。おれは、そのまま渦の中に巻き込まれて沈みかけた。ところが、不思議にも、途中で上に吹き上げられたんだ。そして、海面ちかくに上がったときだった。突然、まったく突然、目の前が真っ赤になって、大爆発が起こったんだ。爆煙もうもう、紅蓮（ぐれん）地獄というか、『大和』が真っぷたつになった感じだった。いや、そのものすごさ、まったく恐ろしかったぞ。タタミ一枚もあるような鉄片をはじめ、大小無数の鉄片や鉄塊が、爆煙といっしょに五、六百メートルも上空に吹き上がるのを、目の前に見たのさ。まさに地獄の様相で、いま思い出してもゾッとするくらいだ。その吹き上がった鉄片、鉄塊が、ものすごい勢いで、漂流するわれわれの真上に霰（あられ）のように落下してきたんだ。容赦なく落下する鉄片にたたかれて死んだ者もかなりいたと思うよ」

「君は、そのとき、どうだったんだ」

「うん。幸いに鉄片の洗礼を受けなかったんだが、ふたたび起こった渦に巻き込まれて、海中に吸いこまれてしまったのだ。もう駄目、これで最期と思って、一時は観念したよ。ところが、吸い込まれた自分の身体が、別の方角の海面にポカリと浮いたんだ。渦ってそんなものなのかな。吸い込んだ力は、逆に吹き上がる力になっていくのだろうか、不思議に思ったよ。その後、漂流中を『雪風』のジャコップ（綱梯子（つなばしご））によって救助されたってわけさ」

「なるほど、君も幸運にめぐまれたんだな。おれは『雪風』のロープに手首を巻きつけて、引っ張り上げてもらったよ」

「そうか。ロープは重油でツルツルだったから、おれは、梯子の方へ寄って行ったんだけどね……」

二人は、おたがいの幸運をよろこび合いながら腰を上げ、庭を歩いていった。しかし、他の同級の師徴兵には、ついに合うことができなかった。

そのほか五番の高角砲班長（射手）である上出定光兵曹や、籠上水も見当たらない。「大和」とともに帰らぬ人となってしまったのであった。二人は、「大和」乗り組み以来、ともに生活してきた想い出ふかい人びとであった。

陸にあがった河童

私の浦頭分院での療養生活は、一週間あまりでおわった。それだけ、軽傷だったわけである。四月十四日に退院の許可がおり、ふたたび、「大和」の原隊復帰となった。五月五日より呉海兵団付となり、団内臨時勤務を命じられたため、汽車で呉に向かった。まさに陸にあがった河童で、武器もなく、素手の海兵であった。

私たちは呉海兵団の衛門を入って、兵舎前の広場に整列した。やがて将校が出てきた。中央の台上に立ったその将校を見たとたん、私は自分の目を疑うほど驚いたのである。ここがもし軍隊でなかったら、飛び出して抱きついていたかも知れないほどであった。

海軍少尉の襟章をつけ、壇上に軍刀をついて凛々しく立っているその将校は、私の郷土の先輩、峪口時寛氏であり、私の実兄と小学校のころ同級だった人である。驚きと喜びの複雑な気持がいりみだれて、私の頭の中をものすごいスピードでかけめぐるのを覚えた。

「休んだまま、注目。おれの顔をよく覚えておけ。おれは峪口少尉である。今日から貴様たちの中隊長として指揮をとる。祖国はきわめて非常な局面に当面しており、歴戦の勇士の力を必要としているときである。艦上勤務と同様に、本日より陸上勤務に頑張って欲しい。おわり」

解散後、各兵舎の割り当てがあり、それぞれ定められた居住の兵舎に分散していったのであるが、語りおえた峪口少尉は、壇を降りてツカツカと私のところへやってきた。先方も、途中で私を注視していたらしかった。

「君は坪井平次君じゃないのか？」

「ハイッ。そうであります」

「うーん、やはりそうか」

しぼるような声だ。

「よし、あとでおれの室へこい」

峪口少尉は、そういい残すと、自分の室の方へ去っていった。

それにしても、こんなところで、郷里の人が上官となってあらわれるなど、どうした運命のめぐりあわせなんだろうか。私はその奇遇に、しばらく呆然としたのであった。

自分の用件をすませたあと、さっそく、中隊長室をたずねることにした。ドアをノ

ックすると、

「ヨーシ、入れ」

大きな声がする。ドアを開けて一歩はいり、室内の敬礼をする。

「おお、今日はまったくびっくりしたぞ。まあ座れ」と椅子を指した。

いわれるままに腰かけて、峪口少尉の顔を見た。

「四月八日だったが、あの戦艦『大和』が沖縄特攻作戦の途中で、米機動艦隊の艦載機の猛攻を受けてしまい、沈没してしまったことを耳にしたんだ。たまたま君が乗っていることを思い出して、生死を確認するために、呉鎮の人事部へ行って、『大和乗員』の名簿を見せてもらうと、『坪井平次』の氏名の上に、紫色の桜花の印がベタリと押してあるんだ。おなじ桜花印が右の氏名の上にも、左の氏名の上にもたくさん押してあったんだ。君も知っていると思うが、この紫の桜花印は戦死を意味しているんだ。ああ、もう駄目かと思ったんだ。ちょうどそのとき、田舎から妻がきていたので、内密にそのことを伝えると同時に、五郷に帰っても、絶対にこのことは口外するな、ときつく口どめしておいたんだ」

峪口少尉はさらに言葉をつづけた。

「それはだね。ひとつには、戦死の公報が両親の手にとどくまでは、けっして第三者の情報を伝えてはならないからでもある。ところが、今日、『大和』生存者たちが整列し、そのなかに君の姿を見つけて、まったく驚いたんだ。一瞬、幽霊が立っているんじゃないかと疑って、背筋がゾォーッとしたよ。おいッ、両足はついてるだろうな」といって、はじめて呵々大笑した。

「本当によく生きていてくれた。ご両親もよろこんでくれるよ。よかった、おれも妻に口どめしておいてよかったよ」

峪口少尉は、一気に自分の感慨を述べたてた。

私も驚きと喜びを感じながら、時間の許すかぎり、峪口少尉の話を聞きながら、休憩させてもらった。

峪口氏は、国学院大学を卒業後、伊勢神宮に奉職中のところへ赤紙、召集令状がきて、宇佐海軍航空隊に入隊となった。そして海軍四期予備学生を受験して合格し、横須賀武山海兵団予備学生教育隊に入隊となった。ここでみっちりと基礎課程の教育をうけたあと、千葉県館山砲術学校の対空班に転じ、つづいて再度、横須賀教育隊の要務班に転じた。その間、戦艦『山城』に乗艦して実務した。そして予備学生を終了して、少尉任官となったという。

ここにきて、呉海兵団二分隊士をつとめたり、呉一中兵舎の先任将校を仰せつかっ

空襲の傷跡もなまなましい呉の町——海兵団付となった著者たちが苦労してつくった防火線など、まったく意味がなかった。写真は終戦後のもの。

たりしたのだ。

「新任下士官の教育もやったよ。ついで、再度、陸戦隊の特修将校として館山砲術学校に入校を命じられ、研修後、帰団したのだよ。このころ、多くの兵や下士官たちが、乗艦のための配置転換があり、そのアナ埋めに君たちが入団、臨時団内勤務を命じられたというわけだ。艦内勤務、とくに『大和』にいたときとは、すべての点で大変ちがっていて、とまどうことだろうが、実戦体験の下士官として、十分に頑張ってもらいたい。ときどきは顔も見せてくれ」と、現在にいたるまでの詳しい経緯を聞かせてもらったのである。その後で、

「この兵舎には、五郷村出身の下士官と兵長がいるんだよ。もし時間があったら、逢

っておくといいよ」と教えてくれた。

翌日、私はその二人をさっそく訪ねることにした。一人は、私とおなじ五郷村湯屋(ゆや)地区出身の吉田米吉二等機関兵曹で、もう一人は、同村平(たいら)地区出身の下平直義機関兵長であった。この二人は、私とは年齢がうんとはなれており、おたがいに面識もまったくなかったが、同郷人であるということで、なにかしら懐かしさがわき、逢いに行ったのである。

二人は、私の父をよく知ってくれており、

「そうか、松一郎さんとこの次男坊か。うーん、『大和』に乗っとったんか。そりゃ大変だった。でも、よく生きて帰れたもんだ。よかったにゃ」と方言まるだしで、心からよろこんでくれた。

このころは、艦を走らせようにも油が欠乏しきっていたので、機関科の下士官のほとんどが陸上勤務にまわっていたのであった。

私はおかげで、峪口少尉、そして吉田二曹、下平兵長の両名を、ときどき訪ねては時間を過ごすことができ、日々の生活を張りのあるものにできたのであった。

陸にあげられた海軍の兵のこと、あまりにも洋上勤務と勝手がちがって困ったが、これも致し方がない。毎日の勤務の主なものは、敵機の空襲にそなえて、疎開していった民家をかたっぱしから倒壊させ、非常のときの防火帯をつくる作業に従事することであった。砲の手入れをしたり、砲戦訓練をしていた艦上勤務が、ときに恋しくなったものである。

新型爆弾

峪口少尉の指示により、二十名ほどの兵をまかされた二等兵曹の私は、毎日、衛門を出ては家こわしの作業に従事することになった。左砲戦、右砲戦と、敵機や敵艦と交戦していた私たちであるが、武器はなにもなく、大きな掛矢（かけや）（木槌）とロープ、それに呼び子笛だけの一集団であった。これこそ、まさに「無鉄砲」といえようか。

現場につくと、その日の計画をみんなに伝達しなければならない。私は全員を前にして、「今日の作業についてつたえる。今日は十名ずつ二班に分かれて作業をおこなう。A班は松村兵長の指揮により、道路左側にならぶ三戸の家を除去、B班は私が指揮をとって、道路右側の瓦屋根の大きな家と、すぐつづいている倉を撤去する。それぞれ慎重に作業にあたり、怪我等のないようにせよ。よしかかれ」

いくら軍隊といっても、平和時なら考えられない行為である。立派な建物が、主（あるじ）が疎開させられてしまっている留守に、取りこわされてしまうのである。正直のところ、命令をくだしながら、私は内心、忸怩たるものを感じないではいられなかった。

作業の概要はつぎのようであった。全員で建物の中に入って、隅から隅まで点検して、どこからこわしていったら能率よく作業が進められるかを調査する。軍隊のことだから、大工や左官職など、いろいろと入隊前の職業により、専門家がいるから世話はない。弱い急所を見つけるのがはやい。

一口に壊すといっても、順序がある。無茶苦茶にたたきこわしたのでは、後で片づけるときに余分な手間や苦労がいるので、下部の方から要領よくとりはずしていく必要があった。

土壁はカケヤでたたきこわす。土ぼこりがもうもうと上がる。

「ウァー、すごいじゃないか」

手ぬぐいで鼻と口をふさぎ、カケヤで乱打すると、相当の建物でも、わずかの間にがらん胴になって、向こうが見えるようになる。

そうなると、こんどは屋根に登るのである、ロープで対角線上の二点をゆわえて、逆方向に交互に引っ張り合う。「ピーッ、ピッ」私が吹く笛に合わせて、左右から交互に引っ張っていると、しだいに家屋全体が揺れはじめる。

「よーし。もうちかいぞ。力を入れろ」

気合いを入れてから、笛をさらに強く吹く。そうしているうちに、大音響とともに、もうもうたるほこりを立てながら倒れていくのであった。

「よーし、ごくろう。じゃ、つぎの倉にかかれ！」

このような調子で、連日のごとく民家の取りこわしがつづけられ、広い防火線帯なる地区ができていった。

——普通の火事なら防火線も役立つだろうが、空襲で、爆弾がところかまわず落下するようになったとき、果たして、こんな工夫が効果をあらわすものだろうか。

当然そのような疑問が私の胸にわいたが、自分ひとりの胸のなかにおさめることにしておいた。

作業から帰り、本日の戦果（?）を峪口中隊長に報告をする。

「報告。坪井兵曹以下二十名、本日の作業、民家四戸、および倉一棟を処理して、全員ただいま帰りました。おわり！」

「よし、ごくろう。休んでよろしい」

「はい。解散し休憩させます」

「よし、本日の作業を終わる、解散」

以上で、その日の疎開民家とりこわし作業が終わって、それぞれ自分の班の内務仕事にかかるのである。

軍隊は、年齢とか生年月日には、まったく関係なく、階級をしめす星の一つ、線の一本がモノをいい、ハバをきかす社会であって、これはどうしようもなかった。おなじ階級であれば、どちらが先任かがモノをいったのである。

私も入浴にいったときなどに、自分より年上の人が階級が下であるために、「背中を流します」とか、「やらせてください」とかいってくれたが、気の毒で、かえってつらい思いをしたことが一再ならずあった。

六月二十三日の夜のことであった。突如、空襲警報のサイレンが鳴り、待機の令がかかった。敵機の来襲である。呉の街は爆撃を受け、多くの被害を出していたが、武器のない私たちには、どうすることもできず、ただ一般民衆とおなじに、避難する以外、なにもできなかった。陸に上がった海兵のあわれさも、ここにきわまった感じである。

呉周辺の山頂に配備された高角砲や、港内の艦船からは、しきりに砲を撃ってはいたが、惜しいかな、弾丸は敵機の下方で炸裂したり、飛び去った後方で炸裂したりで、あまり期待できず、私たちは友軍のこの働きぶりを歯がゆい思いで眺めていた。

空襲がおわってみると、私がひそかにいだいた危惧どおり、いままで苦労して民家をこわしてつくった防火線帯は、さしたる効果がないことがわかった。猛爆で街全体が火の海になれば、部分的なこのような処置では、なんの期待もできないことがよくわかったのである。

五月一日付で海軍一等兵曹になっていた私は、呉第一中学校を兵舎にして、山手に防空壕を掘る班に配置されることになった。呉一中は街をはなれた山裾にあり、すぐちかくは山を切りくずして地肌がむきだしになっており、防空壕を掘るには都合よい場所であった。

家のこわし屋から、こんどは穴掘り作業に変身したのであった。毎日、毎日、ノミとハンマー、それにハッパを使って、横穴掘りがはじまったのである。

このころになると、まったく燃料がなくなって、港内に錨を投げていた艦船の多くは、島陰(しまかげ)に浮(う)き砲台(ほうだい)となって擱坐(かくざ)させられていた。

かつては、大洋を連合艦隊の艨艟(もうどう)として活躍していた戦艦、巡洋艦も、あわれ甲板に松の木などを植えて、盆栽(ぼんさい)もどきの偽装(ぎそう)をしなければならなくなっていた。

そんな状態をよく知ってか、米軍の飛行機が市内に「ビラ」を撒(ま)いていくのであった。

「ワタシタチハ、爆撃ニキタノデハアリマセン。フネノ上ノ木ガ枯レカケテイマス。植エカエテクダサイ」

まったく馬鹿にされた思いで、腸が煮える思いであった。また、

「○月○日カナラズ呉ノ街ヲ爆撃ニキマス。疎開シテオイテクダサイ」

そんな予告ビラも落とされた。しかし、このビラは、予告通り現実のこととして起こったのである。

七月二十四日、つづいて二十八日の二度にわたり、呉は大空襲をうけたのである。砲台の各砲塔から対空砲火がさかんに撃ち出されるが、まったくといっていいほど効果なく、敵機はゆうゆうと爆撃を敢行して去っていった。

米機は、まず焼夷弾を街の周辺に落として火の海とし、逃げ場をなくした市民に爆弾の雨を降らすという、徹底した攻撃方法をとってきた。火災と破壊と殺傷の、あきらかな無差別爆撃の戦法をとってきた。

市民たちは、道路上で、水路の中で、折りかさなるようにして死んでいった。防空壕の中でも、防空頭巾をかぶった老幼男女の群れが、蒸し焼かれるようにして、焼夷弾の熱気にやられていったのである。

私たちは空襲の去った後のこの惨状を見て、戦争と直接なんの関係もない無辜の市

民を、無差別に殺傷して手柄にしていく暴力行為に、心の底から憤りをおぼえたのであった。

幼児をかばうようにして倒れている母親らしい女の死体、手足胴体がバラバラになって焼け、白骨化したもの、ブスプスと悪臭を放って、なおくすぶっている男の屍体、筆舌につくせない爆撃の跡であった。

悪臭が鼻腔にいつまでも残り、眼を閉じると悲惨な光景がくっきりと浮かんでくる。三日三晩、燃えつづけ、くすぶりつづけて、呉の街の大半が瓦礫（がれき）の山と化してしまったのであった。それでも私たちは、防空壕掘りに精をだしたのである。だれがかくれるための壕かしらないが、その横穴は、十五メートルもの深さにまで進んでいた。

八月六日、ついに広島に怪爆弾が投下されるにいたった。

朝八時ごろであったろうか、私たちは、あいかわらず壕掘りをしていた。ちょうど交代時間がせまっていたので壕入口ちかくに出てきたとき、突然、目の前に、青白い閃光（せんこう）が走るのを感じた。

なんだろう、雷にしては空が晴れているし、変だなと思っていると、つぎの瞬間、「ゴォーッ」と遠雷のごとき地鳴りが轟いて、呉一中の校舎の窓ガラスが音たてて揺れ動いた。

「スワ、大地震か」と思ったが、振動はすぐにピタリとやんでしまった。不思議に思っていると、広島の方角にキノコ形の赤茶色っぽい雲が、高く立ちのぼるのを発見した。

「オイッ。なんだ、あれは」

「ひどい煙だぞ」

「爆弾にしては、ちと変だぞ」

穴の奥の方にいた連中も飛び出してきて、みな、いちように、驚きの眼で遠くの空を見つめた。

翌日から、本当ともデマともわからない情報が伝わってきた。

「広島に新型の爆弾が落とされて、大変な被害だそうだ」

「原子爆弾というものすごい破壊力と殺傷力をもった新型爆弾で、被爆後は放射能とやらの影響で、広島市内には永久に人畜は住めず、草木も当分、生えない恐ろしい爆弾だということだ」

「市民のほとんどが熱と光にやられ、二十万人あまりの市民が死んだそうだ。水をもとめて川に飛び込んだ人の死体が、あふれて、いっぱいになっているそうだ」

サイパン、テニアン、沖縄などで、非戦闘員の多くの人びとが軍人と同様に、玉砕していったり、殺傷されてきたが、いままた本土広島においても、巨大新型爆弾の犠牲にされるとは……。

恐怖といきどおりが、まださめないでいる八月九日、長崎にまたしても第二の原子爆弾が投下されて、十数万人の市民が犠牲になってしまったのである。

生きて故郷へ

かくて八月十五日正午、あの玉音放送の瞬間を迎えたのであった。

「……朕ハ帝国政府ヲシテ米英支蘇四国ニ対シ其ノ共同宣言ヲ受諾スル旨通告セシメタリ」

大戦争終焉の歴史的な瞬間であった。

「……帝国臣民ニシテ戦陣ニ死シ職域ニ殉ジ非命ニ斃（たお）レタル者及ビ其ノ遺族ニ想ヲ致セバ五内（ごだい）為ニ裂ク。且（かつ）戦傷ヲ負ヒ災禍ヲ蒙リ家業ヲ失ヒタル者ノ厚生ニ至リテハ朕ノ深ク軫念（しんねん）スル所ナリ。惟（おも）フニ今後帝国ノ受クベキ苦難ハ固（もと）ヨリ尋常ニアラズ、爾（なんじ）臣民ノ衷情モ朕善（よ）ク之ヲ知ル。然レドモ朕ハ時運ノ趨（おもむ）ク所堪ヘ難キヲ堪ヘ忍ビ難キヲ忍ビ以テ萬世ノ為ニ大平ヲ開カムト欲ス……」

私たちは、呉一中の兵舎内で、肩を落として以上の放送を聞いたのである。

八月二十六日、任海軍上等兵曹。そして八月二十七日、復員手続きを海兵団ですませた私は、予備役編入となり、二十九日には帰郷ということになった。出発の当日、二十九日、きのうまで直接の上司であった峪口中尉といっしょに、少しばかりの荷物を手にして、呉海兵団の衛門を出る。影もなく焼きつくされた軍都呉の街をあとに、駅に向かったのである。

自分はすでに軍人ではなく、一市民なのだ。私は、上等兵曹の階級章をはずしてポケットにしまった。

「うまく手続きがおわって、案外、はやく帰れたね」

峪口中尉、いや峪口時寛氏はそう話しかけた。私も郷里の方言で気軽に答えていた。

「そうやのし。峪口中尉の従兵ということで、うまく衛門を出られました」

呉駅に着き、構内に入ると、偶然にも、同郷の出身で海軍在籍十余年、歴戦の海軍兵曹長峪口光文氏が立っていた。

「やあ、元気でいたか」と第一声。

「これから帰郷するところです。いっしょにおねがいします」

ところが、峪口光文氏は首を横にふったのである。

「いや、おれは帰らんぞ。いまから九州行きじゃ」

「エッ、九州へ？　また、なんですか、いまになって」

峪口時寛氏も私も驚いた。九州へ、いったい、なんの用があるのだろう。

「九州で何かあるんですか」

「うん。おれは徹底抗戦でいくんだ。敗戦なんて思いたくない。九州へ行けば、いまからでも突撃敢行をやる人間はワンサとおるんだ」

私たちは、二度びっくりしなければならなかった。冗談でなく、本気らしかった。

私は必死の思いでとめにかかった。

「しかし、天皇陛下のご命令で、戦争は終わっているんですよ。私たちはすでに兵隊じゃない。いまは一日もはやく、いったん郷里へ帰って、日本の再建に力を出すのが、お国のためじゃないですか」

「いやいや。一度お国に捧げたこの身体じゃ。とことんまで闘ってやる。おれ一人になってもやってやる。とにかくおれは、九州へ行くんだ」

同郷の三人は、呉駅構内でスッタモンダの押し問答をはじめたのであった。復員の他の連中や市民が、遠巻きにして私たちのなりゆきを眺めているようであった。

「峪口兵曹長。あんたの気持はよくわかる。だれだって、敗戦は口惜しい。われわれだけじゃない。軍隊の飯を食っていない女や子供でも、日本が負けて喜んでいる者は一人もおらんよ。みんな歯をくいしばって、じっとこらえているんじゃぞ。死んでいくだけが、男の本道じゃない。もう一度、考えなおしてくれ、たのむ」

峪口中尉も、なんとか峪口兵曹長の九州行きの気持を押しとどめようと、必死になって説得する。

「三人で五郷へかえろう。そして、日本の再建のため、力をつくしていこうじゃないか。聞き入れてくれ」

しまいには、中尉の言葉は懇願の調子をおびてきた。

「行くんだ」

「行ってはいけない」と、プラットフォームでの二対一のやりとりは、だいぶ時間をついやしたが、ちょうど列車が入ってきたので、峪口中尉と私で、むりやりに峪口兵曹長を帰郷の列車内に押し込んだのであった。

列車の中でも、よほど兵曹長は不満と見えて、

「敗戦は謀略である。日本がアメリカなんかに負けるはずがない」といって頑張っていた。現在も彼は健在であるが、ときに顔を合わしたときなど、

「峪口さん、あのときは、えらい見幕じゃったのし」とからかうと、

「いや、あのときはどうも……」と額に手を当てて苦笑している。

途中、廃墟と化した街中の駅構内で、待ち合わせの時間があるというので、あちこち探して板切れなど燃えそうな材料を拾い集めて火を起こし、暖をとった。たぶん天王寺駅あたりであったろうか。夜のとばりがあたりをつつみ、一面、焼け野原になっていたのが印象に残っている。

八月三十日朝、ようやく、木本駅（現熊野市駅）に到着した。思えば二年半前、「元気で頑張ってこい」と、万歳の声を背に受けながら出征していったこの駅に、いま敗軍の兵となって、毛布二枚のみを手に降り立つ、みじめな自分の姿であった。「おれは負けたのではないぞ。おれは精いっぱい戦ったのだ」心の中でそう叫んでいたのだった。

三人は、生まれ故郷、五郷行きのバスに乗車した。バスが発車すると、やっと落ちついた気持になった。

私ひとりだけ、途中で下車した。それは海兵団にいたとき、おいしい羊羹（ようかん）を手土産に、わざわざ大竹まで面会にきてくれた教え子の両親、杉本夫妻にお礼をいいたかったのである。呉から同行した二人の先輩に、ていちょうにお礼をいって下車した。杉

本家は、バス停のすぐそばにあった。

「こんにちは。ただいま帰って参りました」

ガラス戸を開けて中に入ると、杉本さん夫妻はびっくり仰天して、

「やや、先生。いま帰られたんかのし」

「よかったのし。生きておられたかのし」と、大変な歓迎ぶりであった。

「大竹にいたときは、大変お世話になりました。ありがとうございました。あんなにおいしい羊羹は生まれてはじめてでした」と、まずお礼をいった。

「まあ、礼はいらん。はよあがってください」

「さあさあ、靴をぬいで。どうぞ」

お礼だけいって、すぐ帰るわけにもいかず、しばらくお茶などいただきながら話をする。

戦艦「大和」に乗って、いろいろな戦闘に参加したこと、沖縄作戦では「大和」も沈められ、私も漂流したこと、必死の思いでがんばって救助されたことなど、なまなましい体験談を聞いてもらったのである。

「まあ大変やったんやのし。よおまあ、助かったもんや」と心から、ぶじを喜んでくれた。

「で、これからお家へ？」

「はい。これから帰ります」

「そうかのし。バスは夕方しかないし、うちの自転車へ乗っていってください」

「いいんですか、お借りしても」

「どうぞ、乗ってってください」

「それじゃ、お言葉にあまえて、ありがたくお借りします」

私は、杉本家で一時間ほど歓談してから、拝借した自転車で、実家までの道程を走ることにした。

ひさしぶりに自転車に乗って走るふるさとへの道であった。うしろの荷物台には、命がけの働きの代償にもらった毛布が二枚。ペダルを踏んで、これより、約十キロ強の先にある、わが家へ向けて走り出したのであった。

夏の陽はきつく照りつけて暑かったが、そんなことは、すこしも苦にならなかった。帰心矢のごとし、とにかく一刻もはやく家へたどりつきたい一心であった。

昼前、やっとわが家の門に立つことができたのである。生きて、ふたたびなつかしい庭の上を踏みしめた。

生死不明であった平次が帰ったぞ、と家中、大変なさわぎであた。

「よう生きて帰ることができた。よかった、よかった」と、いちばんよろこんでくれたのは母であった。

「神様やご先祖様にお百度を踏んで、おまえを護ってくださるように、お祈りしつづけたおかげがあった。ありがたい……」

母は目がしらを押さえながら、そう神仏の加護をいいつづけた。

（ああ、生きて帰れて、本当によかったな。これが〝白木の箱〟だったら、どんなに母を悲しませたことだろう）と私は思った。

「よう帰ってきたもんじゃ、まったく」

寡黙な父は、一言そうポツリといった。その言葉には、万感のおもいがこめられているように思われた。言葉はすくなくても、その顔には、よろこびが隠しきれずにいた。平和がもどってきてからの家族団欒（だんらん）は、また格別の味である。あの黒い布をさげた灯火管制も永久に解除されている。

「おまえ、今年の冬は、〝奥の宮〟の祭りに裸詣りをつとめてくれよ。お母（かあ）ちゃんは、願（がん）かけしてあるんじゃ。おまえを生きて帰してくれたら、かならず裸詣りをしてお礼しますとにゃ」

母は願かけしてまで、私の武運長久を祈ってくれていたのであった。

その夜は、家族だけの酒宴がもたれた。

「まあ一杯のめ」

父はごつい手に銚子を握って、私の方へ差し出してきた。

ひさしぶりのふるさとの酒であった。

酒はゴクリと喉に鳴って、胃の腑へしみ通っていった。

「ああうまい」と思わず嘆声をあげて、周囲を見まわすと、電灯の下で、みんなの顔が明るく輝いているようだった。

その年の暮れ、降りしきる冷たい雪の中で行なわれた奥の宮宵祭(よみや)の神事に、私が母との約束どおり、裸詣りの荒行で参加し、願解(がんと)きをすませたことはもちろんであった。

解説

亀井宏

この記録の作者、坪井平次は、私の母方の叔父にあたる。彼が、おのれの内に秘めた「大和」を書こうと思い立ったのは、戦後まもなくのことであったと聞いている。それから三十余年をへて、彼はついにその初志をつらぬき通したわけである。その執念には、敬服するほかない。

このほど、本書のゲラを読む機会を得たが、あらためて、当時の若者が置かれていた状況について考えさせられることが多かった。妻子もなく、恋人もいない農村出身の一人の若者が、歴史の大きな波に揺さぶられて、「大和」という当時、世界最大の戦艦に乗せられ、沈没を共にし、九死に一生を得るという重大な体験をするわけであるが、その過程が淡々と描かれていて、当時の自分というものを正直に再現しているように思え、身びいきからではなく感銘を受けた。

本来なら、三重県の寒村で平穏な教員生活を送っていたはずの作者が、現役兵として、広島・大竹海兵団に入団したのは、昭和十八年四月のことであり、同月十八日に、山本五十六連合艦隊司令長官が戦死している。そして、その長官の死と軌を一にするようにして、連合艦隊旗艦でありながら、それまではおもに後方にあった「大和」が、前線に出てゆくようになる。すなわち作者は、「大和」艦上に砲弾のとび交う後半戦に参加することになったのである。

「大和」は、〝遅れてきたヒーロー〟だといわれている。厖大な経費をついやしながら大艦巨砲主義が過去の遺物となった時期に出現し、その巨体と武器を有効に使う機会をもたずに沈んでしまったことを指すのである。

「大和」の発想が生まれたのは、昭和十年ごろにさかのぼるといわれるが、実際に着工されたのは十二年であり、建造期間五年をへて、竣工、引き渡しが行なわれたのは、太平洋戦争開始直後の十六年十二月十六日である。つまり、開戦後に初めて呉軍港に浮かんだ「大和」は、十七年六月に生起したミッドウェー海戦まで、長らく内海から出ることがなかった。温存されたというよりも、航空母艦による作戦を重視する山本長官の方針により、外洋に出る機会がなかったのである。

ミッドウェー作戦は、周知のように、南雲機動部隊の大敗に終わるのであるが、このとき「大和」は、多数の艦艇をしたがえて、先をゆく機動部隊のあとを追うようにして外洋に出ていった。しかし、「赤城」以下四空母沈没の悲報に接するや、当然のことながら、「大和」は、それ以上の決戦に突入することなく、反転、帰投する。

それから約二ヵ月後の八月上旬、ガダルカナル島に、米上陸部隊来攻との報らせを受けた山本長官は、残存の空母をもって再度の海上決戦を企図する。そして、みずからは「大和」に座乗して、トラック島まで進出した。大本営海軍部は、ガ島奪回に陸軍の援助を依頼し、約半年間、熾烈な争奪戦がつづけられたが、十八年二月、ついに撤退を余儀なくされる。

山本長官は、以後、「い」号作戦を発動してソロモンの戦局を挽回せんと企図するが、多数の艦艇、航空機を喪失して、みずからもまたブーゲンビル島上空にて戦死するにいたる。後任の連合艦隊司令長官には古賀峯一大将が親補されるが、戦局はいよいよ逼迫していく。

米軍は、ガダルカナル以後、さらに勢いを得て、日本軍に戦力回復のいとまをあたえなかった。そこで日本軍は、これ以上はゆずれないという要地を架空の線で結んだ、いわゆる〝絶対国防圏〟を策定し、新しい構想のもとに米軍を迎え撃とうとした。しかし、この防衛ラインも苦もなく突破されてしまう。

十九年六月十五日、米軍はついにマリアナ群島の要衝サイパン島に上陸を開始してきた。当初、米軍はサイパン島をふくむマリアナ攻略を、同年十月に予定していたといわれる。それが四ヵ月も短縮されたのは、B-29爆撃機が実用化されたためであった。太平洋戦線にあたらしく出現したこの大型長距離爆撃機は、高度一万メートル以上の飛行が可能で、四トンの爆弾を積み、五千六百キロを飛ぶことができる。その航続距離からみても、サイパン島は絶好の飛行場候補地であると思われた。ここから日本の首都東京までの距離は、片道約二千キロ強だったからである。

大本営陸海軍部は、五月三日、先にパラオからフィリピンに向けて空路避退中に、不慮の事故に遭って殉職した古賀峯一大将の後任として、前日（二日）、連合艦隊長官に親補されたばかりの豊田副武大将に、「あ」号作戦計画を示した。その作戦方針は、「機動部隊をフィリピン中南部に待機せしめ、……なし得る限り機動部隊待機地点に近く（具体的にはパラオ近海）決戦をおこなう」というのである。なぜパラオ近海なのかといえば、その主な理由は油槽船不足からきていた。給油のために終始連行しなければならない油槽船の数が足りなくなっていて、このころ、連合艦隊の行動半径は約一千カイリに制限されていた。機動部隊の待機地点は、当時フィリピン南西部のタウイタウイ島であった。ここから一千カイリとなると、決戦海面は、最大限パラオ近海にならざるを得ないのである。換言すれば、この時点ですでに、大本営海軍部には、陸軍と呼応してマリアナを守るという意志がなかったともいえるわけだが、海軍としては、その伝統的戦術思想である海上決戦を、こんどはパラオ近海にもとめようとしたわけである。

サイパン島に米軍上陸の報が届いた翌日の六月十五日、柱島にあった豊田連合艦隊長官は麾下部隊にたいし、「あ号」作戦発動を電令していた。「あ」号作戦命令を受けとった同日夕、機動部隊（小沢治三郎中将）はフィリピン中部のサンベルナルジノ海峡を通過し、一路、敵をもとめてサイパン方向をめざした。

六月十八日、索敵機が敵機動部隊を発見したが、実際の戦闘は翌日に持ち越された。米軍側が、緒戦のころとくらべてはなはだしく練度の落ちた日本軍パイロットを指して、のちに〝マリアナの七面鳥打ち〟と嘲ったマリアナ沖海戦である。

翌十九日――勝敗はこの日、一日だけで、あっけなく決した。空母「翔鶴」「大鳳」「飛鷹」が潜水艦の雷撃のために相前後して沈み、「瑞鶴」「隼鷹」が損傷した。航空機の損害は、基地航空部隊を合わせると三百九十五機の多きにのぼった。米軍側も百十七機を喪ったが、艦船の沈没は一隻もなかった。

六月二十日の夕刻、敗北を認めた豊田連合艦隊長官は、小沢機動部隊長官にたいし引き揚げを命じた。

「あ」号作戦の敗退によって、大本営のマリアナにかんするあらゆる企図は、根底から崩れ去った。サイパンに増援部隊を輸送したいと思っても、マリアナ周辺の制空、制海権を米側にわたしてしまった以上、それは不可能なことであった。万策つきた大本営は、六月二十四日、サイパン島放棄を決定した。

大本営は、防禦網をいちだんと縮小し、フィリピン、台湾、西南諸島、本土、千島にわたるラインを想定して、右の諸地域のいずれかに敵が進攻してきても、随時、陸海空の戦力を結集し、迎撃するという構想をたてた。この作戦を総称して、「捷（しょう）」号作戦という。

十九年九月中旬、米軍はペリリュー、モロタイ、アンガウル島に上陸を開始し、その各飛行場基地を占領して、フィリピン上陸の戦略態勢を構成した。大本営は、陸海軍部ともに、先の新防衛線上の重要とおもわれる地域のうち、フィリピン方面を第一に擬し、つぎなる米軍の進攻地域はここだと正しく読んでいた。大本営陸軍部は、フィリピン――とくにミンダナオ、レイテ、ネグロス島など、中南部の防衛を強固にするべく、同方面にあった第十四軍（黒田重徳中将）を第十四方面軍（のち、山下奉文大将）に昇格させ、あらたに第三十五軍（鈴木宗作中将）を編成した。

一方、大本営海軍部も、戦艦「大和」「武蔵」を擁する第二艦隊（栗田健男中将）を、原油地帯のスマトラ島リンガ泊地で訓練させ、アリューシャン方面から呼びもどした第五艦隊（志摩英中将）および空母部隊の第三艦隊（小沢治三郎中将）を内地に待機させていた。

しかしながら、空母部隊といっても、それは名ばかりで、艦上機をもたず、すでに戦力としては存在していないのも同然だった。そのうえ、基地航空隊にも、もはや飛行機はほとんどなかった。

いうまでもないことながら、フィリピンが米軍の占領するところとなれば、本土と南方とのルートは完全に遮断され、石油をはじめとする資源が入手できなくなって戦争の継続は不可能となる。陸軍のフィリピン総決戦の呼びかけに呼応して、機動部隊および飛行機の直接掩護なしに、「大和」「武蔵」等を裸のまま危地に投げ入れるという海軍のこのたびの処置には、無為に自滅するのを待つよりは一挙に死に花を咲かせようという終末的な思想が、その底に横たわっていたとみるべきである。この思想はまた、なかば必然的に神風特別攻撃隊を生むこととなり、レイテ決戦は、連合艦隊の場合、最後の「大和」の沖縄特攻に、まっすぐに繋がっていくように思われる。

サイパン島の失陥以後、敗戦はだれの眼にも明らかであった。それでもなお、現実に眼をつむり、戦争を続行する指導層の頭にあるのはただ一つ、「国体の護持」である。つまり、サイパン失陥以後の戦争継続は、現実から遊離した〝観念〟の世界、あるいは虚構（フィクション）であったといってもよい。指導層は、死と戯れる、甘美なホロビの美学に陶酔していたのであるか。

豊田長官以下、連合艦隊司令部は、艦艇不足のためもあって、横浜・日吉台に上陸し、そこからこのパセティックな作戦の直接指導をとろうとしていた。

十月十八日、「レイテ湾方面に敵来攻」の報を受けた大本営は、「国軍決戦実施の要域は比島方面とす」という「捷」一号作戦を発動した。同日夕刻、大本営海軍部から、右の示達を受けた豊田連合艦隊長官は、ただちに「捷」号作戦の実施を下命し、ここに空前の艦隊行動が開始されるにいたった。

この連合艦隊命令の大要は、小沢治三郎中将の機動部隊・第三艦隊がルソン島東方洋上に進出し、オトリとなって敵機動部隊を北方に牽制し、その間に栗田健男中将指揮する第一遊撃隊・第二艦隊は、志摩清英中将の第二遊撃隊・第五艦隊支援のもとに、十月二十四日を期してサンベルナルジノ海峡をへてレイテ湾に突入すべし、というものであった。

「大和」「武蔵」をふくむ戦艦五、重巡十、軽巡二、駆逐艦十五からなる栗田艦隊は、これより先の七月下旬、スマトラ島東岸のリンガ泊地に進出していたが、連合艦隊の命により、十月二十日、北ボルネオ・ブルネー泊地に入った。そして予定通り、二十二日早朝、同泊地を発してパラワン島西方洋上を北上し、途中、敵潜水艦の魚雷によって旗艦「愛宕（あたご）」および重巡「摩耶（まや）」「高雄」を喪失しつつ、二十四日朝からシブヤン海をサンベルナルジノ海峡にむかって東進した。この間、「愛宕」に坐乗していた栗田長官以下幕僚は、いったん海中に没したあと、駆逐艦に移乗して、将を「大和」に移すという大アクシデントがあった。

しかし、頼みの小沢部隊の牽制作戦は、時間的なずれがあって効を奏さず、栗田艦隊は敵艦上機の集中攻撃を受けることとなり、ついに戦艦「武蔵」がシブヤン海にその巨体を大きく傾けて漂うにいたる。ここにおいて栗田長官は、レイテ突入の至上命令を一時放棄し、独断で反転命令を全艦艇に発する。

横浜・日吉台にあって、「……無理に突入するも徒らに好餌となり、成算期し難きを以て一時、敵機の空襲圏外に避退し友隊の成果に策応するを可と認めあり」という栗田長官の電報を受けた豊田連合艦隊長官は、有名な「天佑を確信し全軍突入せよ」の電文を打つ。ひきつづき草鹿連合艦隊参謀長名の「第一遊撃隊（栗田艦隊）が此の際引き返さば今次捷号作戦の根基は覆り、今後水上部隊突入の機は再び来らざるべし」との督励電が発せられた。

栗田艦隊はその後も逡巡をくりかえすが、結局はレイテ湾に突入せず、そこにあった米輸送船団を粉砕しなかったことは歴史が証明している。別働隊のかたちで、二十二日午後、ブルネーを出撃した西村祥治中将の第三戦隊（戦艦二、重巡、駆逐艦四）は不運であった。ひとりとり残された格好となり、かつ連合艦隊長官の「全軍突撃」命令を知って、スリガオ海峡をへてしゃにむにレイテ湾に突入しようとし、二十隻余の駆逐艦、および四十隻にのぼる魚雷艇の魚雷網に包囲され、文字通り全滅する。奄美大島から南シナ海、スル海をぬけて西村艦隊を追及するという任務をおびていた志摩清英中将の第五艦隊は、スリガオ海峡にさしかかったさい、進撃を断念してひき返した。

このレイテ沖海戦で、連合艦隊は空母四（「瑞鶴」ほか）、戦艦三（「武蔵」ほか）、重巡六（「愛宕」ほか）、軽巡四、駆逐艦十一、潜水艦五、輸送船十七、飛行機二百二十五を喪った。これにたいし、アメリカの損害は、空母三、駆逐艦三、飛行機百二十五を喪失、空母一と巡洋艦一を損傷したにとどまった。

「捷」一号作戦が、龍頭蛇尾のうちに終了したことにより、大本営陸海軍がたてたレイテ決戦の構想は、二の矢をつがえることなく、その意味を失った。レイテ島にあった陸軍兵力は同島西部に圧迫され、十二月十九日、新任の第十四方面軍司令官山下奉文大将は、第三十五軍司令官鈴木宗作中将に対して、今後の自給自足を命じ、事実上、レイテ作戦の終了を通告した。

これより先の十二月十五日、米軍はすでにミンドロ島に上陸を開始してきていた。レイテについで、フィリピン諸島中の主要島ルソン攻略のための布石であった。フィリピンの失陥は、大本営が危惧した通り、即南方資源地帯と日本本土との交通（ルート）杜絶を意味し、日本軍にとっての近代戦遂行の背骨はここに折れたのである。

以後、米軍の進攻はすさまじく、二十年二月十九日、硫黄島に上陸し、三月十六日にはこれを完全占領した。ついで三月二十六日、沖縄の慶良間（けらま）列島に上陸、四月一日にはついに沖縄本島に上陸を開始した。

沖縄本島の首尾に任じていた第三十二軍（牛島満中将）は、首里前面に第六十二師団、知念半島に第二十師団を配し、小禄半島は太田実少将の海軍根拠地隊が守備していた。四月一日、米軍上陸部隊の第一波、約二万が嘉手納（かでな）海岸に殺到してきたが、作戦参謀八原博通大佐の進言を容（い）れて持久戦を決意していた牛島軍司令官は、首里山上から動かず、上陸した敵の南下をその後も待った。

この三十二軍の態度は、海岸線における決戦を指示していた大本営陸軍部の意にそまなかった。大本営海軍部からの突っつきを受けた連合艦隊司令部は、三十二軍にたいし、参謀長から軍参謀長宛という形式をとって、積極的な迎撃を要請している。

大本営海軍部は、沖縄戦に対応して、「航空戦力を徹底的に集中発揮し、進攻米軍主力を撃滅す。この間、極力、皇土防衛を強化す」という方針をたて、これを「天」号作戦と呼んだ。大本営の美辞麗句にもかかわらず、その本質は特攻作戦であった。四月三日、大本営の意を休した連合艦隊司令部は、「菊水」一号作戦（海空総攻撃）を企図する。九州の基地より発した特攻機が、昼夜をわかたず嘉手納沖の米艦めがけて突入するなか、連合艦隊司令部は、突如、「菊水」作戦の第二波として、「大和」の沖縄投入を決意する。戦艦「大和」、軽巡「矢矧（やはぎ）」および駆逐艦八隻からなる、文字通り連合艦隊の残存艦艇のすべてを投入して、沖縄の海岸に突入させ、擱坐させても要塞と化して砲弾が尽きるまで撃ちつづけるという、いまから考えると夢幻のような作戦である。

四月六日、出撃してゆく全軍に宛てた豊田連合艦隊長官の訓電は、そのことを隠してはいない。

「……茲に特に海上特攻隊を編成し、壮烈無比の突入作戦を命じたるは、帝国海軍海上部隊の伝統を発揚すると共に其の栄光を後世に伝えんとするに外ならず……」

「大和」を沖縄に突入させるというこの作戦は、大本営の命令ではなく、連合艦隊司令部独自の考えであった。作戦参謀神重徳大佐の強硬論に豊田長官が決断をくだし、逆に大本営にたいして直接、強く進言したのだといわれる。このような考えに、連合艦隊が急激に傾いていった最大の理由は、大本営陸海軍部が、沖縄を見捨て、本土決戦に本腰をいれはじめたのを悟ったためといわれている。連日の特別攻撃機の出撃に、パセティックな感情にとらわれていたことも、考え合わせる必要があるかも知れない。とにかく急な、「大和」出撃の実施であった。

四月六日午後四時、「大和」以下、連合艦隊最後の水上部隊は、第二艦隊司令長官伊藤整一中将直率のもと、山口県徳山沖を出発した。だが、彼らは、豊後水道をぬけた直後の午後一時に、はやくも二隻の敵潜水艦に発見され、触接を受けていたのである。以下、沈没にいたる経過は、本文にくわしい。

六月二十三日、第三十二軍司令官牛島満中将、同参謀長長勇少将の両名が、沖縄喜屋武(きやん)半島摩文仁(まぶに)の洞窟陣地の入口において割腹自決し、二十五日、大本営は沖縄戦の終焉を公表する。以下、終戦までの主なできごとを列記すれば、八月六日、広島に原爆投下。九日、二発目の原爆が長崎に落下。同日、ソ連参戦。十四日、最後の御前会議、ポツダム宣言受諾を決定。十五日、終戦の詔書発布……となる。

連合艦隊は、文字通り〝手持ちの駒〟のすべてを使い果たして、敗戦の日を迎えたわけである。戦艦「大和」をも、残そうとしなかった。統帥部の本土決戦の決意を知った連合艦隊司令部が、徒労におわるとわかっていながら、内海で敵の手にかかって鉄屑と化すのを見るよりはと、「大和」を沖縄に急行させようとした行為からは、たんに帝国海軍の面子(めんつ)といった以上の意味を感得させられる。もとより甘美なロマンチシズムや、感傷でもなくて、無尽蔵ともいうべき人的損耗をあてに戦争を続行したあの時期の日本人が、巨艦にたいして抱いていた一種の巨大なフェイティシズムを表現しているような気がしてならない。

戦後日本と戦艦「大和」

宮永忠将

「大和」が曳航する現代日本

二〇二五年二月十七日、広島県呉市の「大和ミュージアム」がリニューアル工事のため長期休館に入った。工事終了は二〇二六年三月予定とのこと。本書の読者であれば、訪れた方も多いのではないかと拝察するが、今の建物での開館は二〇〇五年（平成十七年）四月なので、ちょうど二十年の節目での大規模改修ということになる。

実は「大和ミュージアム」というのはニックネームで、同館の正式名称は「呉市海事歴史科学館」なのである。だが、もし目玉の「大和」の十分の一模型や、艦首付近の大きさを再現した「大和波止場」などの展示内容が同じであっても、「大和ミュージアム」という愛称を表に出さなかったら、これほど有名な博物館になるのは難しかったであろう。

そのことは数字にも表れていて、「大和ミュージアム」開館初年度の来場者数は一六一万人を記録した。ちなみに平成二十四年（二〇一二）度の東京国立博物館の来場者が一五一万人というのだから、その数字の迫力が分かる。以後三年連続、「大和ミュージアム」の来場者は一〇〇万人を超え、その後も平均八〇万人前後で推移している。年間一〇万人来場すれば大成功と言われる地方のテーマ博物館としては、別格の成功例であり、その存在感の原動力は、やはり戦艦「大和」のブランド力という他ないだろう。

「大和」の力は別の場所でも発揮されている。終戦六〇周年記念として二〇〇五年十二月に公開された戦争映画『男たちの大和／ＹＡＭＡＴＯ』は、観客動員四〇〇万を記録したが、撮影用の戦艦「大和」原寸大ロケセットが建造された尾道市の日立造船向島西工場跡地には、同年七月の一般公開から、なんと一〇〇万人も観光客が訪れたのだ。無論、開館したばかりの「大和ミュージアム」との相乗効果も相当にあったはずだが、あまりの反響の大きさから、公開期間を翌年のＧＷまで延長して対応するほどであった。もともと金属フレームにベニヤで組み上げただけのセットなので、最後はベニヤが剥がれてボロボロになっていたが、来場者は例外なくその偉容に打たれ、満足度も高かった。今でもネットで検索すれば、当時の熱気が伝わる記録が多数確認できる。

他にもある。二〇一六年十二月に発売されたのPS4用アクションアドベンチャーゲームソフト『龍が如く6 命の詩。』は、広島県尾道を舞台としている。このゲームでは尾道の隠しドックで決戦兵器を求めた旧海軍が「超大和型戦艦」を建造していたという(もちろんフィクション)設定が、物語の重要な鍵となっている。ロケセットの人気にあやかった設定かどうか確信はないが、ゲームデザイナーが尾道と超大和型をつなぐきっかけになっていた可能性はありそうだ。そして比較的若年層に向けたコンテンツ、そんなビデオゲームの重要なテーマとして扱っても破綻がないほどに、世代を超えて「大和」のブランドは圧倒的なのである。

戦後日本と「大和」

有名な話ではあるが、戦時中の日本人は戦艦「大和」そして姉妹艦「武蔵」、つまり大和型戦艦の存在を知らなかった。そして文字通り世界最強の戦艦を建造していながら日本が敗北したという事実は、米英連合国を敵に回しては戦いにならない無理筋の戦争であったという事実を納得させる一方で、敗戦で打ちひしがれている日本人に、技術面では決して負けていなかったという自信の熾火を残したとも言えるだろう。

もっとも、軍事ファンや旧海軍関係者とその遺族を除けば、「大和」の存在とその意義は「知る人ぞ知る」以上のものではなかった。吉田満の記念碑的戦記文学である『戦艦大和ノ最期』によって広く知られるようになったとはいっても、戦後に蔓延した旧軍憎悪の空気の中で、一般社会では反戦テーマこそが主流であった。

だが、そうした流れを根底から変えたのが一九七四年（昭和四十九年）にテレビ放映された『宇宙戦艦ヤマト』である。滅亡に瀕した人類を救うため、九州沖の海底に眠る戦艦「大和」を隠れ蓑に建造された、その名も宇宙戦艦ヤマトが単艦で出撃して大マゼラン雲の惑星イスカンダルを目指すという展開。祖国日本を救えなかった「大和」の魂が、宇宙戦艦の姿を借りて、祖国地球を救う先兵となる壮大な物語が、戦艦「大和」の価値を大いに高めたのである。戦争を知らない若者はヤマトに夢中になり、やがて遡ってこの国に同じ名前の戦艦があったことを知り、「さらば日本よ」と言うこともできず、片道切符の出撃で南溟に消えた「大和」の真実に衝撃を受けたのである。

「ヤマト」は社会現象となり、今日も新作を通じて新しいファンを獲得し続ける一大コンテンツになっている。

このような世間の関心の高まりを受けて、いよいよ海底に眠る「大和」を探し出そうという運動が実を結び、一九八二年から本格的な調査が始まった。そして一九八五年、戦後四〇年の節目の年の調査で、遂に戦艦「大和」が発見されたのであった。

未来へ生き続ける「大和」の記憶

――私がホテル勤めをしていた頃の話。ある披露宴、新郎が海自の方でした。同僚上司達は制服で出席。披露宴も御披楽喜に近づき、新郎のおじいさんの挨拶がありました。

自分が海軍にいた事。孫が艦に乗っている事を誇りに思う事。自分達の世代の不甲斐なさのせいで今の海上勤務の方達には苦労を掛けていると思う事。

たとたどしくですが話されました。

同僚達は知らなかったらしく酔っ払っていたのが段々背筋が伸びていき神妙に聞き入っていました。

挨拶が終わり高砂の席の一人が「何に乗っておられたのだ」と尋ねると、新郎は小声で「大和です」

それを聞いた海自組一同すっ転ぶような勢いで立ち上がり直立不動で敬礼を送りました。

おじいさんも見事な答礼を返されました。私はその後は仕事になりませんでした。

これは、おそらくネット空間でもっとも有名な戦艦「大和」のエピソードだ。まるでその場面が目の前で再現できそうな見事な構成であるが、ここに「大和」と現代日本の繋がりが見えてくる。

まずは海上自衛隊。組織創設時の建て付けがどうであれ、海自は旧海軍の後継者である。かつて海軍兵学校があった広島県江田島は、ほとんどの建物がそのまま使われる形で、現在は海上自衛隊幹部候補生学校となっている。建物だけでなく、旧海軍の歴史に関する教育参考館なども併設されて、幹部候補生は日々を海軍の記憶とともに過ごすこととなる。旧軍の記憶と海自との繋がりを批判する向きがあるとしても、海軍のゼロからの再建は容易なものではないため、その精神性において繋がりを意識する営為には意義がある。それが正しく継承されているからこそ、「海自組一同すっ転ぶような勢いで立ち上がり直立不動で敬礼を」送る行動ができるのだ。

明治維新以来、営々と積み重ねてきた先人の努力が、ついには日本を世界の一等国の座に押し上げ、技術に置いては史上最大、最強の戦艦「大和」にたどり着いた。しかしその「大和」は肝心の戦争で力を発揮できず、敗勢に傾く戦況を横目に髀肉の嘆を託つばかりであった。そしてフィリピンを失陥し、資源の道が断たれて敗北が不可避となった一九四五年四月、まったく軍事的合理性を欠く決断によって水上特攻に投入されて果てた。資源を持たぬ貧乏国の、余りにも救いのない労力、そしてかけがえのない命の浪費という批判に抗いようのない、冷酷な事実である。このように「大和」には日本近代史の矛盾が凝縮されている。

それでも、先の披露宴のエピソード、「大和」という近代日本の象徴を介して、旧海軍軍人から海上自衛隊員に魂が継承されるだけでなく、市井にその意義が分かる大勢の人間がいて、この物語を紡ぎ続けている事実。それは「大和」が残した希望の光ではないだろうか。

単行本　昭和五十七年十二月　光人社刊
文庫本　平成五年九月　光人社刊
新装版　文庫本　平成十七年四月　光人社刊

NF文庫

戦艦大和の最後　新装解説版

二〇二五年四月二十四日　第一刷発行

著　者　坪井平次

発行者　赤堀正卓

発行所　株式会社　潮書房光人新社

〒100-8077　東京都千代田区大手町一-七-二

電話／〇三-六二八一-九八九一㈹

印刷・製本　中央精版印刷株式会社

定価はカバーに表示してあります

乱丁・落丁のものはお取りかえ致します。本文は中性紙を使用

ISBN978-4-7698-3400-7　C0195

http://www.kojinsha.co.jp

NF文庫

刊行のことば

第二次世界大戦の戦火が熄(や)んで五〇年——その間、小社は夥しい数の戦争の記録を渉猟し、発掘し、常に公正なる立場を貫いて書誌とし、大方の絶讃を博して今日に及ぶが、その源は、散華された世代への熱き思い入れであり、同時に、その記録を誌して平和の礎とし、後世に伝えんとするにある。

小社の出版物は、戦記、伝記、文学、エッセイ、写真集、その他、すでに一、〇〇〇点を越え、加えて戦後五〇年になんなんとするを契機として、「光人社NF（ノンフィクション）文庫」を創刊して、読者諸賢の熱烈要望におこたえする次第である。人生のバイブルとして、心弱きときの活性の糧(かて)として、散華の世代からの感動の肉声に、あなたもぜひ、耳を傾けて下さい。

＊潮書房光人新社が贈る勇気と感動を伝える人生のバイブル＊

NF文庫

写真 太平洋戦争 全10巻〈全巻完結〉

「丸」編集部編

日米の戦闘を綴る激動の写真昭和史――雑誌「丸」が四十数年にわたって収集した極秘フィルムで構築した太平洋戦争の全記録。

戦艦「大和」全戦闘 誕生から最期までの1200日間

原 勝洋

太平洋戦争開戦直後に竣工、昭和二〇年四月の沖縄水上特攻で沈むまで、史上最大の戦艦が経験したすべての戦闘を詳細に追う。

[空母瑞鶴戦史]ラバウル航空撃滅戦①

空母瑞鶴ソロモン前線へ

森 史朗

南太平洋海戦で勝利したものの、深い傷を負った空母機動部隊は激しさを増すガ島戦に挑む。奇跡の撤収作戦までの激闘を描く。

提督 井上成美 海軍の沈黙美をくつがえした男

生出 寿

「敗軍の将、兵を語らず」という海軍の常識をやぶり、戦後、日本陸海軍の欠陥・罪悪を暴露した最後の海軍大将の足跡を描く。

新装解説版 戦艦大和の最後 一高角砲員の苛酷なる原体験

坪井平次

レイテ・沖縄戦の「大和」艦上の生と死――上空掩護機なき裸の水上艦隊の凄惨な戦闘を克明に綴った海戦記。解説/宮永忠将。

彗星爆撃隊 第五〇三空搭乗員・富樫春義の戦い

大野景範

液冷エンジン搭載の新鋭機・出撃す。高速が最大の武器の艦上爆撃機に搭乗、若き搭乗員の過酷な戦いを克明にとらえた従軍記。